70세 사망법안, 가결

70세 사망법안, 가결

김난주 옮김

가키야 미우 지음

문예춘추사

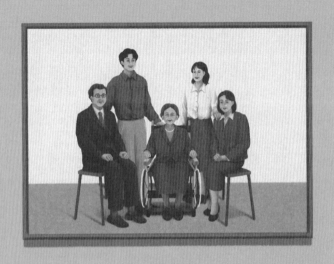

차례

제1장

빨리 죽었으면 합니다

70세 사망법안이 가결되었다.

이에 따라 이 나라 국적을 지닌 사람은 누구나 70세가 되는 생일로부터 30일 이내에 반드시 죽어야 한다. 예외는 황족뿐이다. 더불어 정부는 안락사의 방법을 몇 종류 준비하여, 대상자가 그중에서 자유롭게 선택할 수 있도록 배려할 예정이다.

정부 추산에 따르면, 이 법안이 시행되면 고령화에 부수되는 국가 재정의 파탄이 일시에 해소된다고 한다. 1차 시행 연도의 사망 예정자는 이미 70세가 넘은 자를 포함해서 약 2,200만 명, 2차 시행 연도부터는 해마다 150만 명 전후가 될 것으로 추정된다.

지난 10년간, 이 나라의 저출산과 고령화 현상은 예상을 뛰어넘는 속도로 진행되었다. 그 여파로 연금제도가 붕괴되었으며 국민의료보험은 바닥을 드러내기 직전이다. 나아가 장기요양보험은 인정 조건이 점차 까다로워졌음에도 재원이 충당되지 않고 있다.

예견했던 것처럼, 이 법안은 발표와 동시에 전 세계로부터 비난받고 있다. 종교단체는 물론 각국 의회에서 인권 침해의 극단적인 예로 거론하며 법안의 폐지를 촉구하는 성명이 빗발치고 있다.

그러나 저출산 문제가 심각한 이탈리아와 한국 등은 사태를 지켜보겠다는 입장이다. 한편 중국의 경우, 장기간에 걸친 산아제한 정책의 영향으로 저출산 고령화의 속도가 빨라 노령인구가 인구의 20퍼센트를 넘어서는 것은 시간문제다. 중국 인구의 20퍼센트는 이 나라 총인구의 약 2배에 해당한다. 때문에 중국 정부가 이 법안이 앞으로 어떻게 시행될지를 주시하고 있다는 목소리도 들린다.

전쟁이 끝난 뒤 이 나라는 식량 사정이 급속도로 좋아졌으며 의료 환경도 개선되었다. 덕분에 날로 평균수명이 늘어났다.

과연 장수(長壽)는 인류에게 행복을 초래했는가.

마땅히 축복받아야 할 장수가 국가의 재정을 압박하는 원인이 되었음은 물론, 노인의 병 수발을 드는 가족의 인생을 짓밟는 측면도 있음을 더 이상 부정할 수 없다.

앞으로 전 세계가 이 논제로 격론을 벌이게 될 것이다. 동 법안은 2년 후인 4월 1일 시행을 앞두고 있다.

_<주간 신보 2020년 2월 25일 호>

다카라다 도요코가 빨래를 널려고 뒷마당으로 나가자, 어디선가 봄 내음이 났다.

봄이 오면 뭐해, 꽃구경도 갈 수 없는데…….

시어머니 병 수발을 들고부터 올해가 몇 번째 봄일까.

여대 시절 친구들은 벚꽃 구경을 하러 요시노로 가는 모양이다. 꽤나 멀리까지 걸음을 한다. 처음에는 도쿄 내에 있는 레스토랑에서 식사만 하고 헤어지더니, 그다음에는 연극을 본 다음 한잔하며 수다, 그다음 모일 때는 1박짜리 짧은 여행을 떠났고, 급기야 올해에는 2박짜리 여행을 간다고 한다. 모두가 자식을 다 키웠다고 20년 만의 자유로운 시간을 만끽하는 눈치다.

"다들 이제 알게 된 거지, 뭐. 놀 수 있는 시기도 잠깐이라는 걸. 언제 부모님의 병 수발을 들게 될지 누가 알겠어. 이렇게 느긋하게 보낼 수 있는 시간도 지금뿐이다 싶으니까 마음이 급해지나 봐. 유적을 천천히 돌아보는 게 아니라, 최대한 많은 걸 보려고 그냥 콕콕 찍으면서 다니는 식이야."

언제였던가, 한 친구가 전화를 걸어 그렇게 말하더니 후후후 자조적으로 웃었다.

그러나 70세 사망법안이 가결된 후로는 그런 생각이 와르르 무너졌다. 법안이 시행되는 2년 후면, 70세 이상 되는 어르신은 모두 죽어야 하기 때문이다. 덕분에 지금 부모님 병 수발을 들고 있는 사람들은 홀가분하게 해방된다. 그리고 언젠가 부모님을 보살펴야 한다는 비장한 각오를 하고 있던 사람들의 걱정도 무용지물이 된다.

시어머니가 없는 이 집이라니…….

앞으로 2년 후를 상상해 본다.

생활이 완전히 바뀔 것이다. 시어머니에게는 정말 미안한 일이지만, 상상만 해도 해방감에 가슴이 벅차오른다.

멍하니 그런 생각을 하면서 남편의 셔츠를 널고 있는데, 벨 소리가 따릉따릉 울렸다.

"얘야!"

시어머니가 절박한 목소리로 불러대는 것은 늘 있는 일이다. 처음에는 무슨 일이 났나 하고 후다닥 뛰어갔지만, 지금은 이골이 난다. 저렇게 큰 소리를 낼 수 있다는 것 자체가 아직은 기운이 넘친다는 뜻이다.

그래도 그렇지, 마당에 있는데도 이렇게 똑똑히 들릴 줄은 몰랐다. 시어머니 방은 마당을 향해 나있지만, 툇마루의 유리문도 방의 장지문도 꼭 닫혀있다. 여기서도 이렇게 크게 들리니, 보나 마나 이웃집에도 쩌렁쩌렁 울렸을 것이다.

"얘야, 안 오고 뭐 하니?"

이번에는 따릉 하고 벨을 짧게 울리면서 더 큰 소리로 부른다.

이제 수건 세 장만 남았다. 다 널고 가도 된다. 이렇게 날이 화창한데, 부드러운 햇살을 조금이라도 오래 쐬고 싶다.

"아이고, 정말!"

대답을 않고 있자니, 목소리가 더 커졌다.

혹시 정말 어디가 불편한 것은 아닐까?

불길한 예감에 빨래를 내던지고 얼른 집 안으로 뛰어 들어 갔다.

"어디 불편하세요?"

문을 여는 순간, 찡그린 얼굴과 마주쳤다.

"얘는, 왜 그리 호들갑이니?"

표정과 달리 느긋한 목소리다.

"대체 어디 있었기에 몇 번이나 불렀는데도 이리 늦어. 무슨 대저택도 아니고."

시어머니가 쓰러진 후, 뒷마당이 보이는 손님방에 환자용 침대를 들였다. 집에서 가장 햇볕이 잘 들기 때문이다.

원래는 다다미였던 바닥에 마루를 깐 것은, 기저귀를 갈다 가 흘린 변 냄새가 도무지 사라지지 않아서였다. 본인이 원해 서 회칠한 벽도, 바깥이 보이게 부분적으로 유리를 끼운 장지 문도 그대로 놔둔 탓에 전통식도 서양식도 아닌 묘한 방이 되고 말았다.

전에는 한쪽 벽의 도코노마(다다미 방의 벽 일부가 움푹 패인 공간으로, 꽃꽂이나 족자 등으로 장식한다—역주)에 해묵은 족자가 걸려있었고, 꽃꽂이 교사인 시어머니가 손수 꾸민 꽃병도 놓여있었다. 그러나 지금 거기에는 성인용 기저귀와 수건 같은 것만 수북하다.

"마당을 좀 보고 싶구나."

"그러세요. 오늘은 날씨도 좋으니까."

장지문을 열자, 눈부신 햇살이 쏟아졌다.

"마당이 참 살풍경하기도 하지."

"죄송해요."

시어머니가 건강했을 당시에는 마당에 꽃이 알록달록 피어있었다. 그러나 지금은 아무것도 없다. 손바닥만 한 마당 한 모퉁이에 단풍나무와 소나무가 덩그러니 서있을 뿐이다.

"얘야, 마당 가득 꽃을 좀 볼 수 있게 해주면 안 되겠니?"

"네?"

"여기서 보이는 경치가 내 세상의 전부인데, 좀 더 아름다운 것을 보고 싶구나."

"네……. 생각해 볼게요."

시어머니 심정이 이해가 안 되는 것은 아니다. 식물을 사랑하는 인간에게는 초목이 큰 위안일 것이다. 하지만 나는 원예에는 재주가 없다. 초보자도 쉽게 키울 수 있다는 스킨답서스조차 말려 죽인 적이 있다.

어쩌면 좋을까.

그렇지, 꽃이 핀 화분을 사다 놓으면 어떨까. 화분을 죽 늘어놓기만 하면 된다.

"뭘 그리 꾸물거려?"

"네?"

"빨리 기저귀 갈지 않고."

"아."

알아차리지 못한 내가 한심하다.

시어머니가 언짢아하거나 괜히 꼬투리를 잡는 것은 기저귀가 찝찝하기 때문이다. 벌써 몇 년이나 병 수발을 들고 있는데, 그 신호를 또 읽지 못했다.

"아, 어머니 죄송해요. 지금 바로."

발 쪽으로 가서 이불과 담요를 들췄다. 통통하게 살찐 하얀 두 다리가 나왔다. 시어머니는 누운 채 스스로 무릎을 굽히고 엉덩이를 든다. 그렇게 해주면 기저귀를 갈기가 한결 수월하지만, 그 동작을 볼 때마다 재활훈련을 받으면 제힘으로 걸을 수 있지 않을까 하는 의심이 든다. 쓰러지면서 뼈가 부러지기는

했지만 수술해서 다 나았고, 70세 사망법안이 가결되기 전까지
는 몸을 일으키는 연습도 조금씩 했다.

그런데 그 법안이 통과된 후로 모든 것을 내던지고 말았다.

"어차피 죽을 건데, 다 헛수고지."

그런 말이 입에 붙었고, 더는 일어나려 하지 않았다. 그러나
나이 든 사람들은 골절을 계기로 흔히들 몸져눕는다고 하니,
이런 상태가 일반적인지도 모르겠다.

일회용 기저귀를 뺀다.

강렬한 오줌 냄새가 풍긴다.

나도 모르게 숨을 삼키고 입으로만 호흡한다.

기저귀를 갈 때는 불필요한 말을 하지 않으려고 한다. 최대
한 아무 말 않는 것이 좋다. 남이 기저귀를 갈아줄 때의 그 굴
욕감이 과연 얼마나 클지. 시어머니의 괴로운 심정을 건드리지
않도록 재빨리 끝내는 것이 최선이다.

물티슈로 사타구니 주위를 닦아내고, 기저귀를 새것으로 간
다. 빼낸 기저귀를 신문지로 둘둘 말아 비닐봉투에 담고 꽉 묶
었다.

"몸도 닦아드릴까요?"

"그래. 그래다오."

잠옷과 속옷을 벗기고 얼른 목욕 수건을 몸에 덮었다. 알몸

을 부끄러워하는 것은 젊은 여자만이 아니다. 늙어서 탄력을 잃은 피부조차 내보이기가 싫은데 하물며 알몸이라면. 나도 이미 젊지 않기 때문에 잘 안다. 방 안에는 둘밖에 없지만, 그래도 목욕 수건을 조금씩 움직여 가며 맨살이 드러나지 않게 닦는다.

꼼꼼하고 신속하게. 신속하지만 정성스럽게. 그게 굉장히 어렵다. 친정엄마처럼 베테랑이 되려면 앞으로 몇 년은 걸려야 할듯하다.

등을 닦을 때는 커다랗게 패인 흉터가 보인다. 그 흉터를 볼 때만큼은 감사한 마음으로 가득해진다.

"다 끝났어요, 어머니. 어디 가려운 데는 없으세요?"

"없다."

시어머니는 건조하게 대답한다.

―개운하구나.

그렇게만 대답해 줘도 내 기분이 아주 달라질 텐데…….

하지만 시어머니는 병 수발이 얼마나 고된 일인지 모르니 어쩔 수 없다. 시어머니는 며느리 입장에서 대가족과 같이 살아본 경험도 없다. 게다가 시아버지는 말기에 암이 발견되었기 때문에 몇 달 입원생활을 하고는 그대로 돌아가셨다. 그러니 병 수발을 한 적이 없는 것이다.

쓰레기를 들고 시어머니 방에서 나왔다. 대변은 오후에나

보시려나. 잘 나오지 않는다고 고통스러워하면 관장까지 해줘
야 한다.

아무쪼록 텔레비전 보다 말고 불려가지 않기를.

그날 오후, 거실 소파에 살짝 걸터앉아 차를 한 모금 마셨다.

집 안이 너무 고요해서 마치 아무도 없는 것 같았다. 시어머
니는 침대에서 선잠이 들었고, 마사키 역시 2층에서 낮잠을 자
고 있을 것이다.

텔레비전을 켜놓고 정보 프로그램을 보는 것이 조촐한 낙이
다. 요즘은 70세 사망법안이 화제의 중심이라, 내 앞날에도 무
슨 참고가 되지 않을까 싶어 진지하게 보고 있다.

"당신의 인생은 앞으로 몇 년 남았나요?"

머리가 아주 짧은 여자 앵커가 심각한 표정을 하고 이쪽을
쳐다보았다. 몇 주 전부터 프로그램의 시작을 알리는 고정멘
트이다.

—지금 쉰다섯이니, 남은 시간은 15년. 당신과 같지, 뭐.

속으로 그녀에게 대답한다.

그리고 남편은 쉰여덟이니 앞으로 12년.

그리고 시어머니는 여든넷이니, 법안이 시행되기까지 남은
시간은 2년.

"남은 인생을 의미 있게 보내려면 어떻게 생활해야 할지, 오늘도 이 프로그램을 보고계실 여러분과 함께 생각해 보기로 하죠. 그럼 오늘의 초대손님을 소개하겠습니다."

스튜디오에는 대학교수와 국회의원들이 나와있었다. 모두 텔레비전에서 자주 보는 얼굴들이다.

"오늘은 꼭 여당 분들에게 말씀드리고 싶군요. 당신들, 머리가 어떻게 된 거 아닌가요? 그런 법안, 국가의 수치가 아니고 뭐겠어요. 그야말로 전대미문이라고요."

처음부터 세게 나오는 사람은 인정이 많기로 유명한 육십 대 야당의원 아사오카 노리코다.

"아사오카 의원님이야말로 이상하군요. 전대미문이라니요. 옛날에도 우바스테야마(생활고로 늙은 부모를 산에 내다 버리는 풍속이 있었다는 민화나 설화. 내용은 우리나라의 고려장과 유사하다.—역주)란 게 있지 않았습니까?"

"어이가 없군요. 그런 거야 누구든지 알고 있죠. 애당초 모든 국민이 일흔 살까지만 살아야 한다는 건 기본적인 인권을 보장하는 헌법에도 위반됩니다. 게다가…… 나는 일흔 살까지 앞으로 3년밖에 남지 않았다고요. 당신들, 입만 벌렸다 하면 침몰하고 있는 일본이라는 배를 구조하기 위해서라고 하는데, 그러기 위해서는 무슨 짓을 해도 상관없다는 건가요?"

"그런데 말이죠, 아사오카 의원님. 모두가 노후를 불안해하고 있는 건 사실 아닌가요? 70세 사망법안이 시행되면, 늙은 부모를 수발하다 지친 온 가족이 다 같이 자살을 한다거나, 아들과 딸이 늙은 부모 때문에 일을 그만두게 되는, 그런 비참한 상황이 한 방에 해결된다 이 말이에요. 제 생각에는 일흔 살이 될 때까지 마음껏 인생을 즐긴 다음 깨끗하게 죽는 게 이상적이지 않을까 하는데요. 인생 70년이면 충분하지 않나요?"

후생노동성 부대신인 마린코가 웃음기 하나 없는 얼굴로 그렇게 되받아쳤다. 가난한 집에서 태어난 그녀는 부모의 모진 학대에 시달리다가 동네 사람들의 신고 덕분에 겨우 목숨을 건지고 보호시설에 맡겨진 처절한 과거가 있다. 중학교 2학년 때 시설에서 도망쳐 나와 시부야에 있는 클럽에서 일하면서 혼자 살았다. 본명은 마리코지만 성인 비디오 배우였던 시절의 예명 마린코를 지금까지 사용하고 있다. 직설적인 언행과 비참한 성장과정이 사람들에게 먹혔는지, 지난 선거에서 서른 살의 나이로 당당히 당선되었다.

"저기, 마린코 의원님. 그 법안은 충분한 논의가 이루어지지 않은 상태에서 강압적으로 통과된 거잖아요? 여당 여러분, 천벌받을 짓을 잘도 하셨습니다. 언젠가는 반드시 역사의 재판이 있을 거예요. 반드시. 반드시 그런 날이 올 겁니다."

아사오카가 단정한다.

나는 한숨을 푹 쉬었다.

충분한 시간을 두고 논의를 거치는 일이 무슨 의미가 있을까? 의견을 주고받으며 토론을 벌인다고 결론이 날 문제가 아니다.

입에 거품을 물고 인간의 도리에 어긋나는 법안이라고 떠들어대는 사람에게 일본 경제의 실태를 보여주는 자료를 제시한다 한들 한 치의 양보도 하지 않을 것이다. 한편, 부모 병구완을 하느라 비참하게 생활하는 사람에게는 제아무리 인간의 도리를 호소한다 한들 뜬구름 잡는 소리로나 들릴 것이다.

그러니 논의는 평행선을 달릴 수밖에 없다.

"노인이야말로 인생의 대선배잖아요. 풍부한 경험이 있는, 이른바 지혜의 보고 아니냐고요. 이 나라의 보물이죠. 그런데 일흔 살이 되었다고 죽으라니, 당신들 그런 짓을 참……."

아사오카 노리코는 감정이 북받치는지 목이 메어 말을 끝내지 못한다.

이제는 그녀를 초대손님으로 부르지 않았으면 좋겠다. 시간 낭비다.

그녀의 집에서는 노인의 지혜가 큰 역할을 하고 있을 것이다. 아버지도 할아버지도 국회의원이었으니 그럴 수밖에. 선거에 이기는 방법은 물론이고, 하나에서 열까지 부모의 노하우가 없었으면 지금의 아사오카는 없었을 것이다. 어디 물려받은 것이 지혜뿐이랴. 정치적 기반, 금수저, 간판까지 전부 그렇다.

"그럼 아사오카 의원님에게 한 가지 질문하겠습니다. 치매에 걸린 노인에게 사는 의미가 있다고 생각하나요?"

마린코의 질문에 아사오카는 눈을 부라렸다.

"당신, 양심이 있는 사람인가요? 우리 어머니가 지금 치매를 앓고 있어요. 하지만 나는 어머니가 살아있다는 것만 해도 감사하고 다행입니다. 지금도 어머니는 내 마음의 기둥이라고요."

역시 아사오카는 좋아할 수가 없다.

그녀의 어머니는 고텐바에 있는 최고 시설의 실버타운 에메랄드 가든에서 지내는 것으로 유명하다. 전에 텔레비전 특집에서 봤는데, 요양시설이 아니라 별 다섯 개짜리 호텔 같았다. 요양보호사 숫자도 충분하다 못해 넘칠 정도였다. 그리고 거기에서 일하는 요양보호사들은 모두 인상도 좋고 청결해 보였다. 다달이 들어가는 비용이 얼마나 될지 상상도 안 된다. 그러니 부자가 아니면 들어갈 수 없다는 것만은 명백하다.

하루 24시간, 1년 365일, 자기 집에서 부모 병 수발을 드는 사람의 사정이 어떤지 아사오카는 절대 모를 것이다. 아마 똥오줌 한 번 받아낸 적도 없을 것이다. 날마다 그 때문에 존속 살인이 벌어지고 있는 현실을, 그녀는 알고 있을까.

그런 비참한 뉴스를 볼 때마다 남의 일 같지 않아 숨이 턱턱 막힌다. 사람이 나빠서 살인을 하는 것이 아니다. 살인범이 된 아들도, 피해자인 노모도 딱해서 견딜 수가 없다.

그런 반면, 나보다 훨씬 상황이 절박한 사람이 있다는 걸 알게 되면 솔직히 안도하기도 한다. 시어머니가 빨리 죽어주기를 바라는 나 자신을 자책하지 않아도 될 것 같아서다.

이 법안이 아니라면 앞으로 10년이고 20년이고 시어머니 병수발 드는 생활이 계속될 수도 있다. 혹독한 그 생활에 기한이 정해진 덕분에 이런 상황에 처해있는 모든 사람들의 절망적인 심정에 그나마 숨통이 트였다.

하지만, 아직 2년이나 남았다.

내게 남은 인생은 앞으로 고작 15년인데, 그중 2년이 병 수발로 사라진다.

15년이란 인생은 짧지만, 병 수발 2년은 길다. 엄청 길다.

내일부터, 아니 지금 당장이라도 자유로워지고 싶다.

"저출산도 고령화도 예상보다 훨씬 빨리 진행되고 있어요. 10년 전의 인구 예측 따위는 다 엉터리였다고요. 어떻게 그런 희망적인 미래상을 발표할 수 있었는지, 그런 게 허용되었다는 사실이 믿기지 않습니다."

마린코의 한숨이 전염되기라도 한 것처럼, 텔레비전 앞에서 나도 긴 한숨을 내쉬었다.

연금보험료를 부담하고 있는 현역 세대가 해마다 줄고 있다. 머잖아 장기요양 기금도 바닥날 것이라고 한다. 때문에 정부는 염치도 없이 '부모님 병 수발은 각 가정에서'라는 시대착오적인 방침을 내세웠다.

"주머억 쥐고 손을 펴서, 손뼈억 치고 주우먹 쥐고. 아니, 나더러 그런 유치원 애들 같은 짓을 하라고? 난 사양하겠다. 너야 내가 밖에 나가면 속이 다 시원하겠지만."

그렇게 말하면서 시어머니는 노인 주간보호 센터에도 가지 않는다.

2년 후면 남편이 정년퇴직하는 시기와 겹친다. 결혼 후로 내내 바쁘기만 했던 남편에게 마침내 시간적인 여유가 생긴다. 남편이 집에 있게 되면 가족의 생활도 크게 변할 것이다.

남편은 마사키 문제에도 관심을 가져줄 것이다. 나는 이제 마사키가 감당이 안 된다. 남편은 나와 달라서 사회경험도 풍부하고, 무엇보다 같은 남자다. 지금까지 남편은 마사키 얘기를 가능하면 피하려 했지만, 그것은 아버지로서 수치스러운 마음이 있어서였을 것이다. 어느 날 갑자기 '잘난 아버지에 잘난 아들'이라는 찬란한 도식이 무너졌으니 정신적인 충격이 엄마인 나 이상으로 컸을지 모른다. 그러나 퇴직을 하고 나면 마음에도 여유가 생길 것이다.

그렇게 생각하자 앞으로 2년 남은 이 생활을 그럭저럭 버텨낼 수 있을 것 같은 마음이 들었다.

경제적인 걱정은 없다. 남편의 퇴직금이 2,000만 엔 전후라고 들었다. 경기가 좋지 않은 탓에 요즘은 웬만한 대기업도 그 정도 선인 것 같다. 70세 사망법안이 가결되기 전에는 2,000만 엔 가지고는 노후 생활이 빠듯하겠다고 생각했다. 평균수명까지 산다 치면, 퇴직 후의 인생이 30년 가까이나 되기 때문이다. 그러나 70세 사망법안이 결정된 지금, 2,000만 엔은 꽤 큰돈이다. 예순다섯 살부터는 연금도 받고, 지금까지 모아둔 돈도 웬만큼 있다. 어쩌면 퇴직금 전액을 마사키에게 남길 수도 있지 않을까.

"얘야!"

그때 시어머니가 부르는 커다란 소리와 함께 벨이 울렸다.

짜랑짜랑하고 기운찬 목소리. 목소리만 들어서는 젊은 여자 같다.

빨리 대답하지 않아 잠깐 틈이 생긴 순간, 위협하는 것처럼 버럭 소리를 지른다.

"얘는! 안 오고 대체 뭐 하는 거야!"

슬퍼진다.

며느리에게 소리를 지르는 건 꼭 남편이 없을 때뿐이다.

"네, 무슨 일이세요?"

대답하면서 복도 안쪽으로 종종 걸어간다.

문을 여는 순간, 날카로운 시선이 이쪽을 찔렀다. 자리보전을 하면서 점차 정신도 오락가락해지는 노인이 많다고 들었는데, 시어머니는 정반대다. 날로 신경이 예민해지고 있다.

"대체 뭘 하는 거야? 내가 몇 번을 불러야 올 거니?"

침대에 누운 채, 머리만 들어 이쪽을 쏘아보고 있다.

"죄송해요."

"뭐가 죄송해. 뭐 했느냐고 묻는데."

"텔레비전 보고 있었어요."

솔직하게 대답했다.

부엌에서 일하느라 못 들었다느니, 목소리가 들리지 않았다고 거짓말을 하면 도리어 골치 아프다. 경험상, 거짓말이라는 게 의심되면 집요하게 추궁한다는 걸 알고 있기 때문이다. 여든이 넘은 노인임에도 기억력이 무척 좋기 때문에, 모순되는 점이 있으면 나중에 꼬치꼬치 캐묻는다.

"텔레비전은 이 방에도 있잖니. 같이 보면 좀 좋아."

"……네."

"허리가 아프다. 좀 주물러라."

사실 나도 요통이 심하다. 삐끗하지 않도록 허리를 굽히는 각도에 늘 주의하고 있다.

처음 허리가 삐끗한 것은 이 집으로 이사와서 짐을 풀 때였다. 그때 후로 만성이 되고 말았다. 지금은 이 이상 움직이면 삐끗하겠다 싶은 순간을 감지할 수 있다.

시어머니는 툭하면 "너는 젊어서 좋겠다" 하고 말하지만, 나도 이미 젊지 않다. 까딱 잘못하면 내가 먼저 저세상으로 갈 수도 있다.

* * *

스물아홉 살인 다카라다 마사키는 그날도 저녁때가 되어서야 눈을 떴다.

침대에 엎드린 채 리모컨을 찾아 텔레비전을 켰다. 자고 있지 않을 때는 늘 텔레비전을 켜놓는다. 그러지 않으면 세상으로부터 소외된 기분이 들어 견딜 수가 없기 때문이다.

3년 전, 인간관계가 삐걱거려 다니던 대동아 은행에 사표를 내던졌다. 좋은 대학을 나왔고 아직 젊으니 쉽게 새 일자리를 구할 수 있을 것이라 여겼다. 그런데 지금까지 줄곧 채용되지 않았다는 통지만 받았다.

이력서를 내는 기업마다 외국어를 할 수 있는가, 과거 직장에서 얻은 전문지식 중에서 살릴 수 있는 것은 무엇인가 등 현장에서 바로 써먹을 수 있는 능력만 따지고 들었다. 그해에 졸업한 신입사원처럼 사내교육을 통해 키울 마음은 애당초 없는 듯했다.

학생들의 바이블처럼 여겨지는 《취직활동 백서》도 아무런 보탬이 안 됐다. 임팩트 있는 이력서 쓰는 법, 의욕을 보여주는 자기 표현법, 차림새와 행동거지 등등. 그런 외적인 것에 이제는 어떤 기업도 현혹되지 않는다. 오로지 즉시 써먹을 수 있는 능력을 원한다.

더는 학력만 내세워서는 통하지 않았다. 본의는 아니었지만, 회사의 수준을 조금 낮춰보았다. 그래도 결과는 마찬가지였다.

"호오, 데이도 대학을 졸업했군요. 졸업 후에는 대동아 은행에 근무했고. 누가 보나 엘리트 코스를 밟았는데, 겨우 3년 만에 그만둔 이유는?"

인사 담당자는 예외 없이 같은 질문을 했다.

"인간관계 때문에……."

그렇게 대답하면 하나같이 어이없다는 표정을 지으며 이런 반응을 보였다.

"어느 회사에 가나 인간관계는 힘든 법이죠. 그런 이유로 다니던 직장을 그만둔다면 끝이 없지 않겠습니까. 회사라는 조직은 사이좋은 친구들끼리 모인 그룹이 아니잖아요."

지도교수의 추천서 덕분에 대학을 졸업하자마자 쉽게 취직할 수 있었다. 당시에는 그걸 당연하다고 생각했기 때문에 고마운 마음도 별로 없었다. 그러나 지금은, 그때가 처음이자 마지막인 최고의 기회였음을 뼈저리게 깨닫고 있다.

회사를 그만두고 나서야 나에게 무엇 하나 뾰족한 무기가 없다는 걸 알았다. 무기는커녕 면접을 보러 갈 때마다 의사소통 능력이 부족하다는 걸 깨우치고 있다. 내가 긴장하면, 타인의 눈에는 기분 나쁜 표정을 짓는 것으로 보이는 듯했다. 그래서 반대로 명랑하게 굴면, 이번엔 또 위압적으로 보이는 모양이었다. 이래서는 안 되겠다 싶어 곰살갑게 웃으면, 사람을 바보 취급하며 히죽거리는 것으로 받아들여지는 것 같았다. 인사 담당자의 안색이 싹 바뀌는 것을 보고 당황해 봐야 이미 때는 늦는다. 그래서 신중하게 말을 고르다 보면 둔감하다고 여겨진다.

대체 어떻게 하면 '발랄하고 믿음직스러운 청년'이라는 인상을 줄 수 있을까. 도무지 알 수 없는 어려운 문제였다. 도저히 극복할 수 없을 것 같았다.

아니 그보다, 회사를 그만둔 지 3년이나 지났다는 게 더 큰 문제다.

"그동안 뭘 했습니까?"

《취직활동 백서》를 보니 유학을 했다거나 각종 자격시험 공부를 했고 그 결과 무사히 자격증을 땄다는 등의 화려함이 없으면, 공백은 그저 게으른 인간임을 증명하는 기간이라고 했다.

"다음 일자리를 구한 후에 다니던 곳을 그만두는 게 상식 아닐까요."

"아직도 부모님 신세를 지고 있어서 그런지, 좀 다르군요."

상황이 이렇다 보니, 모든 게 싫어지고 말았다.

그래도 인터넷 구인 정보만큼은 열심히 검색하고 있다. 하지만 이미 자신감은 잃은 지 오래다.

그 빛나던 학창 시절…….

뛰어나다는 것을 자타가 인정했고, 자신감에 넘쳤던 그 시절…….

최근에는 이름 있는 회사가 아니라도 괜찮지 않나, 하고 생각하기도 한다. 선술집 같은 곳에서 아르바이트나 하는 것은 어떨까. 아무 일도 안 하는 것보다는 훨씬 낫지 않을까.

그러나, 엄마가 뭐라고 할지…….

보나 마나 한탄할 것이다.

그런 생각을 하면, 역시 어느 정도는 이름 있는 기업이라야 할 것 같다.

그때, 계단을 천천히 올라오는 발소리가 들렸다. 귀에 익은 엄마의 발소리였다. 쟁반에 담은 국그릇이 기울지 않게 하려고 애쓰는지, 언제나 조심스러운 소리가 난다.

할머니가 자리보전을 하게 된 후로 1층은 늘 소독약 냄새로 가득하다. 때로는 그 냄새에 똥오줌 냄새가 섞인다. 그런 곳에서 밥을 먹자니, 도무지 밥맛이 없었다. 그래서 엄마가 밥을 2층까지 가져다주고 있다.

아직도 부모님 신세나 지고 있는 캥거루족.

나를 가리키는 매우 정확한 표현이다. 밥도 이렇게 가져다주는 것을 먹는가 하면, 2층에서 햇볕이 가장 잘 드는 방을 차지하고 있는 것도 나다. 옆방은 누나 방이지만 누나가 몇 년 전에 독립했기 때문에 지금은 비어있다. 부모님 침실은 계단을 끼고 채광이 좋지 않은 북쪽에 있다.

"마사키, 저녁 먹어."

문밖에 그냥 두고 가면 좋을 것을, 엄마는 절대 그러지 않는다.

"마사키, 안에 있니?"

당연히 있다. 한밤중이 아니면 밖에 나가지 않기로 했으니까.

이 방에는 텔레비전과 DVD플레이어는 물론 소형 냉장고까지 있다. 2층에도 간단한 화장실이 있어 1층에 내려가는 건 욕조 목욕을 할 때 정도다.

"애, 마사키. 아직도 자니?"

문을 열고 얼굴을 보일 때까지 엄마는 문 앞을 떠나지 않는다.

하루에 한 번은 얼굴을 보고 안부를 확인해야 속이 편한 것이다. 성가셔서 화를 내고 고함을 지른 적이 딱 한 번 있다. 그런 나 자신이 혐오스러워 그날 밤엔 잠을 이루지 못했다.

학생 때부터 '절대 되고 싶지 않은' 인간상이 있었다. 나이를 먹어서도 부모님 경제력에 기대어 자립하지 않고 자기 신변의 일까지 몽땅 부모의 돌봄을 받는 남자. 설마 내가 그 전형적인 인간이 될 줄은 몰랐다.

이러다 소설이나 드라마에 등장하는, 사소한 일에 꼭지가 돌아 난동을 부리는 은둔형 외톨이가 되는 게 아닐까. 그런 생각을 하면 끔찍하고 두렵다.

"마사키, 문 좀 열어봐."

엄마는 아직도 끈질기게 문 앞에서 기다리고 있다.

문을 빼꼼 열었다.

"어머나, 살아있네."

그렇게 말하면서 쟁반을 내민다.

쌀밥에, 구운 생선에, 간 무와 시금치무침 그리고 건더기가 가득한 된장국.

영양을 골고루 갖춘 메뉴……. 엄마의 기대가 느껴진다. 역시 대기업에 취직해야 한다. 선술집 아르바이트는 안 된다.

랩에 싼 주먹밥 세 개와 밀폐용기에 담긴 샐러드는 야식용이다. 하루 식사는 저녁과 야식 두 끼다. 밤이고 낮이고 관계없이 멋대로 자고 일어나는 나의 생활패턴에 엄마가 맞추고 있는 것이다. 정말 염치가 없다.

그러나 영양관리사 자격증이 있는 엄마는 채소와 생선을 중심으로 반찬을 만들기 때문에 전체적으로 노인네 식단이다. 고맙다고 생각하는 반면 가끔은 닭튀김이나 소시지도 먹고 싶다는 생각이 불쑥 몰려온다. 취직도 못하는 주제에 초등학생처럼 그런 생각이나 하는 나 자신이 한심해서 견딜 수 없다.

쟁반을 받아들고 바로 문을 닫으려는데, 엄마가 문을 바깥쪽으로 확 잡아당기면서 방 안을 들여다보려 했다.

"청소는 하고 사니?"

"응, 대충은."

텔레비전 드라마에 등장하는 은둔형 외톨이의 방은 쓰레기가 어지럽게 널려있고 악취가 나는 경우가 많지만, 나는 다르다. 어느 정도 청결함은 유지하려 한다. 그렇게라도 하지 않으면 점점 이 수렁에서 빠져나오지 못할 것 같은 기분이 들어서다.

엄마가 나가자마자 문을 닫는다.

문을 잠근다.

문 너머에서 엄마의 한숨소리가 들린다.

방 한가운데에 있는 조그만 테이블에 쟁반을 내려놓고, 텔레비전을 보면서 식사를 한다. 시청자 참여 프로그램인 〈다함께 수다〉 시간이다.

스튜디오의 계단식 의자에는 수많은 남녀노소가 앉아있다.

"젊은 사람들이 늙은이들만 우대한다고 불만을 표하는데, 우리는 젊은 시절에 열심히 일해서 고도성장을 이끌었어요. 그런데 일흔이 되었으니 죽으라는 겁니까? 도무지 믿을 수가 없군요."

머리가 허연 남자가 빠르게 말을 늘어놓았다.

"고도 경제성장이라…… 툭하면 그 말뿐이라니까."

날로 혼자 중얼거리는 일이 많아지고 있다.

처음에는 이런 모습을 자각하고 조금 놀랐다. 머리가 어떻게 된 게 아닌가 싶어 무섭기도 했다. 그래서 절대 중얼거리지 않으려고 조심했다. 그런데 어느 날 깨달았다. 이렇게 혼자 중얼거리기라도 하지 않으면 종일 거의 말을 하지 않는다는 사실을. 그런 생활을 계속하다가 언젠가는 목소리를 잃어버릴 것만 같아 요즘은 아무런 신경 쓰지 않고 주절거린다.

"요즘 젊은 사람들이 옛날 사람들보다 훨씬 필사적으로 일하고 있습니다."

작업복 차림의 젊은 남자가 입을 비죽거리며 말했다.

"서비스 차원의 야근이라 숫자로 나타나지 않아서 그렇지, 사실은 장시간 노동이란 말입니다. 게다가 실력 우선이라는 그럴싸한 말들을 하지만, 요는 임금삭감이 문제잖아요. 해고와 강등인사가 판을 치고 있고, 우리 회사에서도 다들 옆 사람까지 의심하지를 않나, 나도 진짜 성격 나빠졌어요."

그 옆에서 고개를 열심히 끄덕이던 남자가 손을 들었다.

"연금보험에 대해서 말인데요, 월급에서 꼬박꼬박 떼고 있는데, 우리가 나이를 먹었을 때는 전혀 받을 수 없다고요. 그런 걸 지금부터 발표하는 정부의 솔직함이, 도대체 무슨 생각인지 모르겠습니다. 화가 나는 게 아니라 그저 어이가 없습니다."

"자네들 말이야, 지구본을 한번 지그시 보라고. 이 나라는 작고 보잘것없는 섬나라야. 그런데 GDP는 전 세계에서 2, 3위를 다투고 있어. 이거 엄청난 일이라고. 그걸 실현한 것이 우리 세대야. 자네들은 노인에 대한 감사의 마음이 부족해."

노인 대 젊은이의 응수가 계속된다.

"GDP가 세계 몇 위든, 실제로는 노숙자도 많고 생활보호를 받지 못해 굶어 죽는 사람도 있습니다. 대체 누가 부자인 건가요? 자살하는 사람이 해마다 3만 명이라고 발표되고 있는데, 그 이면에 자살 미수자가 30만이나 더 있습니다. 그건 이 나라가 아주 살기 어려운 나라라는 뜻 아니겠습니까?"

침묵이 흘렀다.

"스튜디오가 아주 조용해졌군요. 저, 의견이 다른 분 계시면……."

사회를 맡고 있는 아나운서가 얼른 스튜디오를 돌아보자, 오십 대 중반쯤으로 보이는 남자가 손을 들었다.

"자살하는 대부분의 원인은 절박한 가정 경제에 있습니다. 더구나 국가 경제까지 파탄이 난 상태입니다. 즉 현재의 위기를 벗어날 방법은 경기 대책밖에 없습니다. 다시 한번 이 나라를 경제대국으로 되살려 봅시다."

옳다, 그렇다, 하고 찬성하는 목소리가 스튜디오 여기저기에서 일었다.

그러나 과연 어떻게 하면 경기를 부양할 수 있을까. 경제학부를 나왔지만, 도무지 해결책이 보이지 않는다. 정부는 지금까지 다양한 방안을 마련하고 또 시행해 왔다. 하지만 그 어떤 해결책도 이 나라의 경제를 끌어올리지 못했다.

"이제는 소비의 시대가 아니라고 생각합니다. 젊은이들 사이에 친환경적인 생활방식을 멋지게 보는 풍조가 퍼져나가고 있는데요."

다부진 인상의 젊은 여자가 그렇게 말하자, 또 침묵이 흘렀다.

최근에 70세 사망법안 폐지를 외치는 단체가 속속 나타나고 있다지만, 이런 프로그램에서는 늘 열세를 면치 못한다. 법안이 시행되면 연금문제도 해결되고, 노인 요양시설 역시 지금처럼 많지 않아도 충분하다. 즉, 이 나라가 안고 있는 대부분의 문제가 일거에 해결되는 것이다. 그런 데다 남은 재원을 병으로 고생하는 70세 미만과 어린이와 장애인에게 돌린다는 덤까지 붙는다. 지금까지 매년 발행해 왔던 적자 국채를 발행하지 않아도 된다. 의료비는 물론 대학도 무상으로 다닐 수 있다고 내다보는 경제학자도 있다.

따라서 70세 사망법안만큼 이 나라를 재기하게 하는 강력한 방법은 달리 없어 보인다.

"돈 많은 노인에게 연금과 의료비 지원을 하지 않으면, 굳이 그런 법안까지 만들지 않아도 경제는 되살아나지 않겠어요? 노인 중에는 부자가 많잖아요."

청바지 차림의 젊은 남자가 그런 발언을 하자, 초대손님으로 나온 여당의 여성의원이 얼른 손을 들었다.

　"어떻게 한 사람 한 사람의 재산을 조사한다는 말이죠? 국민 개인고유번호 제도(우리나라의 주민등록번호에 해당하는 제도—역주)는 고사하고 주민기본대장(지자체에서 주민 개개인에 대한 이름, 생년월일 등의 정보를 기록하는 대장—역주)의 인터넷 시스템화조차 반대하는 지자체가 있는데 말이에요. 어차피 개인정보 보호다, 프라이버시 침해다 하면서 야당이 요란을 떨 게 뻔하잖아요."

　"그렇죠, 옳은 말씀입니다."

　여당의 남성의원이 계속 동조한다.

　"어떤 정책이든 어디선가는 반드시 잡음이 나오기 마련입니다. 고령자의 자기부담을 올리려고 하면 전국의 노인층이 정부에 항의전화를 걸어댈 테고, 의료수가를 내리려고 하면 의사들이 압력을 가할 테죠. 또 부자에게 돈을 쥐어짜 내려고 부동산에 대한 과세 강화를 제안하면 부동산 업계에서 비난의 전화가 쇄도할 테고……."

　"여러분, 아쉽지만 시간이 다 되었군요. 그럼 마지막으로 퀴즈를 내겠습니다."

　그렇게 말하고 아나운서가 스튜디오 안을 돌아보았다.

"아무리 불리한 정책이 시행되어도 단 한마디 불평을 하지 않는 사람이 있습니다. 과연 누구일까요?"

사방이 잠잠해졌다. 모두들 서로 얼굴을 마주 보며 고개를 비틀거나 팔짱을 끼고 생각에 잠긴다.

"혹시 아시겠어요?"

아나운서가 중년 남자에게 물었다.

"모르겠는데요."

나도 혼자 중얼거렸다.

"누구지? 아무리 불리한 법률이 생겨도 불평하지 않는 사람이……."

"저요."

다부져 보이던 아까 그 여자가 손을 들었다.

"네, 답해주시죠."

"젊은 사람들입니다."

"정답입니다."

헉, 하고 숨을 삼키는 면면이 화면에 어필된다.

"그럼, 여러분. 다음 주에 다시 찾아뵙겠습니다."

프로그램이 끝나고 보니 나도 모르는 새 저녁을 싹 해치우고 말았다.

인간의 몸은 정말 불가사의하다. 종일 아무것도 하지 않고

뒹굴거리며 지낼 뿐인데 때가 되면 배가 고프고, 하루에 열두 시간 이상을 자는데도 밥을 먹고 나면 이내 잠이 온다. 회사원 시절엔 낮잠도 안 자고 용케 종일을 버텼다 싶어 감탄이 절로 나온다.

그나저나…… 일흔이 되면 모두가 죽는다.

비정상이지 않을까 싶을 만큼 위압적이던 상사의 얼굴과 그런 상사에게 꼬리를 치고 자기를 배신한 동료의 얼굴이 잇달아 떠오른다.

그 인간들…… 다들 어쩔 거야.

처세를 잘해서 출세한들, 마지막에는 다 똑같지 않느냐고.

어차피 죽는데, 뭘 그렇게 아등바등하느냔 말이야, 엉?

후훗, 나도 모르게 조소가 흘러나온다.

어헛, 아니지.

70세 사망법안이 없어도 인간은 언젠가는 죽는다. 그뿐인 가, 병이나 사고 때문에 일찍 죽는 사람도 널렸다.

나는 지금 스물아홉이니까, 70세가 되려면 앞으로 41년.

까마득하게 길다.

너무 길어서…… 짜증이 난다.

아무리 생각해 봐도, 이대로는 안될 것 같다.

역시 그 상사나 동료나, 누가 보아도 이렇게 방에 틀어박혀

사는 나보다는 훨씬 낫다. 나는 내 밥벌이도 못하고 있다. 병에 걸린 것도 아니다. 병은커녕 이렇게 식욕도 좋고 수면시간이 넉넉한데도 일하지 않는다. 어느 모로 보나 인간쓰레기다.

어디든 취직을 해야 하는데…….

이대로 집에 빌붙어 살면서 나이가 들어 주름이 자글자글한 노인이 된다면…… 상상만 해도 소름이 끼친다.

아버지 나이는 쉰여덟이니까, 70세까지는 앞으로 12년.

엄마는 쉰다섯이니까, 앞으로 15년.

할머니는 여든넷이니까 법안이 시행될 때까지 2년.

이 세 가족 중에 가장 마지막까지 남는 사람은 엄마다. 엄마가 죽을 때 나는 마흔네 살.

아버지 세대는 할아버지 세대에 비해 수령하는 연금의 액수가 한층 적은듯하다. 하지만 나름의 저금이 있을 테고, 아버지가 돌아가셔도 엄마는 살아있는 한 유족연금을 받는다. 그러니까 전업주부인 엄마는 죽을 때까지 경제적으로 쪼들릴 일이 없다는 뜻이다. 그리고 엄마가 살아있는 한, 나 역시 끼니 걱정은 하지 않아도 된다.

밥도 지금까지 하던 대로 가져다줄 테고, 엄마가 죽을 때는 저금도 남겨줄 것이다. 나에 대한 엄마의 속마음은 그냥 보기만 해도 알 수 있다. 1년 365일 균형 잡힌 식사를 매일 준비하고, 아들의 얼굴을 하루에 한 번은 보고 안부를 확인해야 마음을 놓을 정도니까.

그보다 이 집은 앞으로 40년을 버틸 수 있을 만큼 튼튼할까? 올해로 지은 지 몇 년이나 되었을까?

만에 하나 재산이 바닥나면?

"야, 너 벌써 끝장난 거냐?"

혼잣말로 스스로를 힐난한다.

아니다, 끝장이 아니야. 대기업에 다시 취직할 거라고 했잖아.

하지만…… 3년이나 새 직장을 구하지 못하면 누구나 풀이 죽는다.

컴퓨터 앞에 가서 인터넷을 켰다.

오늘도 '70세 사망법안'을 검색한다. 어제보다 검색 수가 훨씬 늘었다.

"다들 관심이 많은 모양이군."

이 법안 소동 때문에 하루가 짧아졌다. 현실을 외면한 채로 하루하루가 쏜살같이 지나간다. 이번처럼 세상을 떠들썩하게 하는 대담한 법안은 대환영이다.

컴퓨터 앞에 앉아 인터넷 검색을 하고 있는데, 70세 사망법안에 관한 설문조사 결과가 눈에 띄었다.

대형 신문사의 여론조사에 따르면,

-찬성 28%

-반대 68%

-모르겠다 4%

　예상했던 대로 반대가 압도적으로 많은데도, 이렇게 무모한 법안이 용케 통과되었다 싶다. 하긴 그럴만도 한 것이, 지난 총선에서 여당이 과반수를 대폭 웃돌았기 때문이다.

　그런데 노인네들 집단인 여당의원들이 왜 찬성했을까. 이 법안 때문에 대부분의 의원이 앞으로 몇 년밖에 살 수 없는데. 참 신기한 노릇이다.

　설마 국회의원 경험자는 이 법안에 저촉되지 않는 걸까? 에이, 설마 그런 어이없는…….

　인터넷에는 대상을 이삼십 대로 좁힌 설문조사 결과도 있었다.

-찬성 87%

-반대 10%

-모르겠다 3%

　젊은 사람을 대상으로 한 설문조사에서는 찬성이 90퍼센트 가까운데, 전체적으로 보면 30퍼센트가 안 된다. 늘 그렇다. 노령인구가 압도적으로 많다 보니, 그들의 의견이 전체 의견을 지배하게 된다. 선거 역시 마찬가지다. 노령층은 인구도 많은데다 투표율도 높다. 그에 반해 젊은 층은 투표하러 가지 않으니, 젊은 사람들의 의견은 반영되지 않는다. 골치 아픈 일이다. 하기야 이런 생각을 하고 있는 나조차 투표하러 가지 않는다.

그나마 공평한 것은 〈다함께 수다〉 프로그램뿐이다. 스튜디오에는 참여자가 십 대에서 팔십 대까지 고루 배치되어 있다.

밤 11시가 넘었다. 슬슬 사와다 노보루가 블로그를 업데이트할 시간이다.

사와다 노보루는 중학 시절 친구다. 입학하자마자 서로가 증기기관차를 좋아한다는 것을 알고 친하게 지냈다. 그런데 졸업을 얼마 앞두고 사소한 일로 다투는 바람에 말을 하지 않게 되었고, 그대로 졸업하고 말았다. 그 후로는 한 번도 만나지 않았다.

그의 블로그는 '오늘의 사내 괴롭힘'이라는 카테고리가 중심이다. 전부 싸늘한 사내 인간관계를 대놓고 표현한 내용이라서 솔직히 눈길을 슬며시 돌리고 싶어진다. 인터넷의 익명성을 과신하고 있는 모양인데, 나는 이 블로그를 운영하는 사람이 사와다라는 것을 금방 알아챌 수 있었다.

어느 날, 별생각 없이 '대동아 은행'과 '은둔형 외톨이'라는 단어를 입력하고 검색했더니, 이 블로그가 걸려들었다.

내가 아는 사람 중에는 기껏 대동아 은행에 취직했는데, 몇 년을 못 견
디고 그만두더니 집에 틀어박혀 지내는 녀석이 있다. 그 녀석을 M이
라고 하겠다. M과 나는 중학교 시절에 증기기관차를 좋아한다는 공통
의 취미가 있어서 친하게 되었다. M의 집이 학교에서 가까워 수업이
끝나고 돌아가는 길에 들러서 같이 놀기도 했다. M에게는 누나가 있
는데, 모모카라는 귀여운 이름에 어울리지 않게 야무진 사람…….

누나가 모모카라고……?
바로 나라는 것을 알았다.
이 블로그를 운영하는 사람은 누구지? 생각할 것도 없이 사
와다였다.
얼른 다음 문장을 훑었다.

들리는 소문에 그 녀석은 대동아 은행을 그만둔 다음에 아직도 재취
업을 못한듯하다. 그렇게 똑똑한 녀석도 재취업을 못하는 가혹한 현
실이 지금의 나를 버티게 하고 있다(웃음). M처럼 대단한 녀석도 그러
고 있는데, 나 같은 놈은? 지금 다니는 회사에 목매는 것 외에는 살아
갈 길이 없다는 뜻이다.

이 문장을 발견한 후로 이 블로그를 계속 지켜보고 있다.

중학교 때, 사와다에게 오이가와 철도의 증기기관차를 타러 가자고 했다가 다퉜다. 사와다는 돈이 없어서 못 간다고 했는데, 내가 네 차비까지 내주겠다고 했다. 그 순간, 녀석은 버럭 화를 냈다. 나는 그렇게라도 같이 가고 싶었다. 고등학교에 올라가면 입시 공부에 쫓긴다. 그런 생각을 하니 중학교를 졸업하고 고등학교에 들어가기 직전의 귀중한 시간을 놓치기가 싫었다. 나도 돈이 그렇게 많은 것은 아니었다. 초등학교 다닐 때부터 저금한 세뱃돈을 꺼낼 생각이었다. 그런데 며칠이 지난 뒤에 그 녀석 마음의 상처가 컸겠다 하는 생각이 들었을 때는 이미 사과할 수도 없었다. 뭐라고 변명하면 변명할수록 사와다의 상처만 깊어진다는 걸 쉬이 상상할 수 있었기 때문이다. 그 후로는 눈도 마주칠 수 없었다. 그리고 졸업식 날을 맞았다.

사와다를 만나지 못한 지 벌써 15년 가까이 지났다. 그런데 몇 달 전 그의 블로그를 발견한 다음부터는 이렇게 그의 블로그를 보는 것이 일과가 되었다.

하지만 읽고 나면 반드시 우울해진다. 그렇다면 읽지 않으면 되지 않느냐고 묻겠지만, 그래도 읽지 않고는 배길 수가 없다.

"오늘 사와다는 어떻게 지냈을까?"

3월 30일

마치 초등학생 꼴이다. 우리 과에 나를 싹 무시하는 유행이 돌고 있는 모양이다. 주임까지도 내게 한마디 말을 하지 않으니. 뭘 하라는 지시도 없다. 이렇게 나를 괴롭히다가 게으르다는 딱지를 붙여 잘라낼 속셈이 뻔히 보인다. 그래도 그렇지, 이렇게까지 윤리의식이 없는 회사였다니.

모두에게 묻는다. 이 블로그를 읽고 있는 당신들 중에, 누가 코앞에서 인사를 하는데 싹 무시할 수 있는 용기가 있는 사람, 있나?

나는 그럴 용기가 없다. 하지만 우리 회사 사람들은 모두 용기가 있다. 존경합니다(웃음).

하지만 뭐, 이렇게 괴롭힘을 당하고 있는 사람이 나 혼자는 아니라는 게 그나마 다행이라면 다행. 여사원 중에도 한 명 있는데, 이를 악물고 견디고 있다. 한부모 가정의 엄마다 보니 어쩔 수 없지만. 요즘 세상에 계약직 사원이 여길 그만두면 그냥 끝이다.

동병상련이랄 수 있는 사이도 아니어서 말을 건 적은 없다. 그런데 오늘 아침 출근길에 엘리베이터를 같이 탔다가 어이없는 일을 당하고 말았다. 주상복합 빌딩이라 다른 회사의 호리호리한 남자까지 타서 모두 세 명. 내가 "좋은 아침입니다!" 하고 인사를 했는데, 허거거걱! 그녀, 나를 싹 무시했다. 그렇게 좁은 공간에서 무시할 수 있다니, 정말 대단하다(웃음)!

아무 관계도 없는 호리남이 당황하고 말았다. 그야 당황스럽기도 하겠지. 그녀가 아무 반응을 보이지 않는다는 건, 자기에게 인사를 했기 때문인가, 그렇게 생각하는 게 보통이니까.

호리남이 딱할 정도로 두리번거리면서 "앗…… 저…… 안녕하세요" 하고 기어들어 가는 목소리로 대꾸를 해줬다. 그 사람이 다니는 회사가 정상인 거지. 부럽다. 덧붙여 나는 오늘부터 우리 과 전부에게 들릴 만큼 큰 소리로 인사하기로 했다. 기대하시길.

"사와다, 너 참 대단하다."

이렇게 모욕적인 일을 당하고 있는데도 사와다는 회사를 그만두지 않는다. 그 인내심을 생각할 때마다 나는 우울해진다.

블로그를 보는 순서는 늘 정해져 있다. 제일 먼저 사와다의 블로그를 읽는다. 그의 일상을 알면 알수록 초조해진다. 무슨 말이라도 외치고 싶어진다. 그래서 얼른 그다음으로 넘어가 '박쥐'의 블로그를 본다. 인터넷 검색을 하다가 우연히 발견한 블로그다. 박쥐는 나보다 은둔 경력이 긴 데다 이미 중년이다. 거의 반년 전부터 박쥐의 동향을 추적하고 있는데, 아직 자립할 기미가 없어 무엇보다 반갑다.

앞날은 생각하고 싶지 않다.

생각해봤자 소용이 없다.

지낼 집도 있고 끼니도 걱정 없다. 곤란할 일은 전혀 없다.

이 나라는 풍족하다. 이 집에는 아버지를 제외하면 일하는 사람이 없는데도 그럭저럭 네 식구가 평범하게 생활할 수 있지 않은가. 엄마는 할머니 병 수발과 살림에 전념하고 있으니 한 푼도 돈을 벌지 않는다. 나는 방에 틀어박혀만 있고 할머니 역시 침대에 누워만 있다. 그런 상황을 생각하면, 심각하게 고민하지 않아도 어떻게든 살아갈 수 있지 않을까 싶다. 실제로 박쥐는 지금 마흔여섯 살이다.

그러고도 이것저것 더 뒤지다 보니 출출해졌다. 방구석에 있는 미니 냉장고를 열어봐도 먹을 만한 게 없다. 엄마가 만들어다 준 주먹밥이 있긴 하지만, 가끔은 다른 것도 먹고 싶다.

할 수 없다. 사러 나가는 수밖에. 요즘 들어 식욕이 점점 좋아지고 있으니, 잔뜩 쟁여두는 게 좋겠다. 살금살금 계단을 내려가 현관을 나서서 자전거를 탄다.

역 앞에 있는 편의점은 아는 얼굴과 마주칠 수 있는 확률이 높아서 위험하다. 그런 생각에 반대 방향으로 페달을 밟았다. 주택가 안으로 쑥쑥 들어가 모퉁이에 있는 편의점으로 들어갔다. 주택가 안에 있는 가게라 그런지 한산했다.

김 맛으로 할까, 콘소메 맛으로 할까……

포테이토칩 선반 앞에서 망설이고 있을 때였다. 이쪽을 힐금거리는 낯선 여자가 시야에 들어왔다. 남의 눈에도 역시 어딘가 이상한 사람으로 보이는 것일까. 차림새나 분위기로 은둔형 외톨이라는 것을 아는지도 모른다.

"혹시, 마사키?"

"어?"

"맞네, 마사키. 나 중학교 때 같은 반이었던 치즈루야."

"뭐, 치즈루?"

"그래, 치즈루, 미네 치즈루. 기억 안 나?"

"……아! 그러네. 기억나. 오랜만이다."

미네 치즈루는 여자 육상부 부장이었고 공부도 잘했다. 게다가…… 첫사랑이었다. 그런데 소년 같던 당시 모습과는 전혀 달랐다. 머리는 길고 엷게 화장까지 하고 있다.

"얼마 전에 우연히 야마카와 선생님 만났는데, 네가 우리 중학교 졸업생 중에서 최고로 잘나간다고 자랑스럽게 말하던데. 재수도 안 하고 데이도 대학에 들어갔다며? 정말이야?"

"아……, 그렇지 뭐."

"와, 대단하네!"

치즈루가 들고 있는 장바구니가 눈에 들어왔다. 생수와 닛케이 경제 신문이 아무렇게나 들어있다.

아차! 내 바구니에는 이력서 용지가 들어있다.

다음 순간, 포테이토칩 선반에서 묶음 판매 봉지를 얼른 집어 바구니에 담았다. 그러자 다행히 용지가 가려졌다.

"그럼 대동아 은행에 들어갔다는 말도 정말이겠네?"

"응? 아, 그거……."

과거에 좋아했던 여자가 나에 대해 이렇게 알고 있을 줄은 꿈에도 몰랐다. 그런 만큼 현재의 몰락은 몰랐으면 싶다. 한시라도 빨리 자리를 뜨는 편이 좋을 것 같다.

"나 좀 바빠서."

그렇게 말하고 재빨리 계산대 앞으로 향했다.

그런데 치즈루는 이미 다 산 모양인지 내 바로 뒤에 섰다. 더구나 운 나쁘게 계산대 앞에는 사람들이 줄까지 서있다.

"우리 아빠가 인테리어 시공 사무소를 하고 있었는데, 입원하는 바람에 내가 그 일을 물려받게 되었어. 자식이 나 하나다 보니까."

"뭐?"

나도 모르게 뒤돌아 그녀를 쳐다보았다.

의외였다. 졸업 문집에는 변호사가 꿈이라고 쓰여있었다.

"엄마가 일찍 돌아가셨거든. 그래서 아빠랑 둘이 사는데, 집안일을 나 몰라라 할 수는 없어서. 너는 좋겠다."

"좋겠다고? 뭐가?"

"회사원 가정이니까 자유롭게 앞날을 선택할 수 있잖아. 부럽네."

자유롭게 선택하기는커녕 재취업도 못하고 있는데…….

"그래도 막상 해보니까 의외로 재미있는 거야. 리모델링 작업이 생각보다 꽤 오묘하더라고. 연구하는 보람도 있고. 내 적성에 맞나 싶기도 해."

"호오, 그거 정말…….."

좋겠다. 부럽다.

학창 시절에는 가업을 잇는다는 게 촌스러워 보였다. 그래서 장사하는 집안 친구를 한 번도 부러워한 적이 없었다. 그러나 지금은…….

만약 우리 집안이 미네 치즈루처럼 인테리어 시공 사무소를 운영했다면?

메밀국수 가게였다면?

전통과자 가게였다면?

그랬다면 이력서도 필요 없고, 면접관에게 시달릴 일도 없다. 그리고 눈앞에는 언제나 할 일이 있다…….

"자, 이거 받아."

그렇게 말하면서 치즈루가 명함을 내밀었다. 거침없는 미소가 눈이 부셔, 나도 모르게 몸을 돌리고 말았다.

명함을 쳐다보았다. 언젠가 나도 다시 명함을 갖게 될 날이 있을까.

"그런데 마사키는 여친 있어?"

치즈루가 불쑥 물었다. 왜 그런 걸 묻는 거지? 설마 그럴 리 없겠지만 내게 마음이 있나?

"없는데……."

"아주 조그만 일이라도 다 괜찮아. 예를 들어서 잘 안 닫히는 문도 고치고, 장지문 한 짝만 바꾸는 것도 괜찮고. 싸게 해줄 테니까 잘 부탁해."

그렇게 말하고 싱긋 웃는다.

마음이 있는 게 아니라, 그저 장사 수완이 좋은듯하다. 가령 여친이 있다고 대답했다면, 그럼 결혼하겠네? 하면서 신혼집을 리모델링할 계획 있으면 꼭 연락을 달라고 할 생각이었는지도 모른다.

내 순서가 되어 계산대에 바구니를 올려놓았다. 치즈루가 이력서 용지를 보면 어쩌나 하고 전전긍긍했는데, 남자 직원이 얼른 비닐봉투에 넣어주었다.

"언제나 이렇게 늦니? 대동아 은행, 1년 내내 새벽까지 야근

할 만큼 일이 힘들다고 들었는데.”

“아니, 뭐…… 꼭 그렇지만은.”

허공을 쳐다보다가 계산대를 지키고 있는 젊은 남자직원이 시야에 들어왔다.

민첩하게 일을 잘하는데다 붙임성도 좋다. 아마 학생일 것이다. 편의점에서 심야 아르바이트를 하고 낮에는 대학에 다니고…… 훌륭하다. 충실하게 하루하루를 보내고 있을 것이다.

주변 사람들이 모두 대단하게 느껴진다.

나는 대체 뭘 하고 있는 건지. 이런 아르바이트라도 상관없으니 일하는 편이 좋지 않을까? 집에서 매일 빈둥거리는 것보다는 훨씬 낫다.

그래도 데이도 대학 출신이 아르바이트를?

“1,497엔입니다.”

“마사키, 지금 어느 지점에 있는데?”

“1,500엔 받았습니다.”

“나, 다음에 계좌나 만들러 갈까. 창구에서 일하는 경우도 있어?”

이제 거짓말은 할 수 없다.

“……그만뒀어.”

“어, 그만뒀다고? 뭘?”

점원이 힐금 이쪽을 돌아본다. 저 사람, 혹시 나를 경멸하고 있는 거 아냐.

"설마 대동아 은행을 그만뒀다는 건 아니겠지? 아니지?"

왜 '설마'인가.

왜 '아니지'인가.

그 정도로 비상식적인 일인가, 그 정도로 나는 바보짓을 한 것인가.

"맞아."

"뭐가 맞다는 건데?"

"그러니까, 은행을 그만뒀다고."

"뭐? 정말? 왜?"

"상관없잖아."

나도 모르게 말투가 퉁명스러워지고 말았다. 그런데도 치즈루는 물러서지 않는다.

"그래서, 지금은 뭐 하는데?"

"거스름돈 3엔입니다. 감사합니다."

"나 좀 바빠서. 그럼."

도망치듯이 가게에서 나왔다.

바로 자전거를 타고 전속력으로 페달을 밟는다. 바람이 차갑다.

인생이 순조로울 때는 학력이나 직장이 가십거리가 되면 내심 기뻤다. 하지만 인생이 뒤틀리고부터는 나란 존재 자체를 잊어주면 좋겠다고 생각하게 되었다.

멀리 떠나버리고 싶다. 줄곧 이직에 대해서만 생각하고 있는데, 이대로 가면 장차 치즈루처럼 멋진 여자와 사귀는 것도 다 뜬구름 같은 일이 되고 만다. 그렇다면 뭘 위해서 살아간다는 말인가?

아무튼, 앞으로는 필요한 게 있으면 엄마에게 사다달라고 해야겠다. 역 앞에 있는 가게가 아니라고 해서 아는 사람과 만나지 말란 법은 없는듯하다.

* * *

도요코는 꽉 짠 수건으로 시어머니의 몸을 닦으면서 지금까지의 일을 멍하니 회상했다.

13년 전에 시어머니가 뇌경색으로 쓰러졌을 때는…….

좌반신에 가벼운 마비 증상만 남아서 옆에서 부축해 주면 화장실에도 갈 수 있었고, 지팡이를 사용하면 걸을 수도 있었다. 그랬는데 얕은 턱에 걸려 넘어지면서 대퇴골이 부러지는 바람에 자리보전을 하게 되었다.

당시 구급차에 실려 가는 동안에는 뇌진탕 때문에 의식이 없었다. 안 그래도 피부가 하얗고 몸이 가는 탓에 어딘가 모르게 허약하고 생명력이 부족한 것처럼 보이는 사람이었다. 그래서 가령 병 수발을 하게 되더라도 그리 오래 가지 않을 것이라고, 잠시만 견디면 될 것이라고 남편도 시누이들도 말했다.

그렇게 병 수발 드는 나날이 시작되었다.

이 생활이 끝나면 여행도 갈 수 있고, 도예 공부도 다시 시작하자, 몇 달 만이다. 그렇게 생각하고 참았다.

그런데 설마 13년 이상이나 계속될 줄이야.

먹는 게 유일한 낙이 된 시어머니는 지금은 오히려 오동통하게 살이 쪘다.

시누이들은 바쁘다는 이유로 무엇 하나 도우려 들지 않는다. 그러면서 잊을만하면 찾아와 꼬투리를 잡는다.

"아이고, 딱해라! 우리 엄마. 수발만 들 게 아니라 말 상대도 해줘야지. 올케가 정성스럽지 못하니까 이렇게 적적한 표정을 짓는 게 아니겠어?"

올 때마다 그렇게 잔소리를 내뱉고는 시어머니 앞으로 온 명절 선물은 고스란히 가져간다.

한번은 시누이가 가져가려고 한 선물 속에 남편 앞으로 온 선물이 섞인 적이 있었다. 그때 나는 넌지시 암시만 했다고 생각했는데, "얼마나 깍쟁이인지 몰라. 어찌나 면박을 주던지"라고 친척들에게 떠벌렸다고 한다. 그 후로 남편에게 온 명절 선물은 바로 2층 창고에 가져다 보관한다.

남편도 그렇다. 야근하는 날이 많아 피곤하다는 건 알지만, 최소한 시어머니 말동무라도 돼주면 좋겠는데, 토요일은 골프를 치러 나가고, 일요일에는 피곤하다며 대낮이 되도록 늦잠을 잔다.

맏딸 모모카도 마찬가지. 집을 떠나 혼자 살고부터는 집에 코빼기도 보이지 않는다. 마사키는 2층에서 좀처럼 내려오지 않고.

대체 가족이란 무엇일까.

아무도 나의 수고를 돌아보려 하지 않는다.

아니지…… 그렇지 않다. 친정엄마는 달랐다.

할머니 병 수발을 들었던 친정엄마는 불평 한마디 하지 않았다. 할머니는 진행성 치매를 앓고 있었으니, 수발 들기가 나와 비할 바가 아니었다. 게다가 아버지에게는 형제가 다섯이나 있고 모두 근처에 살았는데도 엄마는 누구에게도 도움을 청하지 않았다.

"결국은 누구 한 사람이 짊어져야 하는 일이야."

친정엄마는 괜히 어중간하게 도와주는 것은 도리어 부담스럽다고 했다. 그 당시 엄마의 심중에도 악마가 있지는 않았을까. 언제부터일까, 내 마음속에도 악마가 살게 되었다.

"……애야, 내 말 듣고 있니?"

"네?"

"뭘 그렇게 멍하고 있어. 어제 저녁때 먹은 찜이 너무 짰다고 하는데."

원래는 이렇게 말투가 고약한 사람이 아니었다.

─미안하구나, 애야. 정말 미안해.

─아니에요, 괜찮아요. 어머니, 뭐든 말씀하세요.

시어머니와 나 사이에 그런 대화가 오갔던 것은 언제까지였을까. 언제부터 몸이 불편한 당신을 위해 누구든 병 수발을 드는 것이 당연하다고 생각하게 되었을까.

처음 시작할 때는 몸을 마음대로 움직이지 못하는 시어머니의 짜증을 동정하기도 했다. 아직 적응이 안 돼서 눈치 빠르게 대처하지 못하는 점도 많아, 매일 반성하기도 했다. 나 역시 누군가에게 병 수발을 받아야 할 날이 올지도 모른다고 생각하며 견딜 수도 있었다.

그러나 70세에 죽는다면, 누워만 살다 죽을 확률은 아주 낮아진다. 그래서 요즘은 넌더리가 난다는 표정을 미처 감추지 못하게 되었다.

차라리 시어머니 병이 암이었다면 좋았을 텐데…….

앞으로 3개월 남았습니다, 하고 의사가 시한부 선고를 내렸다면 훨씬 더 정성을 기울일 수 있지 않을까. 화도 내지 않고 짜증도 부리지 않을 자신이 있다. 기껏해야 석 달만 병 수발을 들면 되니까.

아아, 역시 같이 사는 게 아니었어. 같이 살지만 않았어도, 지금쯤 시누이들이 시어머니 병 수발을 들고 있을 텐데. 시어머니 역시 며느리보다는 친딸이 좋을 게 뻔하다.

—아니, 친가가 도쿄 안에 있는데 왜 그 많은 돈을 빌려서 아파트를 사? 더구나 장남인데. 우리랑 같이 살면 되잖아.

시어머니가 같이 살자고 제안했을 때, 모모카는 중학생이고 마사키는 초등학생이었다. 마침 사택이 좁게 느껴질 무렵이었다.

당시 비슷한 나잇대의 사람들이 아파트나 집을 사서 하나둘 사택을 떠났다. 의기양양하게 이사 가는 가족들을 배웅하면서 나는 초조함을 느꼈다. 빈 사택에는 젊은 부부가 이사를 들어와 세대교체가 진행되었다. 그런 와중에 언제까지나 사택에 살고 있자니 여유가 없다는 증거인 것 같아서 비참했다.

시어머니의 제안에 남편은 이내 찬성의 뜻을 표했다.

물론 나는 동거의 번거로움을 고려해 양다리를 걸쳤다. 그러나 집을 사지 않아도 된다면 교육비에 할애할 돈이 많아지는 셈이었다. 그런 계산으로 결단을 내렸다.

사택에서 이 집으로 이사왔을 때, 마사키는 어땠더라. 내가 못 보고 지나쳤을 뿐이지 그때 이미 지금처럼 방에 틀어박힐 기미가 있었는지도 모른다. 엄마인 내가 사택의 주부들과 잘 어울리지 못한 것이 마사키에게 나쁜 영향을 주었을 수도 있다.

원래 나는 남들과 잘 섞이지 못하는 성격이다. 그 점은 학생 시절부터 자각하고 있었기 때문에 늘 조심해왔다. 최대한 웃으려 노력했고, 사택 안에서 사람과 마주치면 누가 되었든 인사를 했다.

그러나 주부들끼리 만나 수다를 떠는 것은 딱 질색이었다. 그녀들 사이에는 파벌과 나이에 따른 상하관계가 있었고, 거기에다 남편들의 지위까지 얽혀서 인간관계가 기기묘묘했다. 생각다 못해 조금 거리를 두고 중립을 지키기로 했다. 그러자, 역습을 당하고 말았다. 나도 모르게 어느 파벌에서나 나를 이단자 취급하게 된 것이다. 그런 일들이 아이들 세계에 영향을 주지 않았을 리 없다.

"얘, 내 말 듣고 있니?"

"앗, 네, 어머니."

"대체 뭐니? 정신을 어디다 팔고 있는 거야?"

"아니에요, 그냥……."

피로가 쌓여 머리가 잘 돌아가지 않는다. 나도 이제 젊지 않다. 밤중에 불러대는 일만이라도 없었으면 좋겠는데…….

"아이고, 정말. 몇 번을 말해야 알아들어? 짜게 먹으면 혈압이 올라간다고."

"네? 하지만 전에는……."

놀라서 시어머니의 얼굴을 쳐다본다.

바로 며칠 전, 시어머니는 이렇게 투덜거렸다.

"왜 이렇게 다 간이 심심하니?"

그때 나는 이렇게 설명했다.

"어머니 혈압이 걱정돼서 염분을 줄였어요."

"어차피 죽을 텐데 혈압 같은 게 무슨 대수라고."

사실은 그때, 시어머니 말에도 일리는 있다고 생각했다. 앞으로 2년밖에 남지 않았는데 밖에도 나가지 못하고 낙이라고는 먹는 것밖에 없으니, 하고 생각을 바꿔서 시어머니 입맛에 맞게 간을 좀 짜게 했던 것이다.

그런데 그 말이 시어머니의 본심은 아니었던 모양이다.

"왜 그렇게 쳐다보는 거니? 무섭다, 너."

"무슨 그런 말씀을…… 혈압약을 드시니까 괜찮지 않을까 해서……."

"나를 약에다 절일 생각이니?"

시어머니 말투가 고약해지는 날에는 내 마음속에서도 악마가 슬금슬금 기지개를 켠다.

"허리는 아프지, 눈은 가물거리지. 아이고, 힘들어 못 살겠다. 빨리 죽어야지 원."

"어머니……."

죽고 싶다는 시어머니 말을 들을 때마다 허망함이 밀려온다.

아침부터 밤까지, 아니 밤중에도 부르면 달려가는 내가 마치 무슨 나쁜 짓이라도 한 기분이다. 열심히 하면 할수록 기대가 빗나간다. 나는 대체 뭘 위해서 이 고생을 하는 것일까.

─애야, 네 덕분에 이렇게 오래 살아있어 행복하다. 고마워.

그렇게 말해주던 시기도 있었는데…….

나도 나이를 더 먹으면 지금의 시어머니처럼 말을 함부로 해서 며느리 속을 뒤집는 할머니가 될까. 아니다, 나는 절대 그렇게 되지 않을 거다. 되고 싶지 않다.

앞으로 15년이면 내 나이도 일흔.

젊은 사람에게는 15년이 길지 모르겠으나, 오십 대인 나는 순식간이라는 것을 안다. 나이를 먹을 때마다 시간이 얼마나 휙휙 지나가는지 겁이 나서 그만 망연해지는 순간도 있다.

"나도 얼마 전까지 학생이었는데."

모모카에게는 실소를 살 말이지만, 그렇다고 농담으로 하는 말은 아니다.

겨우 15년…….

아아, 자유롭고 싶다.

내일부터라도. 아니, 지금 당장.

어떻게 하면 자유로워질 수 있지?

이 집을 뛰쳐나가는 길밖에 없다.

그렇다면, 가출?

그러니까 그 말은…… 이혼?

하지만 혼자서 살려면 돈이 필요하다.

어떻게 하면 좋지?

돈…… 돈!

그다음 순간, 갑자기 시어머니 방에서 뛰쳐나갔다.

복도를 내달렸다.

"갑자기 무슨 일이야? 무슨 일인데 그렇게 난리야?"

시어머니 목소리가 쫓아온다.

"허리가 아프다니까 그러네. 좀 더 주물러야지!"

2층으로 뛰어 올라가 침실에 있는 오동나무 서랍장을 열었다.

결혼할 때 친정엄마가 만들어준 기모노가 들어있다. 포장지
째로 들어서 꺼낸 다음 팔을 쑥 밀어 넣어 더듬자 손끝에 봉투
가 닿았다. 안에 50만 엔이 들어있다.

시어머니 병 수발을 들기 시작하고 몇 달이 지났을 무렵, 모든 것을 내던지고 집을 나가고 싶은 충동을 억누를 수 없는 날이 있었다. 그런 시기에 가출 비용으로 남편의 월급에서 조금씩 떼어 모은 돈이다. 여차하면 이 돈이 있다, 하는 생각만으로도 마음이 가라앉았다. 그러나 지금 생각해 보면, 고작 50만 엔으로 어떻게 새 인생을 시작하려 했던 건지 어이가 없다.

제일 위 칸의 조그만 서랍을 열어 남편 명의의 예금통장을 꺼냈다.

집을 사지 않은 덕분인지 꽤 많은 돈이 쌓여있다. 지금까지 가장 크게 나간 돈은 교육비다. 그다음이 지붕을 갈고 수전 공사를 한 정도.

일찌감치 돈을 좀 빼두자.

남편 명의의 현금카드를 앞치마 주머니에 넣는다.

중요한 것은 가출 계획을 아무도 눈치채지 못하게 하는 것이다. 내가 이 집에서 없어지면 모두가 곤란해질 게 뻔하다.

누가 시어머니 병 수발을 들 것인가.

남편도 시누이들도 안절부절 못하고 무슨 수를 써서든 며느리의 가출을 막으려고 할 것이다. 그리고 간단히 그럴 수 있다. 며느리에게 돈을 주지 않으면 그만이다.

그러니까 결행하는 그날까지 절대 의심을 사지 않도록 해야 한다.

"얘야!"

아래층에서 들리는 시어머니의 자지러지는 소리에 퍼뜩 정신을 차렸다.

내가…… 어떻게 됐나 봐.

앞으로 2년이면 자유의 몸이 될 수 있는데, 지금까지 기를 쓰고 지켜온 가정을 무너뜨리다니…….

이 모든 게 다 시어머니 때문이다. 정말 화가 난다.

아니, 아니다. 그렇지 않다.

가장 괴로운 사람은 시어머니 당신이다. 앞으로 2년이라는 선고를 받은 사람에게 남은 시간을 즐겁게 살라고 하는 말 자체가 어불성설이다.

거기에 비하면 나는 아직 미래가 있다. 겨우 15년이지만 시어머니가 돌아가신 다음에는 이 집에서 자유롭게, 느긋하게 지낼 수 있다. 시어머니 방을 손님방으로 원상복구하고, 집 전체를 새롭게 리모델링하자. 눈치 보지 않고 친구들을 부를 수도 있다.

그런 며느리의 속내를, 어쩌면 시어머니가 민감하게 간파하고 있는지도 모른다. 그래서 요즘 들어 더 기분이 좋지 않은 것인가.

현금카드와 50만 엔이 든 봉투를 살며시 제자리에 돌려놓은 후 계단을 뛰어 내려갔다.

"어머니, 기다리게 해드려 죄송해요."

"대체 뭐하는 애니, 너? 갑자기 2층으로 뛰어 올라가지를 않나."

귀가 잘 들리지 않는다면서 발소리는 잘도 들리는 모양이다.

"애 아빠가 난방을 켜둔 채로 회사에 간 게 아닌가 하고 갑자기 걱정이 돼서."

"그 애는 왜 또 그런다니. 전기요금 아깝게."

시어머니는 쉰여덟 살인 아들을 지금도 아이처럼 여긴다.

"저도 그래서…… 그래서 허둥지둥 2층으로 올라가 봤는데, 다행히 끄고 갔더라고요."

"덜렁거리기는. 무슨 일인가 했네."

그렇게 말하면서도 눈을 스르르 내리깔았다가 감는다.

"조금 더 왼쪽이야. 좀 더 꾹꾹 눌러라."

거의 해를 보지 못해서 그런지 목덜미가 하얗다 못해 파르스름하다. 목을 졸라 죽이는 것도 어렵지 않을 듯하다.

"오늘 저녁은 뭐니?"

갑자기 소녀처럼 귀염성 있는 목소리다.

뭐에 꽂혀서 그런 건지 시어머니의 기분은 죽 끓듯 변한다.

"뭐 드시고 싶은 거 있으세요?"

"가끔은 산쇼야의 김말이 초밥도 먹고 싶은데."

"산쇼야의 김말이 초밥…… 이요……?"

산쇼야의 김말이 초밥은 한 줄에 1,200엔이나 한다. 장어가 들어있기 때문이다.

시아버지 세대의 연금은 액수가 크다. 그 돈은 시아버지가 돌아가신 지금도 유족연금이란 형태로 시어머니에게 들어오고 있다. 그런 데다 유산으로 꽤 많은 예금도 남겼다고 들었다. 그런데도 시어머니는 살림에 동전 한 푼 보태지 않는다. 장남이 부모를 봉양하는 것을 당연시하는 고루한 사고를 갖고 있기 때문이다. 아니, 그보다도 너희는 이 집에 공짜로 살지 않느냐, 하는 인식이 말끝마다 언뜻언뜻 비치는 일조차 있다.

최근에는 재산이 조금이라도 줄어들까 불안한지, 이상할 정도로 빡빡하게 군다.

"그럼 제가 산쇼야에 다녀올게요."

"자전거 타고 갈 거지?"

"아니요. 자전거 고장 났잖아요."

"아직 수리하지 않았니?"

끼익끼거리는 소리가 날뿐이지 사실 고장은 아니다.

"걸어서 다녀올 거니까 시간이 좀 걸릴 거예요."

산쇼야까지 걸어가려면 15분은 걸린다.

뭘 사러 나갈 때나 잠시 한숨을 돌릴 수 있다.

자전거가 고장났다는 편리한 거짓말을 왜 좀 더 빨리 생각지 못했나 싶어 억울한 심정이다. 마음속의 악마를 쫓아내려면 바깥 공기를 쐬는 것이 최고다.

그렇다고 여유롭게 걸을 수도 없다. 시어머니는 시간을 재고 있다. 오늘은 어제보다 3분 오래 걸렸다느니, 2분 빨랐다느니 하는 말을 들을 때마다 소름이 끼친다.

"뭐 입고 가는데?"

시어머니가 엎드린 채로 고개만 들고 며느리의 모습을 위에서 아래로 죽 훑는다.

"예쁘게 하고 나가거라."

동네 사람들이 다카라다 집안의 며느리는 늘 예쁘게 하고 다닌다고 여겨야 한다. 시어머니에게는 그게 중요하기 때문이다.

옷을 갈아입으려고 2층으로 올라가 화장대 앞에 섰다.

보풀이 일어난 모스그린 스웨터와 무릎이 튀어나온 바지.

립크림을 바른 다음 볼과 손에 핸드크림을 바른다. 여자가 핸드크림을 얼굴에 바르는 날에는 끝장이라고 했던 개그우먼이 있었는데, 누구였더라…….

옷을 갈아입기가 귀찮다. 잠이 부족해서 그런지 다리가 휘

청거린다.

스웨터 위에 검은 다운코트를 걸치자 온몸이 감춰졌다.

1층으로 내려가 부엌 서랍에서 돈 봉투를 꺼냈다. 100만 엔 가까이 들어있다. 은행에 갈 시간도 없어서 한꺼번에 100만 엔을 인출해 몇 달에 걸쳐 쓰고 있다. 시어머니가 쓰러진 후에 생긴 습관이다.

1만 엔짜리 한 장을 꺼내 지갑에 넣었다.

밖으로 나서는 순간, 차가운 바람이 볼을 찔렀다.

아침에 빨래를 널 때는 햇볕이 따스했는데, 오늘은 날씨가 불안정한 듯하다.

"어머. 오랜만이야, 도요코 씨."

동네 아파트에 사는 육십 대 주부가 인사를 건넸다.

"안녕하세요, 날씨가 아직 춥네요."

"어머니는 요즘 좀 어때?"

"식욕도 좋으시고, 혈색도 좋으세요."

"다행이네. 마사키는 그 후에 어떻게 지내고?"

동네 사람들은 마사키가 회사를 그만두고 집에 있다는 것을 알고 있다. 딸 같으면 집안일을 돕거나 신부 수업을 하겠거니 하면서 관심을 덜 가진다. 그런데 아들이다 보니, 그것도 데이도 대학 출신이다 보니 흥미진진해한다. 온 동네에 고령자들만 살고 있어 더욱 그렇다.

"마사키는…… 집에서 공부하고 있어요."

"어머나, 그건 몰랐네. 왜? 사법고시라도 보게?"

"아니요. 그런 건……."

"그럼, 무슨 공부를 하는데?"

"그게, 글쎄요. 저는……."

억지로 웃으면서 "급해서 이만 가볼게요" 하고는 재빨리 그 자리를 떠났다.

마사키도 대동아 은행을 막 그만뒀을 때는 거의 매주 양복을 입고 면접을 보러 나갔다. 그러다 1년이 지나고 2년째에 접어들면서부터는 양복도 잘 입지 않고 친구를 만나러 나가는 일도 좀처럼 없어졌다. 그리고 3년째인 지금은 거의 집에 있다.

마사키가 이대로 은둔형 외톨이가 되면 어떻게 하지. 세상에는 집 안에 틀어박힌 지 수십 년이 되는 남자도 적지 않다고 한다. 그런 기사를 볼 때마다 불안해서 견딜 수가 없다. 아니지, 그 아이는 그런 사람들과는 다르다. 밤중에 편의점이나 DVD 대여점에도 간다. 은둔형 외톨이라는 사람들은 방에서 한 걸음도 나오지 않는다고 하지 않는가. 그러니 마사키는 그런 사람들과는 다르다.

언젠가 반드시 재기할 거라고 믿고 싶다. 지금은 발버둥치고 있는 시기다. 그 아이는 괴로워하고 있다. 빛을 찾으려 하고 있다.

생각해 보면 우리 집에는 고독한 인간이 셋이나 있다. 마사키와 시어머니 그리고 나. 고독한 인간의 집합소다.

김말이 초밥을 사들고 산쇼야에서 나왔는데, 포근하고 차가운 것이 볼에 닿았다.

상점가 한가운데서, 나도 모르게 걸음을 멈췄다.

눈이었다.

가방에서 삼단우산을 꺼내려다 말았다.

두 팔을 약간 벌리고 심호흡을 한다.

무수한 눈송이가 하늘에서 내려와 볼과 머리칼과 손에 떨어져 천천히 녹는다.

아, 기분 좋다.

흩날리듯 내리더니 금방 함박눈으로 변했다. 회색 구름에 가려 보이지 않지만, 두꺼운 구름 너머에 거대한 빙수기가 있고, 심술궂게 생긴 빨간 도깨비가 열심히 핸들을 돌려 아래 세상으로 눈가루를 뿌리고 있다. 그런 광경이 머릿속에 떠올랐다.

빨간 도깨비?

내 마음속에 있는 악마의 정체를 본 기분이었다.

빨간 얼굴에, 날카롭게 쏘아보는 커다란 눈에, 튀어나온 이

빨. 나 역시 도깨비처럼 보이는 순간이 있을지도 모른다.

하늘을 우러르고 입을 벌리자, 혀 위로 눈송이가 떨어졌다.

자유의 맛이 났다.

문득 시선이 느껴져 눈을 돌리자, 자전거를 탄 소년이 이상하다는 눈빛으로 이쪽을 보고 있었다.

너는 상상도 못하겠지?

이 아줌마에게도 소녀 같은 마음이 남아있다는 걸.

한숨을 내쉬자 하얀 김이 눈앞에서 퍼졌다.

내리는 눈을 맞으며 걸었다.

따뜻한 것이 마시고 싶어졌다. 뼛속까지 싸늘했다.

마지막으로 카페에 들어간 게 언제였을까.

자동문이 열린다.

"어서 오세요."

향기로운 커피 냄새가 코를 자극한다.

시어머니에게는 산쇼야에 손님이 많아서 오래 기다렸다고 둘러대면 된다. 그 가게 초밥은 인기가 좋아서 기다리는 일이 종종 있다는 것을 시어머니도 알고 있을 것이다.

딱 10분만.

나 자신에게 그 정도는 허용해도 좋지 않을까.

가게 안으로 들어가려다, 멈칫했다.

손님이 많았다. 그것도 순전히 노인들뿐. 이 카페 안에 시어머니의 지인이 있다면 나중에 골치 아픈 일이 생긴다.

역시 그냥 돌아가자.

의아해하는 종업원을 곁눈질하며 발길을 돌렸다.

* * *

서른 살인 다카라다 모모카는 공공 노인 요양원에서 저녁을 배식하고 있다. 몸집이 아담하고 동안이라 그런지, 나이보다 젊어 보인다.

"더 빨리!"

"따라잡겠어."

옆에 있는 오락실에서 노인들이 질러대는 소리가 쩌렁쩌렁 울렸다.

카운터 너머로 오락실을 들여다보자, 풍선 놀이를 하는 노인들 모습이 보였다. 길게 한 줄로 서서 앞 사람에게 건네받은 풍선을 뒤 사람에게 건네고, 그 속도를 겨룬다.

"그럼 안 되지. 또 미쓰에 씨네."

줄 한가운데쯤 있는 할머니가 풍선을 떨어뜨렸다.

"네, 여기까지. 종료."

호루라기 소리가 났다.

"B팀 승리!"

"미쓰에 씨는 어쩜 그렇게 운동신경이 없나 몰라."

또 시작이다.

안타까운 마음에 나도 모르게 눈길을 돌린다.

여기 있는 노인들 대부분이 타인에게 가차 없다. 아이들 세계만큼이나 가혹하다.

"그래, 어차피 내가 못난 사람이지. A팀이 지는 건 언제나 내 탓이니까. 나가 죽어야지!"

"쉽게 죽기나 하면 다행이지."

"풍선 떨어뜨렸다고 저승사자가 찾아올 정도면, 매번 떨어 뜨리겠소."

"그러고 보니까, 매주 오던 기타야마 요양보호사가 지난주 에 죽었다네."

"아니, 그렇게 건강하던 사람이? 그야말로 하루아침에 가버 린 거잖아. 좋겠네."

"나도 그랬으면 좋겠는데."

"그러게 말이야."

"다들 무슨 헛소리야. 하루아침에 가지 못했으니 우리가 여 기 있는 거지."

"그래도 그 법안 덕에 이제 2년만 참으면 되잖아."

마지막에는 언제나 죽음이 화제다. 늘 똑같은 패턴이다.

주변의 노인들이 어떻게 죽는지 모두들 관심을 보이고 있다. 가능하면 고통스러운 검사를 받지 않고, 그리고 너무 아프지 않고 힘들지 않게 죽고 싶어 한다. 이곳에는 그런 간절한 바람이 가득하다.

누구누구는 잠든 것처럼 죽었다거나 순식간에 죽었다는 소리를 들으면 모두가 부러워한다. 선망한다고 해도 좋을 정도다. 그런 노인들을 보고 있으면 집에서 자리보전을 하고 있는 할머니가 떠올라 기분이 착잡해진다.

도쿄에 집이 있는데도 불구하고 아파트를 빌려 혼자 살기 시작한 것은 할머니 병 수발을 피하기 위해서였다. 전에는 조그마한 인쇄회사에 다녔다. 어느 날, 할머니 병 수발에 지친 엄마가 내게 도움을 청한 적이 있다. 밤중에 몇 번이나 불러대니 엄마 혼자서는 몸이 남아나지 않는다고 했다. 그건 알지만 나는 하는 일이 있으니 엄마를 대신할 수 없었다.

엄마가 미안하다는 표정을 지으며 말을 꺼냈다.

"회사를 그만두면 안 되겠니?"

엄마의 절박한 상황은 이해가 갔지만, 이십 대의 젊은 나이에 할머니 병 수발을 드느라 사회로부터 단절되고 앞날이 보이지 않는 생활에 얽매여야 하다니, 말도 안 된다고 생각했다. 나까지 끌어들이지 말라고 소리치고 싶었다.

대답을 망설이자, 엄마는 말했다.

"돈 걱정은 안 해도 돼. 용돈도 줄게."

아버지 월급에 비하면 조그만 인쇄회사의 사무직 따위는 아무것도 아니었다. 나도 잘 알고 있다. 그치만 돈이 문제가 아니었다. 어쨌거나 지금 상황에서 아무런 돌파구가 없는 엄마가 알아줄 것 같진 않아서 아무 말 하지 않았다.

그 후로 나날이 지쳐가는 엄마의 모습을 보고 있기가 고통스러워 집을 나가기로 했다.

회사를 그만두라고까지 했던 엄마는 집에서 나가는 딸을 막지 않았다.

"그래, 모모카 말이 옳아. 할머니 병 수발에 손녀까지 동원하는 게 이상한 거지."

그때부터 엄마를 보고도 못 본 척했다는 죄책감에 시달리고 있다.

그래서 노인을 돌보는 일만은 딱 질색이라고 생각했는데, 아이러니하게 지금은 노인 요양원에서 돌보미로 일하고 있다. 혼자 살기 시작한 지 얼마 안 되어, 다니던 인쇄회사에 사장의 조카가 사무직으로 들어왔기 때문이다. 어차피 가족이 경영하는 회사. 딱히 호감 있게 생기지도 않았고 특별한 능력이 있는 것도 아닌 내 자리가 없어졌다.

그다음부터는 파견회사 사원으로 기업을 이리저리 옮겨 다니며 사무 일을 했다. 열심히 일했지만, 어느 회사도 나를 정사원으로 채용해 주지 않았고, 약속한 기한이 되면 계약은 가차없이 종료되었다.

물류회사의 본사에서 일하던 어느 날이었다. 대형 거래처에서 클레임이 들어왔다. 화가 머리 꼭대기까지 났는지 거래처 영업과장이 직접 총무과에 들이닥쳤다. 담당 사원과 옥신각신하는 소리를 멀리서 듣고 있는데, 과장이 소리를 꽥 질렀다.

"도대체 말귀를 못 알아먹는군. 말이 통하는 사람을 불러와!"

그 담당사원을 대신해서 기간제로 일하는 주부가 곧바로 대응에 나서 무사히 매듭을 지었다. 주위를 둘러보니, 머리 회전도 빠르고 컴퓨터에 대해서도 잘 알고 딱 부러지게 일할듯한 주부들이 많았다. 그러나 그런 여성들조차 정규직으로 채용되는 일은 없었다. 그런 점을 감안하면 내게 사무 일이 돌아오지 않는 것도 당연하다 할 수 있었다. 파견회사에 등록한 상태에서도 장기간 대기하는 일이 잦아졌다.

결국 가게 된 곳이 노인 요양원이었다. 인력이 극단적으로 부족한 분야라서 바로 인턴으로 채용해 주었다.

벨이 울리고 식사시간이 되었다.

"아, 해보세요. 그렇죠, 입을 크게 벌리세요."

아흔세 살인 할머니에게 계란찜을 먹인다.

3주 전부터 여기서 일하기 시작했다. 밥을 먹이고, 리듬체조를 할 때 옆에서 도와주고, 청소를 하는 일에는 익숙해졌지만, 대소변을 처리하거나 목욕시키는 일에는 아직 적응하지 못하고 있다.

심신이 고달파서 쉬는 날에도 밖에 나갈 기력이 없어 집에서 잠만 잔다. 지금은 아직 인턴이라 야근이 없지만, 들은 얘기로 밤에는 직원 둘이서 여든 명이나 되는 노인을 보살핀다고 한다.

"자, 이제 콩이에요!"

할머니 귀에 대고 소리를 지른다.

오늘 식단은 계란을 입혀 구운 삼치, 계란찜, 흰쌀밥, 맑은 두부 된장국, 강낭콩 조림, 백김치, 귤 한 개. 이가 없는 사람을 위해서는 믹서로 갈아 죽처럼 만든 것이 각각의 용기에 담겨있다. 크림색, 코코아색, 반투명한 색……

우아하고 기품 있게 젓가락질을 하는 할머니가 있는가 하면, 고개를 처박고 개처럼 혀로 직접 먹으려는 할아버지도 있고, 손이 떨려 숟가락이 입으로 가는 사이에 음식이 다 흘러버리는 할머니도 있다.

"앗, 죄송합니다."

잠깐 한눈을 파는 사이에 계란찜에 든 백합 구근이 숟가락에서 떨어지고 말았다.

아까부터 몇 번이나 문 쪽을 돌아본 탓이다. 오늘은 후쿠다 료이치가 야근을 한다. 그는 언제나 30분 정도 일찍 오니까, 이제 슬슬 올 시간이다.

"노다 씨, 꼭꼭 씹으셔야 해요."

이 할머니는 입에 음식을 넣어주어도 좀처럼 씹으려고 하지 않는다.

"모모카 씨, 그러면 안 되지."

갑자기 뒤에서 누가 어깨를 툭 쳤다. 주임인 히사코 씨였다.

"좀 봐봐. 입안에 음식이 가득 들어있잖아. 아직 삼키지도 않았는데, 자꾸 입에다 넣으면 어떻겠어. 이렇게 꿀꺽 삼켜서 목이 위아래로 움직이는 걸 확인한 다음에 또 한 숟가락을 먹여드려야지."

충격이었다.

3주 동안, 그런 것 하나조차 몰랐다. 아무튼 빨리 끝내려는 생각에 무턱대고 숟가락을 밀어 넣었던 것이다.

"노다 씨, 죄송해요. 노다 씨도 참…… 그러면 그렇다고 말을 하시지."

나도 모르게 입에서 투정이 나왔다.

"조심스러워 그러는 거야. 돌봐주는 사람이니까 말하기가 더 어려운 거지."

히사코 씨가 그렇게 말하자, 노다 씨는 눈을 치켜뜨고 이쪽을 힐금 보았다.

"앞으로는 조심할게요. 정말 죄송합니다."

식사를 마치고 테이블을 깨끗하게 닦았다. 이제 곧 료이치가 온다. 오늘은 꼭 말을 걸리라고 다짐했다. 그의 쓸쓸한 옆얼굴에 마음이 끌리고 있었다.

며칠 전에 히사코 씨에게 슬쩍 물어보았는데, 료이치의 할머니도 이 요양원에서 지내고 있단다. 그는 부모님을 사고로 일찍 여의고, 조부모님 밑에서 자랐다는 것 같다. 그런데 할아버지가 2년 전에 암으로 돌아가셔서 지금은 피붙이가 할머니밖에 남지 않았다고 했다. 몸을 움직이지 못하는 어르신은 식당에 오지 않으니, 그의 할머니와는 아직 한 번도 만난 적이 없다.

"모모카 씨, 이제 퇴근해도 돼요."

히사코 씨 말에 시계를 보니, 퇴근시간이 지났다.

식당에서 복도로 나와 창밖을 내려다보았다. 료이치가 주차장에서 직원 출입구를 향해 걸어오고 있었다.

발소리가 나지 않게 살금살금 계단을 내려가 우연인 척하면서 복도를 걸었다.

"수고하세요."

과감하게 말을 걸어보았다.

"감사합니다."

료이치는 대답은 했지만 이쪽을 돌아보지는 않은 채 스니커즈를 벗고 실내화로 갈아 신었다. 오늘따라 한층 더 애수에 찬 표정이다.

"이 일, 생각보다 힘드네요……."

내가 무슨 말을 하려는 거야.

갑자기 창피해져서 황급히 돌아가려 했을 때, 그가 비로소 얼굴을 들었다.

"지난달에 들어온 인턴인가요?"

눈이 마주쳤다. 가슴이 콩콩 뛰었다.

"네."

"왜 이런 데서 일하게 된 거죠?"

"이런 데…… 라뇨?"

"뭐가 좋다고 노인 요양원에 일하러 왔나 싶어서."

"그건…… 우리 할머니도 집에서 누워만 지내니까. 우리 집은 엄마가 병 수발을 들고 있는데, 그래서, 왠지……."

료이치는 이 시설의 정직원이다. 그런 그에게 솔직하게 말할 수는 없었다.

—취직자리가 없어서, 어쩔 수 없이 왔어요.

그렇게 말하는 건 실례다. 사명감과 굳은 뜻을 갖고 일하는 사람도 많이 있을 텐데.

"여기서 잘 배워서 할머니 병 수발 들려고?"

"네, 뭐 그런 셈이죠."

"이제 집에 가는 겁니까?"

"네, 조금 전에 끝나서요."

"그렇군. 수고했어요."

그는 그렇게 말하고는 엘리베이터 쪽으로 갔다.

뒷모습을 쳐다보고 있는데, 그가 난데없이 뒤돌아서서 말했다.

"혹시 우리 할머니 같이 보러 가지 않을래요? 싫다면 할 수 없지만."

"네?"

"우리 할머니도 1동 3층에 계시거든요."

조금도 예상치 못한 일이라 놀란 나머지 대답하는 것도 잊고 말았다.

"미안합니다. 바쁘면 안 가도 돼요."

"아니에요. 퇴근 후에는 아무 일 없어요. 저도 같이⋯⋯."

"그래요? 고맙습니다. 혼자 가면 따분해서요."

료이치의 표정에서 당연히 사랑 따위는 읽을 수 없다. 아니, 나를 여자로 의식하고 있지도 않으리라. 슬프다. 아버지를 닮아 평범한 얼굴과 통통한 체형이 원망스럽다. 동생 마사키는 엄마를 닮아서 갸름하고 예쁘게 생겼는데.

료이치와 함께 엘리베이터를 타고 3층으로 올라가 1동으로 이어진 복도를 걸었다.

"여기, 8인실입니다."

그렇게 말하면서 료이치가 문을 열었다.

실내를 본 순간, 나도 모르게 얼어붙고 말았다.

각각의 침대에 할머니들이 누워있는데, 온몸에 관이 연결되어 있었다. 마치 납 인형 같았다. 기계 소리가 윙윙 낮게 울렸다. 그 고요함이 오싹했다.

오로지 죽음을 기다릴 뿐인 사람들⋯⋯.

노인들이 침대에 누워서 옆 침대 할머니와 서로 손자 자랑을 하거나 잡지를 읽거나 조그만 텔레비전을 열심히 보는, 그런 광경을 상상하고 있었는데. 나의 할머니처럼 침대에 누워 몸을 움직이지는 못해도 잘 먹고 말도 잘하고 투정도 잘 부리는 할머니들을 상상했는데. 말소리가 하나도 들리지 않았다.

자세히 보니, 거기에 있는 할머니 모두가 목에 삽관이 된 상태였다.

"할머니, 저 왔어요."

창가 침대에 누워 눈을 감고 있던 할머니가 눈을 반짝 떴다.

뚜렷한 쌍꺼풀 속에 촉촉한 검은 눈동자가 보인다. 지금은 검푸른 피부에 주름이 주글주글하지만, 젊은 시절에는 이국적인 미인이지 않았을까 싶다.

"몸은 좀 어떠세요?"

그가 말을 거는데도 아무 반응이 없었다. 그는 할머니 손을 잡고 손등을 쓰다듬었다. 할머니는 그를 물끄러미 쳐다만 볼뿐 아무 말도 하지 않았다.

"우리 할머니, 일흔일곱 살 때 뇌경색으로 쓰러지셨어요."

그가 이쪽을 돌아보며 말했다.

"지금은 몇 세신데요?"

"여든둘. 도서관에 갔다 돌아오는 길에 쓰러지셔서, 바로 구급차에 실려가 수술을 받았지만, 그다음날 또 출혈을 해서, 열흘 동안이나 집중 치료실에 계셨어요. 그다음에 의식은 돌아왔는데, 몸은 움직이지 못 했죠. 그래도 공도 굴리고, 보행연습도 하고, 매일 재활운동을 열심히 해서 누가 부축해 주면 걸을 수 있던 때도 있었어요."

"대단하시네요. 우리 할머니는 재활운동이 싫다고 집에서 그냥 지내다 자리보전을 하게 되었는데."

"우리 할머니는 자존심도 세고, 정년으로 퇴직하실 때까지 고등학교에서 생물을 가르쳤던 사람이거든요. 집에서도 여러 가지 파충류를 키우면서 연구도 열심히 하셨는데."

"그런데 지금 어쩌다 여기에?"

그렇게 물으면서 할머니 쪽을 힐금 보았다.

아까부터 줄곧 마음에 걸렸다. 할머니가 우리 둘의 대화를 전부 듣고 있는 것처럼 보였다. 물론 나의 착각이겠지만, 눈 한 번 깜박거리지 않고 손자인 료이치를 쳐다보는 그 까만 눈동자 에 강한 의지가 담겨있는 것처럼 느껴졌다.

할머니 앞에서 당신의 이야기를 함부로 해도 되는 걸까. 왠 지 불안했다.

"입원 당시에는 점차 회복되는 중이어서, 언제 면회를 가도 웃는 얼굴로 맞아주셨어요. 그런데 입원생활을 시작한 지 석 달쯤 지날 무렵에 병원 측에서 퇴원을 종용해서 어쩔 수 없이 이 요양원으로 옮겼어요. 여기는 리듬체조도 다 같이 하고 집 단 활동이 대부분이지 개개인에 맞춘 재활운동은 제공하지 않으니까, 점차 침대에 누워만 지내게 된 거예요. 그러다 어느 날, 기관지와 폐에 담이 차서 급성호흡부전을 일으키고 말았죠. 그때 의사가 기관절개와 위루 형성술을 권하더군요."

"위루 형성술?"

"네. 위에 구멍을 뚫어서 영양을 직접 주입하는 시술이요. 당시 나는 연명치료에 대한 지식이 전혀 없어서, 그 참혹한 상황을 몰랐던 터라 의사가 권하는 대로……. 내가 바보였죠. 나 때문에 할머니는 또 수술을 받고 이렇게 4년이나……."

"4년이나 이런 상태란 말인가요?"

나도 모르게 푸르르 몸이 떨렸다.

그때 간호사가 방으로 들어왔다.

"나카노 오리에 씨, 식사예요."

간호사가 말을 걸었다.

"어머, 안녕하세요. 할머니, 좋으시겠어요. 인기 많은 료이치 씨를 손자로 두셔서. 다들 오리에 씨를 부러워해요."

간호사가 링거용 스탠드에 영양제를 걸고 배꼽 옆에 꽂혀 있는 20센티미터 정도 길이의 관에 연결하자, 비닐 팩에서 갈색 액체가 똑똑 떨어지기 시작했다.

"식사라는 게, 이걸 말하는 건가요?"

"이쪽은 인턴사원 모모카 씨지? 둘이 아는 사이였어?"

"아…… 네."

"아침저녁으로 하루에 두 번 하는 식사야. 3백 밀리리터를 한 시간에 걸쳐 주입해."

그런 식사를 4년이나?

뭣 때문에 살고 있는 거지?

이런 말은 절대 해서는 안 되겠지만, 나 같으면 살고 싶지 않을 것 같다.

"오리에 씨, 내일은 날씨가 좋을 거래요."

간호사가 그렇게 말을 걸었을 때, 할머니의 표정에 변화가 생겼다. 미간을 찡그리고 입을 꾹 다물고 간호사를 노려본 것이다. 격한 분노를 나타내는 것 같아 나까지 겁이 났다.

다음 순간, 할머니의 커다란 눈에 눈물이 그렁그렁 맺혔다.

"앞으로 2년만 참으면 돼요. 그 법안 덕분에."

료이치가 말하자, 할머니의 표정이 갑자기 누그러졌다.

헉, 설마…… 들리는 건가?

"오리에 씨는 말은 못하지만, 이쪽이 하는 말을 전부 이해하셔."

간호사가 침통한 표정으로 말했다.

"어떻게 그럴……."

불쑥 〈자니, 총을 얻다 Johnny Got His Gun〉라는 미국 영화가 뇌리에 떠올랐다. 지금까지 본 영화 가운데 가장 잔혹하고 끔찍한 영화였다. 전쟁에서 양 팔다리를 잃고 눈도 귀도 잃어 의사를 표시할 수단이 없는데, 의식만은 확실한 청년 이야기였다.

료이치를 보니, 할머니에게서 눈을 돌려 창밖을 보고 있었다.

료이치는 고독한 것이다. 누구라도 좋으니 옆에 있었으면 해서, 그래서 내게 같이 가자고 한 것이 아닐까.

제2장

가족이란 무엇일까요?

처마 밑에 단 풍경이 딸랑딸랑 흔들리고 있다.

그 소리만 시원하게 울릴 뿐, 밤이 되었는데도 기온은 좀처럼 내려가지 않는다.

시어머니 방에서는 숨소리 하나 들리지 않는다. 이제 잠이 든 것일까.

복도로 나와 살며시 방 안을 살폈다. 불이 환하게 켜져있다. 냉방을 싫어하는 시어머니는 해마다 여름이 되면 바람이 잘 통하게 문도 창문도 활짝 열어놓으라고 한다.

시어머니의 옆얼굴이 보였다. 리클라이닝 침대의 머리를 올린 상태로 창문 쪽을 바라보고 있다. 대체 뭘 보고 있는 것일까. 유리창이 있는 장지문은 꼭 닫혀있는데.

가까이 가보려고 한 걸음 내디디는 순간, 움찔하면서 걸음을 멈췄다.

한 줄기 빛나는 것이 시어머니의 볼을 타고 흘렀기 때문이다.

말을 걸까 말까 망설이고 있는데, 현관 벨이 울렸다. 남편이 돌아온 모양이다.

"오늘 밤에는 온통 70세 사망법안 얘기뿐이었어."

현관 앞에서 남편이 말했다. 적당히 술이 들어갔는지 얼굴이 불긋불긋하다. 남편은 대학 시절의 산악부 모임이 있는 날이면 언제나 기분이 좋아져서 돌아온다.

"커피 끓일게."

전기 포트에 물을 넉넉히 끓여놓고 남편이 돌아오기만을 기다리던 참이었다. 누구든 좋으니 얘기가 하고 싶어 입이 근질근질했다. 시어머니 병 수발 때문에 집을 비울 수 없게 된 후로 이야기를 나눌 상대는 남편뿐이었다.

"커피는 나중에 마실게."

남편은 터벅터벅 슬리퍼 소리를 내면서 거실 옆을 지나 복도를 똑바로 걸어갔다.

"당신하고 어머니에게 할 얘기가 있어. 당신도 같이 가자고."

하는 수 없이 남편 뒤를 따라갔다.

"어머니, 오늘은 좀 어떠세요?"

남편이 시어머니 귓가에 얼굴을 대고 큰 소리로 물었다.

다들 귀가 잘 들리지 않는다고 생각하지만, 사실 시어머니 귀는 멀쩡하다. 그걸 아는 사람은 나뿐이다.

"그럭저럭이야. 도요코가 잘해주는데, 뭘."

기특한 대답이다.

아들에겐 여전히 사랑스러운 어머니이고 싶은 것이다. 그러기 위해서는 며느리에게도 자상한 시어머니여야 한다. 나는 그런 시어머니가 퍽 귀엽게 느껴진다. 시어머니 세대의 여자에게 아들은 특별한 존재다. 딸과는 달라서 아들은 어머니 본인보다도 신분이 높다. 이 세대 여자들에게는 남존여비 사상이 뼛속까지 배어있다. 그런 걸 생각하면 아무리 남편에게라도 시어머니의 실체를 말하기가 조심스러워진다.

남편은 침대 옆에 놓인 앤티크 의자에 앉았다. 돌아가신 시아버지가 골동품 가게에서 사들인 가구로, 손으로 직접 조각한 무늬가 중후하다. 지금은 남편 전용이라서 나는 한 번도 앉아본 적이 없다. 이 방에 의자는 하나뿐이라 나는 마룻바닥에 무릎을 꿇고 앉았다.

"어머니, 저 2년 후면 정년퇴직이지만, 지금 회사를 그만두려고 합니다."

"엣? 어째서요?"

나는 너무 놀라서 그만 소리를 지르고 말았다.

"그 법안 때문에 인생이 앞으로 12년밖에 남지 않았잖아. 12년 은 순식간이라고. 회사에나 다니고 있을 때가 아니지."

정년까지 남은 2년을 회사가 아닌 어머니에게 바치겠다는 뜻일까. 시어머니는 앞으로 2년밖에 살 수 없으니 아들로서 당연한 선택일지도 모른다. 귀가가 늦는 남편이 시어머니 얼굴을 볼 수 있는 날은 이제껏 휴일뿐이었으니.

"그래서, 언제 그만둘 생각이냐?"

"인수인계가 있으니 당장은 어렵겠지만, 늦어도 올해 안에 는 그만두려고 합니다."

남편이 집에 있어준다면 시어머니 병 수발도 한결 편해질 테고, 마사키 문제도 맡길 수 있다. 무엇보다 내가 외출하기가 쉬워진다. 대학 시절 친구들과 여행도 갈 수 있다.

아, 고마워라.

원래 남편은 자상한 사람이다. 아내인 내게도 자주 수고한 다는 말을 해주고, 무리하지 말라고 위로도 해준다. 집안일에 는 전혀 도움을 주지 않지만 그건 일이 바빠서 심신이 피곤하 기 때문이다.

이제 더는 시어머니를 원망하지 말자.

남편과 힘을 합하여 이겨나가기로 하자.

시어머니도 스스로 원해서 자리보전을 하게 된 것이 아니다. 누구라도 누워만 지내게 되면 절망감에 휩싸여 마음이 스산해기 마련이다.

"월급이 없어질 텐데 괜찮겠어, 당신? 조기에 명예퇴직을 하면 퇴직금이 좀 더 많긴 하지만."

남편이 미안하다는 듯이 나를 힐금 돌아보았다.

"어떻게든 될 거야."

주택 융자금도 없고, 아이들 교육비도 더는 들어가지 않는다. 그러니 생활비만 있으면 어떻게든 살 수 있다.

70세까지 사는 데 필요한 경비를 한번 계산해 봐야겠다. 어느 정도 생활수준을 유지할 수 있을지 가늠해 봐야지. 2년 후에 시어머니가 돌아가시면 남편과 둘이 여행도 하고 싶다.

"나는 찬성이다. 아범이 지금까지 가족을 위해서 열심히 일했잖니. 아버지 시대에는 정년이 쉰다섯이었어. 충분히 일한 셈이야."

"고맙습니다. 어머니는 이해해 주실 거라고 생각했어요. 당신 생각은?"

"물론 나도 찬성이야."

"그래, 다행이군."

남편이 미소를 지었다.

"긴 세월, 정말 수고 많았어요."

그렇게 말하고 공손히 머리를 숙이자, 남편은 후련하다는 표정을 짓는다. 역시 회사에서 고생이 많았을 것이다. 해방감에 들뜬 얼굴이다.

"실은, 용기를 내서 세계여행을 떠나볼까 하는데."

남편은 벌써부터 잔뜩 들떠있다.

그 심정은 알지만, 시어머니가 돌아가신 후에야 할 일을 굳이 본인 앞에서 말하는 건, 아무리 그래도 심하지 않나.

얼른 시어머니 표정을 훔쳐보니, 표정이 일그러져 있었다.

"그래서, 어느 나라에 가고 싶은데?"

시어머니의 목소리가 어둡다.

세계여행이라고 한 걸 보면, 대륙 전체를 돌 계획일지도 모른다. 나 역시 예전부터 세계유산을 돌아보고 싶은 마음이 있었다. 그러나 이루지 못할 꿈이라고 포기한 상태였다.

그래도 혹시 알뜰하게 다니면 실현할 수 있지 않을까?

"구체적으로는 아직 정하지 못했습니다."

어차피 2년 후에나 가능한 일이다. 시간을 두고 천천히 계획을 짜면 된다. 한 손에 지도를 들고, 이리저리 길을 찾으면서 나누는 얘기도 즐거울 듯하다. 내일이라도 당장 남편에게 가이드북을 사오라고 하자.

우선은 유럽에 가보고 싶다. 최소한 프랑스와 이탈리아와 독일에는 가보고 싶다. 친구들 대부분이 다녀왔으니 나도 꼭 가보고 싶다. 그러지 않으면 동창회에 나갔을 때 할 얘기가 없다. 그리고 그다음은 미국. 미국 하면 역시 뉴욕. 일본에서도 도쿄가 가장 볼거리가 많다. 그러니 대도시 뉴욕도 볼거리가 많지 않을까. 그다음에는 느긋하게 호주. 골드코스트 해변에 누워 종일 바다를 바라본다. 캥거루와 코알라 보호구역에도 가보고 싶다. 그다음은? 아프리카나 남미는 어떨까? 그쪽은 여행비가 꽤 들 것 같다. 미국과 유럽을 돈 다음에도 자금에 여유가 있으면 가보기로 하자.

아니지, 잠깐. 순서가 반대가 돼야 하는 거 아닌가? 나는 지금 오십 대다. 아프리카나 남미는 체력이 있을 때 돌아보는 편이 좋다. 그렇다면 갈라파고스 섬도 좋겠다. 미국이나 독일 같은 선진국에는 좀 더 나이를 먹어도 갈 수 있을 것이다. 깨끗한 호텔도 있고 에어컨도 있다. 음식도 입에 맞을 것이다.

그리고…… 여행은 알뜰하게 한다 쳐도, 역시 새 옷은 있어야 하지 않을까. 어떤 옷을 입을까? 샹젤리제 거리의 카페에서 커피를 마시려면 나름 세련된 차림을 갖춰야 초라하지 않다. 그래도 나이가 나이니까 너무 화려한 것보다는…… 옳지, 우아한 것. 예를 들면…… 베이지색 재킷에 검은 바지는 어떨까.

모자도 구두도 새로 사고 싶다. 핸드백도. 아참, 핸드백이야 말로 프랑스나 이탈리아에 갔을 때 사는 게 좋지 않을까. 그래, 그러자. 갈 때는 그냥 가볍고 튼튼한 걸 들고 가면 된다.

모모카에게도 지갑 정도는 선물로 사다주고 싶다. 징징거리지도 않고 집에다 손을 내밀지도 않는 걸 보면 어떻게든 살아가는 모양이지만, 그래도 빠듯할 것이다. 마지막으로 집에 왔을 때…… 그날도 꽤 추웠으니까 아마 2월이었던 것으로 기억하는데…… 현관에서 모모카를 보고는 하마터면 눈물을 흘릴 뻔했다. 입고 있는 옷도 신고 있는 구두도 들고 있는 가방도, 전부 예전부터 봤던 낡은 것들이었다. 싸구려라도 곱게 잘 쓰는 것은 기특하지만, 옷 하나 새로 살 여유가 없는 것일까. 생각은 그랬지만, 이미 독립한 딸에게 묻자니 좀 그렇기도 하고 괜히 속이 상할까 봐 결국 아무것도 묻지 못했다. 삼십 대가 되었는데도 명품 지갑 하나 없을 것이다. 그래, 나는 둘째 치고 우선 모모카에게 뭐라도 사주자.

"그래서, 언제 떠날 생각이냐?"

시어머니의 목소리에 퍼뜩 정신을 차렸다.

"11월 말에 퇴직하고 12월에 출발하려고 합니다."

내 귀를 의심했다.

부부가 세계여행을 떠나면 그동안 시어머니는 누가 돌보는데? 혹시 시누이들이 봐주는 거야? 벌써 그렇게 약속이 돼있는 거야? 아니지, 그럴 리가 없다. 지금까지 단 하루도 그들이 이 일을 대신한 적은 없었다. 그래서 나는 충치조차 치료하지 못하고 있다.

"오늘 산악부 모임에서 후지타랑 의견이 잘 맞아서."

"후지타?"

"산악부 부장이었던 후지타 말이야."

"의견이 맞았다는 게 대체……?"

놀라서 남편의 옆얼굴을 쳐다보았다.

"그래서, 세계여행을 후지타랑 둘이 간다는 거냐?"

말이 되는 소리야?

"네, 맞습니다."

기가 차서 말이 안 나왔다.

"그래, 얼마나 오래 다녀오려고?"

"기간은 딱히 정하지 않았어요. 그냥 발길 닿는 대로 다녀보려고 합니다. 그게 더 재미있을 것 같아서요. 그래도 한 석 달 돌아다니다가 일단은 귀국할 겁니다. 어머니 걱정도 되고 해서."

"그래서, 산에라도 오르는 거니? 얘야, 위험한 곳은 안 된다."

"걱정 마세요. 아직 높은 산에 오를 예정은 없습니다. 세계를 돌아보는 게 목적이니까, 산에 오른다 해도 하이킹 코스 정도

일 겁니다."

아아.

이런 인생, 다 때려치우고 싶다.

말로만 자상하게 굴었던 것이다. 지금까지 몇 번이나 그런 의심을 하기는 했다. 그래도 내 남편이 그런 인간이라고 생각하고 싶지 않았다. 남편은 일에 치여서 피곤하니까 집안일이나 어머니 병 수발을 도와주지 못하는 거라고 좋은 쪽으로만 해석한 내가 바보였다.

"그래, 다녀와라. 지금까지 열심히 일해서 가족을 부양했으니, 그 정도 여유를 부려도 뭐라고 할 사람 아무도 없다."

"감사합니다. 그래도 어머니, 적적하지 않으시겠어요?"

"그야 네가 없으면 적적하겠지. 그래도 네가 행복하면 나도 행복해. 엄마란 그런 법이다. 게다가 내 걱정은 안 해도 된다. 난 며느리가 있질 않니."

"다행입니다. 어머니는 이해해 주실 거라 믿었어요."

손이라도 마주잡을 것처럼 서로를 쳐다본다.

"그런데 도요코는 어떻게 생각하는지 모르겠구나."

그렇게 말하면서 시어머니가 내 쪽을 보았다. 걱정하는 듯한 표정이 가식적이었다.

"당신은 반대하는 거야?"

찬성이고 반대고 할 것도 없다. 남편과 시어머니가 합의한 일에 며느리인 내가 가타부타한 적은 단 한 번도 없다.

"반대는 무슨, 이미 결정된 일 아닌가."

나도 모르게 말이 삐딱하게 나왔다.

"정말?"

남편은 기쁜 듯이 눈을 반짝거렸다.

속이 부글부글 끓기 시작한다.

"난 아직 15년이나 살 수 있는데, 뭐."

태연한 척하려고 억지로 웃었더니 양 볼이 푸들푸들 떨렸다.

"고마워. 이렇게 쉽게 이해할 줄은 몰랐는데. 당장 후지타에 게 연락해야지. 좋아할 거야."

다들 왜 이렇게 자기 생각밖에 못하는 걸까.

내 마음이 남편을 향한 경멸로 가득 찼다.

그다음 주의 어느 날, 시어머니가 말했다.

"나도 이제 나이가 이러니 언제 치매가 올지 알 수가 없잖니. 그래서 말인데, 머리가 맑을 때 재산분배를 하고 싶구나. 아범 과 딸들의 사정이 어떤지 물어봐 다오."

그날 밤, 큰시누 아케미에게 전화를 걸었다. 두 자식이 이미 독립해 지금은 정년퇴직한 남편과 둘이 살고 있다.

"여보세요, 저예요. 오랜만이네요."

"어머, 웬일이야. 올케가 우리 집에 전화를 다 하고. 혹시 엄마에게 무슨 일이 있는 거야?"

"걱정 마세요. 어머니는 건강하세요."

"자주 가보지 못해서 미안해. 그런데 어쩌겠어, 내가 좀 바빠야지. 세탁소 일이 수입도 적은데 불경기다 보니 쉬지도 못해."

"여전히 바쁘세요?"

"엄마가 얼굴이라도 보이라고 하시는 거야? 엄마는 참 좋겠어. 누워만 있으면 되니까. 돈이 없으면 쉴 새도 없다니까."

"어머니가 재산분배를 하겠다고 하시네요."

"재산분배? 정말? 그런 얘기라면 언제든 가야지. 내일이라도 괜찮아."

"네? 세탁소 일은 어쩌고요?"

"그래봐야 잠시 나가서 일하는 건데, 뭐. 감기 걸렸다고 둘러대면 돼."

할 말이 없다. 늘 일을 쉴 수 없어 하루도 나를 대신할 수 없다고 하지 않았던가.

전화를 끊은 다음 한숨을 푹푹 내쉬면서도, 정신을 가다듬고 작은시누 기요에게 전화를 걸었다.

벨이 몇 번이나 울려도 받지 않는다. 집에 아무도 없는 것일까. 아니면 목욕 중일까.

수화기를 내려놓으려고 하는데 "네" 하는 작은 소리가 들렸다.

"저…… 하스다 씨 댁 아닌가요?"

대답이 없다. 번호를 잘못 눌렀는지도 모른다.

그때, 수화기 안에서 남자가 고함을 지르는 소리가 났다.

"웃기고 있네! 내가 뭘 어쨌다고 그러는 거야?"

남자치고는 날카로우면서도 쉰 목소리. 틀림없이 기요에의
남편이다.

"여보세요, 전데요."

"아…… 웬일이에요?"

"지금 통화할 수 있어요?"

"괜찮아요. 그 사람이 취해서 꽥꽥거리고 있지만. 그래서 뭔
데요? 엄마에게 무슨 일 있어요?"

잔뜩 짜증이 난 모양이다. 짧게 용건을 전했다.

"정말요? 재산분배?"

갑자기 목소리에 힘이 실린다. 돈에 쪼들리고 있는 것일까.

"언제가 좋은지 알려주면 좋겠는데……."

"언제든 괜찮아요."

"그쪽 시아버지는 어쩌고요?"

"괜찮아요. 요양시설에 들어가 있거든요."

전에 들었던 얘기와는 아주 다르다.

"어이, 재산이 뭐 어떻다고? 얼마나 받을 수 있는데?"

이번에는 기요에의 남편 목소리가 확실하게 들렸다.

"그런데 언니, 나 얼마나 받을 수 있어요?"

"난 잘 몰라요."

"어머, 그래요? 흠. 그럼 그날을 기대해야겠네."

신이 난 목소리였다.

그로부터 얼마 뒤, 두 시누이 아케미와 기요에가 오는 날이
되었다.

시어머니의 부탁으로 산쇼야에 가서 김말이 초밥 두 줄을
사들고 막 돌아온 참이다. 아케미와 기요에가 돌아갈 때 한 줄
씩 주겠다는 것이다. 시어머니가 지갑을 여는 기미가 없어서
이번에도 어쩔 수 없이 내 돈으로 지불했다. 전화로 주문을 하
고 찾으러 갔는데도 가게 앞에서 5분이나 기다려야 했다.

이래저래 아침부터 짜증만 났다.

곧장 시어머니 방을 청소하러 들어갔다. 장지문을 활짝 열
자 바람에 한들거리는 잡초가 보였다.

"얘야, 식탁 의자 좀 여기 갖다 놓아라."

시어머니 방에는 남편 전용 앤티크 의자 하나뿐이니 시누들

의 것을 준비하라는 뜻이다.

"방석을 깔면 안 될까요?"

옆방 벽장에는 거의 쓸 일이 없는 손님용 방석이 몇 장이나 쌓여있다.

"애들이 밑에 앉아있으면 침대 위에서 말하기가 불편하잖니."

기분이 좋아 보이는 얼굴이었다. 별다른 일이 있는 것도 아닌데 절로 환하게 번지는 미소는 오랜만에 본다.

"하긴 그러네요."

방석에 앉은 사람과 높낮이의 차이가 너무 심하기는 하다. 그러나 부엌의 식탁 의자는 꽤 무겁다. 남편에게 옮겨달라고 하고 싶은데 2층에서 아직 자고 있다. 마사키가 옮겨줄 리도 없다. 집 안에 힘 좋은 남자가 둘이나 있는데도, 무거운 것을 옮기는 일이며 순번대로 돌아오는 동네 하수구 청소며 궂은 일은 언제나 내 몫이다.

복도가 좁아 의자를 옮기느라 생고생을 했다. 복도 벽을 몇 군데나 긁고 말았다. 아케미와 기요에의 의자만 옮기기로 하자. 나는 바닥에 앉으면 된다. 의자 두 개를 근근이 옮기고 나자 허리가 뻐근해 왔다. 바닥에 그냥 앉으면 또 다리가 아플 텐데. 얘기가 길어질 것 같으니 내가 앉을 방석 하나라도 갖다 놓아야겠다.

"그 방석은 뭐니?"

"아, 괜찮아요. 전 방석이면 되니까."

"너는 없어도 된다."

"네? 없어도 된다는 게 무슨?"

"상속 얘기는 친족끼리 하는 거잖니."

핏기가 싹 가셨다.

나는 친족에 포함되지 않는 모양이다.

"그 방석은 그냥 갖다 둬라. 너는 차만 준비해 주면 돼."

시어머니는 태연하게도 그렇게 말하고는 얼른 창밖으로 시선을 돌렸다.

기가 막혀서…….

나는 가정부 겸 재택 요양보호사에 불과한 모양이다.

울컥할 것 같은 기분에 방석을 들고 얼른 방에서 나와 도망치듯 부엌으로 들어갔다.

"왜 그렇게 멍하게 있어?"

이제 막 일어난 남편이 부엌에 들어왔다.

나도 모르게 냉장고에 반사되는 빛을 멍하니 바라보고 있었던 모양이다. 준비할 일이 많은데.

"글쎄, 조금 전에 어머니가 뭐라시는지 알아?"

조금 전 시어머니가 한 말을 남편에게 그대로 전했다.

자기밖에 모르는 남편에게 그렇게 화가 났었는데, 역시 내 심정을 털어놓을 곳은 여기뿐이다. 지금까지 이런 남자와는 두 번 다시 얘기하고 싶지 않다고 몇 번이나 생각했던가. 하지만 마음대로 외출도 할 수 없고 전화를 걸어 하소연할 사람조차 없어진 후로는 달리 대안이 없었다.

"어머니가 나쁜 마음이 있어서 그런 말씀을 하셨겠어? 그건 아니잖아. 그러니까 당신이 좀 참아. 이 집안 재산은 전부 전쟁통에 고아가 된 아버지랑 어머니가 맨손으로 일구신 거잖아. 얼마나 고생이 많으셨겠어."

그 얘기는 전에도 몇 번이나 들었다. 시아버지와 시어머니는 오래도록 허리띠를 꽉꽉 졸라매는 생활을 했다고 한다.

"아버지는 초등학교도 제대로 못 나왔는데, 보험사원 밑에서 심부름꾼으로 시작해 본사 부장까지 올라갔어. 얼마나 대단해? 게다가 어머니는 어머니대로 우리 세 남매를 키우면서 아침부터 밤까지 고로케 가게에서 일했다고. 어린 기요에를 등에 업고 커다란 무쇠솥 앞에서 고로케를 튀기던 모습이 지금도 눈에 선해."

"그건 나도 알지, 하지만……."

"아버지와 어머니가 일궈온 재산은 말하자면 피와 눈물의 결

106

정이야. 그걸 생각하면 어머니가 며느리는 관계없다고 하는 것도 이상할 게 없지. 그런데 당신, 아직 준비 안 해도 되는 거야?"

그렇게 말하면서 남편이 식탁 위를 쓱 훑어보았다.

다기 세트와 양갱이 놓여있다.

"2시부터니까 차만 준비했어."

"그런가. 점심은 먹고 오기로 했나."

남자는 참 편하다. 점심을 준비하느냐 안 하느냐에 따라 주부의 부담은 크게 차이가 난다.

이 집에 들어와 막 같이 살기 시작했을 무렵에는 시누이들이 친정에 올 때마다 내 손으로 직접 음식을 만들어 대접했다. 그런데 장남의 아내가 만든 음식을 칭찬하면 손해라도 보는지 그녀들은 늘 뚱한 표정이었다. 그게 싫어서 언제부터인가 그녀들이 올 때면 초밥을 배달시키고 국만 끓이게 되었다.

"아무리 점심을 먹고 온다고 해도 그렇지, 양갱만 내놓기는 좀 그렇잖아."

"쌀과자도 사놨어. 멜론도 있고."

"누나가 역 앞에 있는 '트롬본'의 롤케이크를 좋아하지 않았나?"

—그래서, 어쩌라는 건데?

막 입에서 튀어나오려는 말을 간신히 삼켰다.

"내가 신경을 못 썼네. 그래도 오늘은 양갱이 있으니까 됐어."

"내가 얼른 뛰어가서 사올게."

깜짝 놀라서 남편을 보았다. 집안일은 거들떠보지도 않는 사람이, 왜 부모나 누이들에게는 이렇게나 친절한 것인가.

결혼한 후로 줄곧 뭔가 마음에 걸렸는데 그게 바로 소외감이었다는 것을 새삼스럽게 깨달았다.

남편이 케이크 가게로 달려간 뒤, 나는 손님용 커피 잔을 세 개 꺼냈다. 시어머니는 커피를 마시지 않으니까 남편과 시누이 둘의 잔이다. 이미 깨끗하지만 꼼꼼하게 다시 씻었다. 기요에는 결벽증이 아닐까 의심스러울 만큼 깨끗한 것을 좋아한다. 하지만 본인 입으로 그렇게 말했을 뿐이지, 기요에 집에는 가 본 적이 없어 사실이 어떤지는 잘 모른다.

시어머니와 남편의 점심은 시어머니가 원하는 대로 우동을 만들었다. 마른 표고버섯을 불려 국물을 만들고, 미역과 어묵과 파와 닭튀김을 고명으로 얹었다. 다카라다 집안에서는 우동의 고명으로 반드시 닭튀김을 사용한다. 그래서 고작 우동 하나 만드는데 튀김 냄비까지 꺼내야 한다.

혼자 같으면 계란과 파만 있어도 되는데…….

얼마 후에 남편이 돌아왔다.

케이크 상자를 들여다보니 조각 케이크가 여섯 개 들어있었다.

"마사키 것도 사왔어. 이 몽블랑은 당신 거."

"고맙네."

아내가 좋아하는 케이크를 기억해 주다니. 그런 작은 일들로 나는 지금까지 남편을 수없이 용서해 왔다. 그러나 조기에 퇴직하고 세계여행을 떠나겠다는 말을 들은 후로는 조금도 마음이 움직이지 않는다.

"얘야."

"당신, 어머니가 부르시네."

남편이 당연하다는 듯이 말한다. 병 수발은 아내 역할이라는 것에 일말의 의심이 없다.

안쪽 방으로 뛰어간다.

"부르셨어요?"

"옷을 갈아입어야겠다. 오늘은 연보라색 블라우스가 입고 싶구나."

시어머니는 윗옷만 갈아입고 브러시로 머리를 빗어 하나로 묶었다. 엷게 립스틱까지 바르자 몰라보게 예뻐졌다.

"정말 예쁘세요, 어머니."

"허풍은. 이 나이에 예쁘긴 뭐가 예뻐."

그렇게 부인하지만 입가는 순순히 벌어졌다.

아침부터 분주했던 탓인지, 점심을 먹고 나자 벌써 피곤했다.

가끔은 낮잠도 자고 싶은데.

넋이 나간 사람처럼 식탁 의자에 앉아있는데, 남편이 무슨 바람이 불었는지 설거지를 하기 시작했다.

"웬일이야, 설거지를 다 하게."

접시를 씻는 남편의 등에다 그렇게 말했을 때였다.

"저 왔어요."

현관에서 말소리가 들렸다. 벨도 누르지 않고 불쑥 들어온 걸 보면 큰시누 아케미일 것이다. 남편이 케이크를 사들고 오면서, 일부러 현관문을 잠그지 않았는지도 모른다.

"어머, 빨리 왔네요."

약속 시간까지는 아직 40분이나 남아있었다.

그때 현관 앞에서 시끌시끌한 소리가 들려왔다.

"누나랑 기요에가 같이 온 모양인데."

남편이 설거지를 하고 있어, 내가 현관으로 나갔다.

"오느라 애쓰……."

말을 끝내지 못했다.

거기에는 아케미의 남편과 기요에의 남편도 있었다. 전부 네 명이다.

"저희들 왔어용!"

기요에가 평소처럼 장난스럽게 말하고는 얼른 구두를 벗고 부엌으로 들어갔다. 자신이 자란 집이니 거리낄 게 없다. 따지고 보면 이 집에서 유일한 타인인 올케의 기분 따위는 알 바가 아닌 게 당연하다.

"우와! 오빠가 설거지를 다 해? 언니 말이 맞았네."

"얘는, 내가 뭐라고 했다고 그래."

"벌써 잊어버렸어? 약속 시간보다 빨리 가보면 실태를 알 수 있을 거라고 했잖아."

"에이, 그건 일반론이지. 내가 뭘……."

아케미가 당황해서 그렇게 부인하고는 내 안색을 살폈다.

"오빠가 언니에게 꽉 잡혀서 꼼짝 못하고 산다더니 사실이었네."

기요에가 그것 보라는 듯 웃는다.

"아이고, 형님. 기요에 앞에서 설거지하고 그러시면 안 되죠. 집에 돌아가면 오빠를 본받으라고 제가 혼난단 말입니다. 제발 좀 그만하세요."

남편은 아무 대꾸도 않고 그저 싱글거릴 뿐이다. 몇 년 만에 처음 하는 설거지다. 보통은 집안일을 전혀 하지 않는다고 지금 이 자리에서 솔직하게 말해줬으면 좋겠는데.

"나, 엄마 방에 먼저 가 있을게."

아케미는 거의 제집인 양 쿵쿵거리며 복도를 걸어갔다.

"기다려, 언니. 얌체같이 혼자 가고."

기요에가 뒤쫓아 가자 두 남편도 휑하니 그 뒤를 따라갔다.

사위들까지 올 것이라고는 생각지 못했다. 시어머니 방에 의자를 두 개밖에 옮겨놓지 않았는데. 사위들은 방석에 앉으라고 하지, 뭐. 그렇게 생각하고는 옆방에서 방석 세 개를 꺼내 들고 시어머니 방에 들어갔다.

시어머니 머리맡에서부터 아케미, 기요에 그리고 기요에의 남편이 의자에 걸터앉아 있었다. 아케미 남편은 선 채로 따분하다는 듯 마당을 바라보고 있다.

나는 다시 부엌으로 돌아가 쟁반에 다기 세트를 담아 옮겼다. 그 뒤에 남편이 전기 포트를 들고 따라왔다.

"큰아들이 그 의자에 앉아야지. 그래, 아버지 유품인 그 의자. 그 옆에 아케미, 기요에 순서로 앉아라. 미안하지만, 사위들은 방석에 앉도록 하고."

의자에 앉아있던 기요에의 남편이 얼른 의자에서 내려왔다.

사위들까지 출동한 것이 오히려 내게는 잘된 일이었다. 그들 덕분에 며느리도 함께하는 것이 당연한 분위기가 되었기 때문이다.

"사위까지 부를 필요는 없었는데."

그렇게 말하며 시어머니가 나를 쏘아보았다.

"아니, 딱히 제가 오라고 한 건……."

사위는 올 필요 없다는 말은 굳이 하지 않았지만.

"죄송합니다, 장모님. 제가 멋대로 따라온 겁니다. 이 사람이 마음이 너무 좋아서, 그만 걱정이 되는 터라. 제가 옆에 있어주는 편이 안심이 되지 않을까 해서요."

"그 말이 대체 무슨 뜻인지 모르겠네. 마치 내가 듣기 좋은 말로 꼬드겨서 동생 몫까지 빼앗으려는 것처럼 들리는데."

"아이고! 무슨 말을 그렇게 합니까, 처형. 오해예요, 오해. 형님 부부가 다 인텔리다 보니, 그게 좀 걱정스러웠던 거지."

시어머니를 보니 미간을 잔뜩 찡그리고 불쾌함을 드러내고 있다. 시어머니는 전부터 사위들을 마음에 들어 하지 않았다. 며느리인 나만 마땅치 않아 하는 것은 아니니, 그 점에서는 평등하다고 할 수 있다.

아케미도 기요에도 연애결혼을 했다. 양쪽 다 시어머니가 바라는 부류의 사위는 아니었다. 학력, 회사, 가정환경, 경제력 등 어느 하나 합격선이 아니었기 때문에 결혼에 반대했다고 들었다.

아케미가 보자기를 풀어 과자 상자를 시어머니에게 내밀었다.

"엄마가 좋아하는 야쓰시로야의 팥앙금 과자야."

놀란 눈으로 아케미를 바라보았다.

아케미가 과자를 들고 오는 일이 지금까지 한 번이라도 있었던가.

"어머나. 이 가게 과자는 정말 맛있지. 우리 큰딸이 착하네. 고마워."

"엄마도 참, 고맙기는. 그보다 엄마, 우리에게 재산 같은 거 안 줘도 돼. 전부 엄마가 다 써야지."

"그래, 언니 말이 맞아. 그 이상한 법안 때문에 앞으로 2년밖에 못 사는데, 돈이라도 마음껏 써야지. 맛있는 거 많이 먹고, 옷이든 뭐든 사고 싶은 것도 다 사고."

"여전히 욕심 없는 애들이구나. 하지만 나는 이제 됐다. 새 기모노 지어 입고 다과회에 갈 것도 아니고, 다 늙어서 맛있는 게 뭐가 있겠니. 그런 일에다 어떻게 재산을 쓸 수 있겠어."

"하긴 그 말도 맞네. 하루에 열 끼를 먹는 것도 아니고."

자매는 얼굴을 마주 보며 만족스럽게 후후 웃었다.

"그럼 지금부터 재산을 어떻게 분배할지 얘기하겠다."

시어머니가 그렇게 말하자, 방 안이 고요해졌다. 시어머니는 천천히 공책을 펼치고 돋보기를 썼다. 입을 꾹 다물고 비장한 표정을 짓고 있지만, 조금이라도 긴장을 풀면 득의만면한 얼굴이 될 게 뻔했다.

"이 집은 맏아들에게 주려고 한다."

"그럼 그래야지. 지금 여기 사는 사람들이 오빠랑 언니잖아. 집이 없어지면 안 되지."

기요에가 그렇게 말했다.

"저도 찬성입니다."

곧바로 응수하는 기요에의 남편을 시어머니가 탁 쏘아보았다. 기요에의 남편은, 사위와 며느리는 입 꼭 다물고 있으라는 시어머니 뜻을 전혀 모르는 눈치다. 어쩌면 시어머니가 자신을 싫어한다는 사실조차 아직 모르는 게 아닐까.

"아케미에게는 현금 1,000만 엔, 그리고 기요에에게는 2,000만 엔을 주겠다."

"어, 엄마. 그게 무슨 소리야? 어째서 나는 기요에의 절반인데?"

아케미가 자기도 모르게 엉덩이를 들썩거렸다.

"너는 집을 살 때 보태라고 1,000만 엔을 줬잖니."

"그야 그렇지만…… 그건 30년 전의 일이잖아."

"과거까지 거슬러 올라가서 공평하게 나누는 게 법적으로도 옳은 겁니다."

기요에의 남편이 또 끼어들었다.

"그래도 30년 전의 1,000만 엔과 지금의 1,000만 엔은 가치가 아주 다르잖아."

기요에가 불만스럽다는 듯이 말하자 그녀의 남편도 심각한 표정으로 팔짱을 끼며 동조했다.

"듣고 보니 그렇군."

"혹시 이 집을 판다면 얼마나 할까요?"

아케미 남편도 질세라 끼어들었다. 화제를 돌리려 애쓰는 눈치가 뻔히 보인다.

"이 집은 주문해서 지었고 튼튼하기도 하니까 아직 충분히 더 버티겠지만, 그래도 지은 지 42년이나 되었으니 집값은 거의 없다고 봐야 할 겁니다. 대신 땅값은 꽤 하겠죠."

또 기요에의 남편이다.

"그래. 역에서 걸어서 5분 거리지, 건평도 29평이나 되니까 말이야. 우리 시골인 야마가타에서 29평은 오두막이나 다름없지만, 도심에 가까운 이 부근에서는 저택 못지않은 평수니까 아마 한 5,000만 엔은 가지 않겠어?"

"에이, 저택까지는 좀 그렇지 않나요. 그래도 가격은 더 나갈 텐데요."

"그럼 6,000만 정도?"

"적어도 그 정도는 될 겁니다."

사위들의 대화가 계속된다.

지은 지 몇 년이나 되었고 평수가 얼마나 되는지를 정확하게 알고 있다니, 놀랍다. 재산분배를 한다고 연락한 시점부터 김칫국을 마시면서 계산기를 두드렸던 것일까.

시어머니는 뚱한 표정을 한 채 침묵하고 있다.

남편은 별 관심 없다는 표정으로 아케미가 가져온 팥앙금 과자를 먹고 있다.

"이 집이 6,000만 엔이나 해? 그럼 아무리 맏아들이라고 해도 불공평한 거네."

아케미가 그렇게 말하자, 기요에가 말을 받았다.

"그러네, 불공평하지."

"땅값이 얼마든 관계없어."

남편이 낮게 중얼거렸다.

"오빠, 그건 또 무슨 말이야?"

기요에는 여전히 불만스러운 얼굴이다.

"우리 가족은 지금 여기 살고 있고, 이 집을 팔 마음도 없으니까 가격을 따져봐야 의미가 없다는 뜻이다. 정 그러면 기요에가 받을 2,000만 엔과 교환해도 좋고."

"정말"

"정말요?"

기요에 부부가 목소리를 합해 반응했다.

나는 놀라서 방석에 앉은 채 남편을 올려다보았다.

당신, 대체 무슨 생각인 거야?

겨우 2,000만 엔에 이 집을 내놓겠다는 거야?

가족이 다 같이 길거리로 나앉자는 말이야?

보니 시어머니도 놀란 듯이 눈을 동그랗게 뜨고 남편을 쳐다보고 있었다.

"그런 게 어디 있어, 시즈오? 왜 기요에에게 주는데? 이 집은 내게도 추억이 많은 소중한 집이라고."

"그럼 누나가 받을 1,000만 엔과 맞바꿔도 되고."

"시즈오, 너 그거 진심으로 하는 말이니?"

의자에 앉은 아케미가 만면에 희색을 띠고 그렇게 물은 다음, 방석에 앉아있는 남편과 마주 보며 미소 지었다.

"그러나 조건이 있어. 어머니 병 수발을 들어야 한다는 것."

저 말은 또 뭐지?

혹시 우리 남편이 시어머니 병 수발을 드느라 고생하는 아내의 수고를 알고 있다는 거야?

아내를 해방시켜 주기 위해서라면 집을 잃어도 괜찮다고 생각하는 거야?

역시 당신은 모든 걸 다 알고 있었던 거야?

정말 자상하고 대범한 남자였던 거야?

"헛, 그건……."

아케미가 말이 궁해졌다.

시어머니가 진지한 표정으로 아케미를 쳐다본다.

"2년만 참으면 된다는 말인데……."

아케미 남편이 그렇게 중얼거렸을 때, 시어머니는 황급히 시선을 거두고 자신의 손을 물끄러미 내려다보았다.

참으면 된다니…….

본인 앞에서 어떻게 그런 말이 나올까. 배려심이 없는 건 부부가 똑같다. 아케미의 시선은 허공을 헤매고 있었다. 주저하고 있다는 게 한눈에 보였다.

시어머니는 아케미에게 1,000만 엔을 주겠노라고 했다. 이집에 정말 6,000만 엔의 가치가 있다면 차액은 5,000만 엔이나된다. 지금 아케미 머릿속에는 저울이 있으리라. 한쪽에는 2년동안의 병 수발이, 다른 한쪽에는 5,000만 엔어치 돈다발이 얹혀있다. 어떤 판단을 내릴까. 아케미 부부나 기요에 부부와는오래 알고 지낸 사이지만 피차 속을 내보이고 얘기한 적은 없으니 그 품성을 아는 것은 아니었다.

시어머니는 창밖을 바라보고 있었다.

"물론 난 엄마와 조금 더 오래 같이 있고 싶어. 하지만……."

"아케미도 벌써 예순둘이니까, 그 법안에 따르면 남은 생이 8년뿐입니다."

아케미의 남편이 가까스로 구원의 손을 내밀었다.

"겨우 8년밖에 없다고 생각하면, 나도 인생을 구가하고 싶다는 생각이…… 엄마, 정말 미안해."

실내 분위기가 착 가라앉았다. 시어머니가 아무 대답도 하지 않았기 때문이다.

─그래. 네 마음은 잘 아니까 됐다.

당신 딸들에게는 무한히 관대한 시어머니이니 그렇게 말할 줄 알았다. 그런데 아무 말 없이 찻잔만 꼭 쥐고 있다.

"기요에, 너는 어때?"

남편이 여동생에게로 화살을 돌렸다.

"물론 기요에도 어머님 걱정을 많이 합니다."

기요에의 남편이 심각한 표정으로 말을 받았다.

"그렇지만 저희도 아버지가 자리보전을 하고 있어서. 여보, 이 집은 포기하고 현금만 감사히 받기로 하는 게 어떻겠어?"

"내 생각도 그래. 집은 언니에게 양보할게."

"아유, 내가 지금 집을 받아서 뭐해. 그치만 오해하지 마. 나도 엄마 걱정을 한시라도 안해본 적이 없으니까."

너무 냉담하다. 친딸이라는 사람들이.

그런 데다가 사위들의 경박함이란.

분노가 치밀어 손이 다 떨릴 지경이다.

대체 가족이란 무엇일까.

"역시 집은 맏아들에게 물려야 하지 않겠습니까. 그편이 어머님도 마음이 놓이시겠죠."

아케미 남편이 헤실헤실 웃으면서 말한다.

"그럼 집은 그렇게 하기로 하고. 돈은 언제 받을 수 있어, 엄마?"

기요에가 물었다.

"혹시 몰라서 통장 가져왔는데."

"나도 가져왔어."

"가능하면 내달 초쯤에 이체해 주면 좋겠는데."

두 딸이 주고받는 대화를 듣고 있자니, 그저 기가 찼다.

기요에 남편은 마른침을 꿀꺽 삼키고 시어머니의 입이 열리는지 지켜보고 있다.

"무슨 허튼소리를 하는 게야? 2년 후다."

시어머니가 딱 잘라 말했다.

"뭐라고? 2년 후?"

아케미가 자지러지는 목소리로 되물었다.

예순두 살인 아케미에게 남은 인생은 8년. 남은 인생을 즐기고 싶은 것은 인지상정일 것이다. 그러나 정작 현금이 없으니 세탁소 아르바이트를 그만둘 수 없다. 그러나 시어머니가

1,000만 엔이란 돈을 생전에 증여해 주면, 그 순간 인생이 장밋빛으로 변한다.

당장 일을 그만두고 여행이나 떠나야지. 맛있는 것도 찾아다니면서 먹고. 사고 싶었던 옷도 다 사고.

그렇게 생각했을 시누이 속이 뻔히 보인다.

"70세 사망법안이 시행되기 직전에 줄 거다."

시어머니가 태연하게 다시 말했다.

굳이 집으로 부른 걸 보면, 처음에는 생각이 그렇지 않았을 것이다. 내일이라도 당장 현금을 이체해 주려고 하지 않았을까. 딸들에게 좋은 날을 알아봐 달라고 며느리인 내게 전화를 부탁했을 때만 해도 기분이 무척 좋아 보였다. 재산을 분배하고, 기뻐하는 딸들을 보는 것. 부모로서 가장 기쁘고 자랑스러운 순간이 되었어야 하는데.

"치, 그렇게 오래 기다려야 돼?"

기요에가 부루퉁하게 말한다.

"어머님, 좀 심하십니다. 이렇게 기대하게 해놓고서."

기요에 남편이 항의했다.

"저런, 자네. 그렇게 돈에 쪼들리나?"

시어머니가 기요에가 아니라 사위 쪽을 보고 말했다.

"에이, 설마요. 그런 건 절대 아닙니다. 착실하게 일하고 있

122

습니다. 저, 돈 때문에 마누라 고생 안 시켜요."

결혼에 반대한 시어머니 앞에서 돈이 없다는 말은 입이 찢어지는 한이 있어도 못할 것이다.

아케미를 보니, 고개를 푹 숙이고 있다.

"그리고, 딸들이 그렇게 말해주니 내가 기꺼이 따르마. 내일부터 맛있는 것 많이 먹고, 사고 싶은 것도 사고, 마음껏 쓰다 가마. 그렇게 되면 재산이 팍 줄겠으니, 그 점은 좀 미안하다만."

그렇게 말하는 시어머니 표정이 더없이 냉혹했다. 집은 갖고 싶지만 어머니 병 수발은 사양하겠다는 태도를 보인 두 딸에게 심한 배신감을 느낀 것이리라. 그리고 태연하게 말하고는 있지만 사실은 허망하고 슬퍼서 견딜 수 없으리라. 그렇게 생각하자 시어머니가 딱했다.

"이 집을 맏아들에게 물려준다는 것은 손자 마사키에게 준다는 뜻이기도 하다. 아범도 70세 사망법안 때문에 남은 인생이 그리 오래지 않으니 말이야."

시어머니에게 마사키는 하나뿐인 손자다. 갓난아기 때부터 눈에 넣어도 아프지 않을 만큼 예뻐한 마사키가 어느 날 갑자기 회사를 그만두었으니, 앞날이 걱정스러워 속이 터질 것이다.

"아직 젊은 사람에게 재산을 물려주는 건 좀 그렇지 않나요?

123

안 그래도 집에만 틀어박혀 있는데, 더 심해지면 심해졌지…….
부모가 남긴 재산이 많으면 그 자식이 형편없어진다던데요."

기요에의 남편이 또 나섰다.

"그 말도 맞지."

그렇게 말하고 시어머니가 기요에의 남편을 똑바로 쳐다보았다.

"그렇다면, 기요에도 유산상속을 포기하는 게 어떻겠니?"

"네? 에이, 어머님. 또 삐지셨네요."

기요에 남편이 천박하게 웃는 소리가 방 안에 울렸다.

* * *

채용해 주기만 하면 열심히 일할 텐데…….

다카라다 마사키는 증권회사에서 받은 메일을 들여다보고 있었다.

신중하게 고려했으나 아쉽게도 희망하는 결과가 나오지 않아 이렇게 연락드립니다. 앞으로 큰 활약을 기원하겠습니다.

"또 기원 메일이야. 그렇게 기원해 주지 않아도 되는데."

70세 사망법안이 가결된 후로 오십 대 이상 회사원들이 줄줄이 명예퇴직을 하고 있는 모양이다. 그와 동시에 인력부족 현상이 빚어졌다. 그런데도 청년들의 취업난은 조금도 해소되지 않고 있다. 기업이 정규직을 늘릴 마음이 없기 때문이다. 기업 입장에서는 한번 비정규직이나 계약직의 맛을 경험하면 그걸 외면하기가 쉽지 않은 모양이다. 앞으로도 불경기를 빌미로 마음대로 쓰고 버릴 수 있는 편리한 비정규직을 쓸 속셈인 것이다.

이제 정규직이라는 직함을 얻을 수 있는 것은 한 줌의 우수한 인재에 국한되고 있다. 그리고 그 우수함을 판단하는 근거는 더 이상 학력이 아니다.

취업난이 해마다 심각해지고 있다. 그리고 언젠가부터 경쟁 상대가 외국인들로 확대되었다. 중국을 비롯해서 한국, 인도, 싱가포르, 타이완, 브라질……. 그런 외국인들은 영어와 일본어가 가능하고 모국어까지 포함하면 최소 3개 국어에 능통하다. 게다가 일본인 학생과 달리 대학에 입학해서도 진지하게 공부하기 때문에 전공분야에도 훤하다.

한숨을 쉬면서 반송된 이력서의 사진을 쳐다보았다.

참 말랐다…….

그럴 만도 하다. 이 사진은 대동아 은행을 그만둔 직후에 찍은 것이다. 지금은 당시처럼 턱선이 날카롭지 않다. 다시 찍어야 할 것 같다.

지난 3년 동안, 의미 있는 일은 전혀 없었다. 변화라고는 살만 뒤룩뒤룩 찐 것뿐.

재취업을 하지 못한 채 서른이 되는 것인가.

컴퓨터 앞에 앉아 무의식적으로 사와다의 블로그를 클릭했다.

이직에 성공했다!

"뭐!"

그 이상 읽으면 더욱 암담해질 듯한 예감이 들었다. 그런데도 신경이 쓰인다.

듣고 놀라지 마. 그 유명한 전자제품 대리점 M전기! 정규직 채용! 신은 나를 버리지 않았다!

"쳇, 하나도 안 부럽다."

데이도 대학을 같이 졸업한 사람 중에 판매원 노릇을 하고 있는 사람은 없다. 그러니 결코 부럽지…… 않다.

오늘 맥주는 각별히 맛있었다. M전기는 현재 승승장구하고 있는 일부 상장기업이다. 이케부쿠로에도 대형 매장이 생기는 것 같다. 그에 따른 정규직 대량 채용. 정말 행운이었다. 나를 운 좋은 사람이라고 생각하기는 난생처음이다. 필기시험 결과가 좋았는지 채용되자마자 주임! 그것도 텔레비전 매장. 아, 드디어 보람 있는 일을 할 수 있게 되었다. 열심히 하자! 멋지게 해보자. 다른 매장보다 월등하게 매출을 올리자. 의욕이 들끓는다.

역시 읽지 말 걸 그랬다.

대리점이든 판매원이든, 집에 빌붙어 부모 속이나 썩이는 나보다 훨씬 대단하다.

어디든 좋으니 나도 취직해야 하지 않을까.

뭐가 됐든 일을 한다는 건 바람직한 일이고, 직업에는 귀천이 없다.

"야, 야. 너 초등학생이냐."

스스로에게 묻는다.

그렇게 간단한 문제가 아니잖아. 일만 할 수 있으면 어디든 좋다는 게 말이 돼? 부모님의 기대를 저버릴 수 있냐고. 어디에서 일하느냐에 따라 평생 임금이 몇 배나 차이 나는데.

데이도 대학의 합격 발표가 있던 날, 엄마는 기뻐서 눈물을 흘렸다. 엄마의 그런 모습은 처음 봤다. 평소에 말이 없는 아버지까지 만세를 불렀다.

그러니…… 이름 없는 기업에 취직할 수는 없는 일이다.

한숨을 쉬면서 텔레비전을 켰는데 화면에 총리대신의 모습이 크게 비쳤다.

"서미트 개최국으로서, 총리는 아라시야마 산이 있는 이곳을 택했습니다. 정갈한 전통의상으로 외국 요인을 맞고 있습니다."

"야, 폼나네."

미국에서 자란 반작용인지, 총리대신 마가이노 레이토는 전통적인 것을 좋아하는 듯하다.

미국 대통령, 독일 수상과 함께 농담을 나누며 웃고 있다. 이 나라 국민은 그가 총리가 된 후에야 통역 없이도 의사소통이 가능한 인재의 중요성을 처음 알았다.

저 사람에 비하면 나는 영어도 못하고, 제2외국어였던 독일어는 거의 기억에 남아있지 않다.

총리는 구마모토에서 태어났지만 미국에서 자랐고 하버드대학을 졸업했다. 훤칠한 체구에 단정한 얼굴. 마흔다섯 살이라 아직 젊은데도 미간에 잡힌 깊은 주름이 고생스러웠던 성장 과정을 말해준다. 때로 앞머리가 얼굴 앞으로 스르륵 내려오는 게 섹시하다고 하는 여성 팬도 많다.

지금까지 그는 잇달아 개혁을 추진해 왔다. 예를 들면 낙하산 인사를 전면 금지했고, 국가 공무원의 승진제도를 재정비해서 정년까지 일할 수 있도록 했다. 동시에 불필요한 독립 행정 법인은 단호하게 정리해서 국민의 갈채를 받았다. 그의 성 '마가이노'에서 '마'를 따서 '마의 일갈'이라는 유행어가 생길 정도로 절찬을 받았다. 역대 총리가 공약으로 내걸기만 했지 결국 실현하지 못한 일들을 해낸 것이다.

"참 대단해, 당신."

총리도 사와다도 대단하다. 열심히 산다는 느낌이 든다.

그에 비하면 내 꼴은…….

기분이 점점 무거워진다. 기분전환을 위해 녹화해 둔 프로그램이나 볼까. 그러고 보니 〈일본의 얼굴〉 이번 주 녹화 분을 아직 못 봤다. 그걸 깨닫는 순간 기분이 좀 밝아졌다. 한심한 일이지만 재미있는 프로그램이나 보는 게 유일한 낙이 되고 말았다.

〈일본의 얼굴〉은 국회의원이 돌아가면서 출연하는 토크쇼다. 이 프로그램을 기획한 사람이 바로 총리이기에, 국회의원들의 출연 고사는 불가능하다. 텔레비전에는 어떻게 위장하든 그 사람의 교양이며 인격이 전부 드러난다, 하는 것이 총리의 생각이다. 그전에는 텔레비전에 나와 의견을 피력하는 면면이

거의 정해져 있었다. 다른 의원은 무슨 생각을 하는지, 어떤 인물인지 국민은 파악할 수 없었다. 그런데 이 프로그램 덕분에 의원 한 사람 한 사람의 얼굴을 볼 수 있게 되었다.

등장한 얼굴들을 보니 이번 주도 드라마가 펼쳐질 듯하다.

"의원, 설마 기본적인 것조차 모르시는 건 아닌지?"

초장부터 가차 없이 치고 나간다. 사회를 맡고 있는 다카카리 앵커는 그냥 보기에도 심술궂게 생긴 남자다.

"이 말의 의미, 아십니까? 의원, 바보 취급하지 말라고 하셨나요? 그럼 설명해 보시죠."

여전히 매몰차다. 보고 있는 이쪽이 조마조마할 정도다.

오늘도 다카카리 앵커는 정책도 비전도 없는 의원을 깔보면서 철저하게 몰아세운다. 이 프로그램 탓에 정책은커녕 문제의식 하나 없다는 것이 백일하에 드러난 의원이 속출하고 있다. 그들은 법률이나 경제에 대한 기본 지식조차 없는 얼간이가 되고 말았다.

여당의원은 그나마 낫다. 당내에서 각기 역할이 분담되어 있어 최소한 현재 대두되고 있는 문제에 대해서는 어느 정도 지식을 갖추고 있기 때문이다. 그러나 야당은 그렇지 못했다. 스스로 과제를 정해 연구라도 하지 않는 한, 시간이 남아돌아 어찌지 못하는 한심한 상황과, 출신구역의 관혼상제와 취직 알

선에 분주한 나날이 속속 드러나고 만다.

"고작 그런 일을 하면서 의원 월급을 잘도 받고 계십니다. 부끄럽지 않으세요?"

"크크!"

다카카리 앵커에게 이런 말을 들은 의원은 다음 선거에서 반드시 낙선한다.

텔레비전 업계에서도 기적의 시청률을 자랑하는 대박 프로그램이다. 그리고 〈일본의 얼굴〉은 국민들로부터 이런 공통 의식을 창출해 냈다.

'의원 정수를 줄이는 것은 당연한 일이다.'

텔레비전을 이용해서 인원 삭감의 여론을 일으키겠다는 총리의 작전은 멋들어지게 성공했다. 전에는 중의원 480인, 참의원 243인이던 의원수가 참의원을 전폐하고 중의원 일원제로 통합한 다음 정수를 200인으로 한정했다. 그리고 의원 보수도 기존의 3분의 1로 삭감했다.

총리의 이 같은 개혁은 정치에 대한 국민들의 신뢰를 서서히 회복시켰다.

그 외에도 화제가 된 정책은 얼마든지 있다. 댐 공사는 중지되었고, 지방공항은 없어졌다. 과거에 어떤 경위가 있었든, 필요와 불필요로 판가름하는 것이 현재 총리의 방식이다. 지지율

이 80퍼센트 아래로 떨어진 적이 없다.

5년 전에 총리에 취임한 마가이노는 정부 각 기관의 경비 절감을 실행에 옮겼다. 그런데도 현재 국가재정은 거의 파탄 지경에 이르렀다. 그래서 70세 사망법안이라는 비상식적인 법안이 설득력을 갖게 된 것이다. 그러나 한편 마가이노의 부모는 미국 국적자라는 좋지 않은 소문이 돌고 있는 것도 사실이다.

* * *

고독이 이렇게 괴로운 것일 줄이야.

마치 무인도에 있는 심정이다.

점심을 먹고 난 다카라다 기쿠노는 침대에 누워 천장을 쳐다보고 있다.

법안이 가결된 후로 아무것도 하고 싶지 않았다. 어차피 죽을 몸인데 재활운동 따위를 해봐야 무슨 소용이 있으랴.

텔레비전에서도 번번이 하는 말이지만, 가장 불쌍한 것은 현재 예순여덟 살인 사람들이다. 여든네 살인 나처럼, 2년 후에는 그들도 죽어야 한다. 그들에 비하면 나는 충분히 산 셈이다.

그러나 정말 불쌍한 것은 전쟁에서 죽은 사람들이다. 아무도 그 점을 언급하지 않는 것은, 현역으로 일하는 젊은 사람들

머릿속에 전쟁이란 단어가 아예 없기 때문이다.

아버지나 어머니나 사십 대라는 젊은 나이에 소이탄에 맞아 돌아가셨다.

그리고 세 오빠도 전사. 큰오빠는 스물한 살, 작은오빠는 열아홉, 막내오빠는 열여덟 살이었다. 가족 중에 오직 한 명, 소개지로 피난을 갔던 나만 살아남았다. 오빠들과는 나이 차이가 많아서 당시 아직 초등학생이었다.

피난 갔던 곳에서 도쿄 대공습 소식을 들었지만, 과연 어떤 상황일지는 상상도 할 수 없었다. 전쟁이 끝나고 며칠 후, 담임 선생이 부모님과 오빠가 모두 죽었다고 알려주었다. 그러나 도저히 믿을 수 없었다. 한시라도 빨리 도쿄로 돌아가고 싶다는 생각뿐이었다.

우에노 역으로 돌아왔지만, 마중 나온 가족은 없었다. 부모님과 얼싸안고 기뻐하는 친구들의 모습을 등진 채 불타고 남은 허허벌판을 망연히 바라보았다. 부모 형제가 죽었다는 사실을 현실로 받아들이지 않을 수 없었다. 상상을 초월하는 광경을 보고 있자니, 살아남은 사람이 있다는 게 오히려 신기할 정도였다.

눈앞에 펼쳐져 있는 모든 상황이 그저 끔찍했다. 앞으로 어떻게 살아가면 좋을지 불안해서 몸이 오그라들었다. 부모님도 오빠들도 다 죽었다. 너무 슬픈 나머지 뼛속까지 얼어붙는 심정이었다.

엄마의 사촌오빠라는 사람 집에서 살게 되었다. 임시로 지은 조그만 집에서 부부와 네 아이가 살고 있었다. 숙모는 나를 집에 들이는 것을 결사반대했다.

그들은 거의 종처럼 나를 부렸다. 아이들을 보살피고 빨래를 하고 밥을 짓고. 식량 사정이 좋지 않은 때라 언제나 배가 고팠다.

그래도 훗날 남편에게 듣자 하니, 도쿄로 돌아온 것만 해도 행운이었던 것 같다. 두 살 많은 남편도 전쟁고아였지만 거둬주는 친척이 없어서 소개지 농가의 양자로 들어가게 되었다고 한다. 그때 초등학생이었는데, 소나 말처럼 종일 일만 하고 학교에도 가지 못했을뿐더러 생활도 마구간에서 했다. 그것도 모자라 행동이 굼뜨다고 때리고 걷어차는 등 학대가 심했다. 그 흉터가 만년까지 사라지지 않고 남아있었다.

남편은 어느 날 밤 그 집을 뛰쳐나왔다. 돈 한 푼 없이 기차를 얻어 타고 도쿄 역에 도착한 후로는 지하도에 살면서 거지처럼 음식물 찌꺼기를 빌어먹는가 하면 암시장에서 물건을 훔치기도 했다. 그러다 주둔군과 창부를 상대로 구두를 닦게 되었다. 몇 번이나 단속에 걸려 잡혀 들어갈 뻔했지만, 그때마다 용케 빠져나와 우에노의 지하도로 돌아왔다고 한다. 남편은 초등학교도 졸업하지 못했다.

하루 하루를 살아내기도 벅찼던 그 시대…….

이렇게 오래 살 수 있고, 이렇게 풍요롭고 평화로운 생활이 기다리고 있을 줄 누가 상상이나 했으랴.

남편은 훌륭한 사람이었다. 지칠 줄 모르고 노력하는 사람이었다. 스물세 살에 나와 결혼해 보험사 영업사원 노릇을 하면서 무슨 생각을 했는지 야간 중학교에 다니기 시작했다. 죽을 힘을 다해 공부했다. 귤 상자를 책상 삼아 밤낮없이 공부하던 뒷모습이 지금도 눈앞에 선하다. 야간 고등학교에서는 개근상을 받았다. 서른여덟 살에는 드디어 야간 대학을 졸업했다.

그런 남편이 12년 전 일흔네 살의 나이로 암에 걸려 저세상으로 떠나고 말았다.

나 역시 앞으로 2년이면 남편이 기다리고 있는 그곳으로 간다. 부모님과 그렇게나 착했던 세 오빠는 나를 기다리다 지쳤을지도 모르겠다.

이제 살아있어 봐야 별 의미가 없다.

앞으로 2년을 무얼 하며 살면 좋을지?

무슨 의미가 있을지?

생각은 그런데 정작 죽어야 한다고 하니 불안해서 견딜 수가 없다. 밤중에도 몇 번이나 눈이 저절로 떠지고, 그럴 때마다 불안감이 덮쳐온다. 이대로 죽을지도 모른다, 이 세상에서 없어질지도 모른다, 그런 생각이 들면 끔찍하고 두려워서 소리를 지르고 싶어진다. 그런 때에 누가 옆에 있어주었으면 싶다. 며느리 도요코가 꼭 이 방이 아니라 옆방에서라도 자주면 좋겠다고 생각한다. 하지만 말을 꺼내기가 쉽지 않다.

이 늙은이 하나를 잘도 1층에 혼자 눠두고 있다. 아들, 며느리와 손자는 모두 2층에서 자고 있다. 늙은이가 언제 어떻게 될지 모르는데…….

70세 사망법안이 통과된 날을 경계로, 며느리 표정이 완전히 달라졌다. 본인은 내색을 안 하고 있다 여기겠지만, 반짝거리는 눈이 말하고 있다. 좋아 죽겠다고.

그러다 얼마 후에는 될 대로 되라는 표정으로 돌아갔다. 이유가 뭔지는 모르겠다. 아들이 해외여행을 떠나겠다고 했는데 혼자 남는 게 서럽고 화가 나 그러는 건지, 아니면 혹시…… 앞으로 2년 동안 병 수발을 들어야 하는 것마저 염증이 난다는 건가?

'하루라도 빨리 죽었으면 좋겠다.'

며느리 생각은 내 손바닥 보듯 알 수 있다. 아니, 며느리뿐이 아니다. 딸들의 태도만 해도 그렇다. 유산만 받으면 된다는 식이다. 아무리 못되게 자란 사위들이 꼬드겼다고 해도 그렇지, 정말 한심해서 못 봐주겠다. 딸만 그런 것도 아니다. 맏아들이라는 게 살 날이 얼마 남지 않은 늙은이를 두고 해외여행을 떠나겠다고 한다.

그러나…… 당연하다면 당연한 일이다.

노인이란, 보탬이 안 되는 것은 물론 수고만 끼치는 인간이다.

어차피 죽는 거, 2년 후가 아니라 당장 내일이면 좋겠는데. 법안이 시행될 때까지 얼마나 남았는지 계산하면서 달력을 넘기는 것도 괴롭다. 누가 솜으로 목을 조르는 듯한 심정이다.

아아, 젊은 시절이 좋았다.

지금은 아이들 키우며 집안일 하느라 바빴던 그 시절이 내 인생의 황금기였다는 것을 알고 있다. 해가 갈수록 몸이 내 마음대로 움직여지지 않는다. 게다가 좋은 일이라곤 하나도 없다.

장지문의 유리창으로 눈부신 햇살이 보인다. 오늘도 날씨가 좋은 모양이다. 그러고 보니 참 오래도록 햇볕을 쬐지 못했다.

넓은 들판에 서서 온몸으로 바람을 맞고 싶다.

불쑥 그런 생각을 했을 때, 복도에서 이쪽으로 걸어오는 발소리가 들렸다.

"어머니, 후미코 씨가 오셨어요."

며느리의 목소리에 이어 장지문이 열리고, 몸집이 작은 후미코의 달덩이처럼 동그란 얼굴이 보였다. 후미코는 어린 시절 친구다. 엄마의 사촌오빠 집에서 살 때, 후미코도 한동네에 살았다. 초등학교에서도 같은 반이었다.

"자, 이거."

내가 무척이나 좋아하는 곶감이었다. 버튼을 눌러 침대를 약간 일으켰다.

"아이고, 고마워. 애야, 차 좀 부탁한다."

"옥로(녹차의 한 종류—역주)로 준비할게요."

후미코가 어기적거리며 침대 옆에 놓인 앤티크 의자에 앉았다.

후미코는 장수하는 집안의 딸이다. 어머니는 백 살까지 살았다. 마지막까지 정정했던 그 어머니가 돌아가셨을 때는 엉엉 울었다. 전쟁고아였던 나를 친절하게 대해준 유일한 어른이 후미코의 어머니였다. 삼촌 집에서는 식량 배급이 있는 날에도 밥을 제대로 주지 않았다. 그걸 보다 못한 후미코 어머니가 주먹밥과 찐 고구마를 몰래 갖다주곤 했다.

그 어머니를 닮아서인지, 후미코는 지금도 몸에 아무런 이상이 없다. 그렇다 보니, 앞으로 2년밖에 살 수 없다는 사실이 몹시 아쉬울 것이다. 그런데도 명랑하게 긍정적으로 살고 있다. 참 대단하다. 어떻게 하면 그리도 심지가 꿋꿋할 수 있는지,

이런 때 그 차이가 분명하게 드러난다. 그런데 애당초 심지란 뭘까?

후미코는 4월생이라 나보다 앞서 죽는다. 생일에서 한 달 이내에 안락사를 시킨다고 하니, 후미코는 앞으로 1년 9개월 남았다. 나는 10월생이니 2년 3개월 남았다.

"그럼, 말씀들 편히 나누세요."

도요코가 방에서 나가자, 후미코가 웃음기를 싹 지우고 심각한 표정을 짓더니 마치 비밀 얘기라도 하는 것처럼 얼굴을 바짝 들이밀었다.

"그 소문, 들었어?"

"참내, 후미코도. 70세 사망법안은 소문이 아니라 법이잖아."

"그거 말고, 다른 쪽 말이야."

"다른 쪽이 뭔데?"

"아직 못 들었나 보네. 혹시 이 집 며느리가 일부러 안 가르쳐준 게 아닌가 몰라."

무슨 소리를 하는 건지 전혀 모르겠다.

"후미코, 그렇게 뜸 들이지 말고 그냥 말해봐. 무슨 소문인지."

"이면 법안이 있대."

"뭐, 이면 법안?"

"그게, 70세 사망법안이 시행돼도 빠져나갈 구멍이 있다는 거지."

"무슨 말이야?"

"에이. 역시 못 들었나 보네. 며느리는 몰라도 아들이나 딸들이 가르쳐줄 수도 있는데."

"다들 바쁜데, 뭐. 집에도 거의 못 오고……."

아케미와 기요에가 며칠 전에 다녀갔다는 말은 차마 할 수 없었다. 며느리는 어쩔 수 없다 쳐도 친아들과 친딸들에게마저 외면당하고 있다는 사실을 누구에게도 알리고 싶지 않았다.

"일흔 살이 넘어도 국회의원 경력이 있는 사람이나 노벨상 수상자, 암을 연구하는 사람들은 죽지 않는다네. 법에는 반드시 예외라는 게 있다고 하고."

"쳇, 뭘 그런 걸 가지고."

"어라? 안 놀라네."

"우리와는 관계없는 일이잖아. 아니면, 설마 후미코는 노벨상이라도 탄 적 있어?"

"뭐?"

후미코는 마치 지렁이라도 보는 듯이 얼굴을 찡그렸다.

"미안, 미안. 농담도 못 하겠네."

그렇게 말하자, 후미코가 웃음을 터뜨렸다.

"아이고, 나도 미안해. 이 나이가 되니 농담도 못 하겠어. 나도 말이야, 남편 앞에서 농담을 하잖아? 그럼 치매에 걸린 거 아니냐는 식으로 군다니까."

"나이를 먹는 것도 참 괴로운 일이네. 그건 그런데, 왜 이리 차가 늦어."

머리맡에 있는 벨을 누르면서 외친다.

"얘야!"

"아이고, 목소리가 그렇게 큰 걸 보니 아직 한참 더 살겠네."

"무슨 소리야, 피차 2년 남았는데."

"글쎄, 그게 아니라니까 그러네."

후미코가 목소리를 낮췄다. 나이를 먹었지만 둘 다 귀는 좋아서 조그만 소리도 들린다.

"저출산 고령화 때문에 이 나라가 아주 폭삭 망했잖아."

"후미코, 그건 다들 아는 거잖아. 연금이다 의료비다 하며 늙은이는 돈만 파먹는 벌레라고 말이야."

"그러니까 그 무엇 하나 보탬이 안 되는 신세만 졸업하면 일흔 살이 넘어서도 계속 살 수 있다, 그런 이면 법안이 있다는 거야."

"뭐? 대체 무슨 소린지 모르겠네."

"사요는 증서를 받았대."

"사요? 역 뒤에 있는 주류 가게로 시집 간 애? 우리 후배잖아."

그렇게 묻자, 후미코가 고개를 크게 끄덕거렸다.

"그래서, 그 증서라는 게 뭔데?"

"몇 살까지 살아도 된다고 쓰여있는 증서라네. 거짓말 아니야. 마가이노 총리의 도장이 딱 찍혀있는걸."

"후미코, 그걸 직접 봤어?"

"아니, 듣기만 했지만 그래도 진짜야. 증서랑 같이 홍백 만주(축하할 일이 있을 때 선물하는 분홍색과 흰색의 화과자—역주)도 따라온대."

"그런데 왜 사요만 그런 걸 받았대?"

"그게 말이지, 사요가 글쎄, 저는 연금을 받지 않겠습니다, 의료비는 전액 자비로 지불하겠습니다, 그렇게 제 손으로 써서 구청에 들고 갔다네."

"호오, 듣고 보니 그러네. 그렇게 하면 나라에 부담이 안 되니까. 에이, 그래도 거짓말이겠지."

"왜 그렇게 생각하는데?"

"이면 법안이라는 말을 들어본 적이 없으니까 그렇지. 텔레비전에서도 라디오에서도."

종일 텔레비전을 보고 있으니 지식은 풍부하다.

"그런 걸 어떻게 대외적으로 드러내겠어. 그러니 이면이라고 하는 거지."

"……하긴 그렇네. 그래서 사요 같은 사람들이 점차 늘고 있다는 거야?"

"당연하지. 도쿄만 해도 10만 명이 등록을 했다는 소문이 돌고 있어. 지금 구청에는 늙은이들이 쇄도하고 있대."

"나는 저금도 좀 있으니까, 사실 연금은 안 받아도 그럭저럭 살 수 있는데."

"기쿠노, 그런데 그게 말이야……."

후미코는 그렇게 말꼬리를 흐리고는 고개를 숙였다.

"그게 다는 아닌가 봐. 무료봉사도 필요하대."

"무료봉사? 아, 자원봉사를 말하나 보네."

"사요가 초등학교에서 방과 후 학교 교사를 했던 모양이야. 아이들에게 습자를 가르쳤대. 왜, 학원에 못 가는 아이들이 학교에 남아서 배울 수 있게 한 거 말이야."

"그러니까 누워 지내는 나는 할 수 없다, 그 얘기네."

"아이고, 미안해. 내가 노망이 들었나 보네. 기쿠노, 정말 미안해. 내가 기분만 상하게 했나 봐. 그럴 마음은 없었는데……."

"아냐, 그렇지 않아. 난 뭐든 다 아는 편이 훨씬 나아. 며느리가 아무것도 가르쳐주지 않으니까."

"이 집 며느리도 어쩌면 모르고 있을지도."

"절대 그런 일은 있을 수 없어. 우리 며느리는 딸들과 달라서 얼마나 인텔리인데. 다 안다고. 그래서 후미코는 무슨 봉사활동을 할 건데?"

"음, 우리 남편과 의논해 봤는데, 그 사람은 주판을 가르치고 싶대."

"요즘 세상에 웬 주판? 이 컴퓨터 시대에."

"에이, 모르는 소리. 그게 요즘 다시 유행하고 있다잖아."

"호오, 나는 몰랐네. 그래서 후미코는 뭘 할 건데?"

"나는 수발이 필요한 노인 집에 가서 집안일을 돕기로 했어. 설거지도 하고 된장국도 끓이고."

"그 정도 봉사를 하면 정부에서 증서를 준다는 거야?"

"당연하지. 연금도 받지 않는 데다 무료로 노인 돌보미 역할까지 하겠다는데."

사요는 물론 후미코와 그녀의 남편까지…… 아니, 더 많은 사람들이 앞으로도 계속 살아간다. 그런데 나만 죽다니, 절대 싫다. 이 세상이 앞으로 어떻게 변할지 나만 볼 수 없다니…….

삶에 대한 애착이 새삼스럽게 끓어올랐다.

내가 죽어서 없어져도, 이 세상은 아무 일 없었던 것처럼 돌아간다. 그리고 자식도 손자도 동네 사람들도 나를 잊는다. 내가 남편을 떠올리는 일이 점차 줄어드는 것처럼.

허망하다.

그때 문을 노크하는 소리가 들렸다.

"차 준비됐어요."

"왜 이리 늦었어? 아니 그리고, 차만 가져오면 어떡해? 다과는?"

"죄송해요. 사다 놓은 게 없어서."

"차만 있으면 됐지, 뭘 그래. 불쑥 찾아왔는데. 그리고 내가 가져온 곶감이 있잖아."

"미안해. 우리 며느리가 눈치가 없어서."

도요코는 애매하게 웃어 보이고는 방에서 나갔다.

"기쿠노, 며느리 나이도 있는데 그렇게 말하는 건 좀 그렇지."

"괜찮아. 내 수발드는 것도 억지로 겨우 하고 있는데, 뭐."

"그래? 못 쓰겠네. 하기야 요즘 며느리들은 도무지 헤아릴 줄은 모른다니까."

"그러게 말이야. 이런 꼴을 하고 수발받는 게 얼마나 비참한 일인지 생각을 못 해. 자기도 언젠가 나이를 먹을 텐데."

"아참, 우리 남편 친구 중에 지로라는 사람이 있는데, 고독사 했다지 뭐야."

"요즘 세상에 드문 일도 아니지."

"그런데 그게, 혼자 사는 것도 아니었어. 아들네랑 같이 살았다고. 그런데 죽은 지 이틀이 지나서야 알았다지 뭐야. 그 지로라는 사람은 며느리가 끔찍해할 만큼 일찍 일어나 매일 아침 부엌까지 가서 밥을 달라고 졸랐대. 그런데 어느 날 아침에 오지 않으니까 오늘은 배가 안 고픈가 하고 자기 편하게 해석했다니 기가 차지. 그리고 다음 날 밤이 되어서야 그 사람 방에 가봤다지 뭐야."

"남의 일이 아니네. 우리도 마찬가지야. 몇 번이나 벨을 누르고 불러도 와야 말이지. 최근에는 세 번을 눌러서야 간신히 왔어."

그렇게 말하면서 기쿠노는 문득 이런 생각이 들었다. 혹시 내가 먼저 부르지 않으면 며느리가 영원히 오지 않는 게 아닐까. 내가 여기 누워있다 죽어도 모르지 않을까. 다음에 시험 삼아 죽은 척해볼까……

"엄마가 말려준 곶감이 생각나네. 훨씬 더 맛있었던 것 같은데, 내 착각인가. 그 시절에는 맛있는 게 없었으니, 그래서 더 맛있게 느꼈는지도 모르지."

후미코는 곶감을 오물거리면서 먼 곳을 보듯 아련한 눈빛으로 말했다.

"그러게 말이야. 그 시절이 그립네. 나는 엄마가 만들어주는 쑥떡을 참 좋아했거든. 쑥떡 만드는 날은 아침부터 신이 나서 쑥 따러 들판에 나갔는데."

그 쑥떡보다 맛있는 것은 지금까지 먹어본 적이 없다.

눈을 감자 아주 먼 옛날에 죽은 부모님과 오빠들 얼굴이 떠올랐다. 부모님은 마냥 사십 대이고, 오빠들도 아직 젊은 채다.

돌아가고 싶다. 전쟁이 시작되기 전의 그 시절로……

"기쿠노. 우리의 비밀 장소, 기억나?"

친척집에 살게 되고부터는 학교에 있을 때가 가장 즐거웠다. 숙모는 허세가 심한 사람이라서 그나마 학교는 보내주었다.

"물론이지. 학교 뒤에 있는 신사 말하는 거잖아? 머루가 많이 있었고. 그 무렵에는 도쿄에도 자연이 많이 남아있었는데."

"산딸기랑 쉬나무 열매도 많이 따 먹었고."

"너희 엄마는 앵두랑 뽕나무 열매를 따다 드리면 얼마나 좋아하셨다고."

당시의 정경이 하나둘 뇌리에 떠올랐다가 사라진다.

"여름에는 툇마루에 커다란 대야 꺼내놓고 놀면서 수박도 먹었고. 요즘은 물잠자리도 통 안 보이더라."

"후미코. 시대가 많이 변했어."

"그래, 변했고말고. 총리대신도 절반은 미국인이나 다름없잖아. 시대가 변했지."

"그 시절로 돌아가고 싶네."

옛이야기를 나눌 수 있는 친구가 하나둘 죽어가고 있다. 주위에는 말이 안 통하는 젊은 사람들뿐이다.

"네가 죽으면 정말 슬플 거야. 이제 얘기할 상대도 없잖아."

그렇게 말하고 후미코는 적막하게 웃었다.

제3장

출구가 없군요

토요일, 도요코는 부엌에서 싱크대를 닦고 있었다. 남편은 이른 아침부터 골프를 치러 나갔다.

　남편은 예정한 대로 이달 말에 회사를 그만둔 다음, 2주 후에는 세계여행을 떠난다고 한다.

　아직까지도 집을 나갈 결심은 서지 않았다. 앞일을 생각하면 집중력이 흐트러진다. 언제나 잠이 부족해 피곤하고 머리도 맑지 않다. 시어머니가 밤중에 벨을 몇 번씩이나 누르기 때문이다. 등을 긁어달라느니 귀가 윙윙거린다느니. 제발 그런 일로 벨을 누르지 않았으면 좋겠다. 한 번만으로도 몸이 고단한데, 요즘은 자다가도 대여섯 번씩 일어나야 한다.

　그리고 얼마 전에 방영한 특집 프로그램 〈여성 노숙자 급증!)을 보고부터는 집을 나가기가 더욱 두려워졌다. 결혼한 후로 일을 한 적이 없는 나 같은 사람을 어디서 써줄 리 없으니, 텔레비전에서 본 그녀들처럼 길거리에 나앉게 될 게 뻔하다.

요컨대, 출구는…… 여전히 없다.

아아, 그보다 지금은 점심을 준비해야 한다.

뭘 만들까 생각하면서 냉장고 문을 열고 몸을 구부려 채소통을 끄집어냈다. 그 바람에 허리를 삐끗할 뻔했다. 허리를 절반 굽힌 상태로 어정쩡하게 서있다가, 어르고 달래면서 겨우 몸을 폈다.

햄과 계란이 있다.

점심은 볶음밥과 계란국을 끓여야겠다고 막 정했는데, 밖에서 탁 하는 소리가 났다.

부엌 창문으로 밖을 내다보니, 옆집 마에다 씨가 우편함에 회람판을 넣은 참이었다.

눈이 마주쳤다.

부인이 싱긋 웃으면서 고개를 숙였다.

예전부터 나도 저렇게 나이를 먹었으면 좋겠다고 생각했다. 언제 마주쳐도 동작이 빠릿빠릿하고, 취미가 사교댄스라서 그런지 차림새도 화사하다. 전에 밖에 서서 얘기를 나누다 같은 띠라는 걸 알고 놀란 적이 있다.

내가 지금 쉰다섯이니 그녀는 예순일곱 살.

그녀의 화사함에 빨려 들어가듯, 나도 모르게 부엌 뒷문을 열고 말았다.

샌들을 신고 디딤돌을 밟으면서 현관 앞 우편함으로 걸어 갔다.

"안녕하세요."

"기운이 영 없어 보이네."

갑자기 그런 말을 해서 놀랐다. 나는 웃었다고 생각했는데.

"옆집인데도 얼굴을 참 오랜만에 보네."

"집밖에 잘 나오지 않아서 그렇죠, 뭐."

"딱하기도 하지."

동정하는 표정이다. 내가 누워만 지내는 시어머니 수발을 들고 있다는 것은 온 동네가 다 안다. 그러나 고향인 어촌과 달라서, 도쿄 사람들은 남의 집 일에 간섭하지 않는다. 이웃 간의 그런 매정한 관계를 적당한 거리라느니 품위 있는 사람들이라느니 하면서 환영했던 것은 가족 모두가 건강했기 때문이라는 걸 새삼스럽게 깨닫는다. 시어머니 수발을 들게 된 후로는 그런 관계를 도시적인 몰인정함이라고 느끼게 되었다.

만약 내가 태어나고 자란 어촌이라면 어땠을까. 옆집 아주머니는 "이거 좀 먹어봐" 하면서 밭에서 따다 찐 단호박을 들고 문을 두드린다. 자연스럽게 집 안까지 성큼성큼 들어와 시어머니가 몸져누운 비참한 생활상을 민감하게 간파한다. 그리고 아주머니는 이렇게 말한다.

"내가 할머니 봐줄 테니까, 잠시 나가서 바람 좀 쐬고 와. 카페에 가서 커피도 한 잔 마시고."

얼마나 좋을까. 사적인 생활을 들키게 되더라도 상관없다. 집 안이 너저분한 걸 동네 사람들에게 다 떠벌리고 다녀도 괜찮다. 그런 일은 다 상관없을 정도로, 이제 정말…… 지쳤다.

"좋은 냄새가 나네. 양파 볶았어? 점심 메뉴는 뭐야?"

"볶음밥이요."

"대단하네. 나는 남편이 죽은 후로 혼자 살고 있잖아. 그래서 낮에는 저기 '몽트레'에 가서 런치세트 먹는데."

"좋으시겠어요."

시어머니만 없으면, 나도 볶음밥 같은 건 만들지 않는다.

계란국도 끓이지 않는다.

나 혼자면 치즈 토스트 한 장으로 충분하다. 사과 한 개로도 족하다.

"동네 청소 일정이 쓰여있어."

마에다 씨가 회람판을 가리키며 말했다.

동네 청소라는 말만 들어도 허리가 뻐근해지는 것 같아, 슬쩍 허리를 문질렀다.

"다음 달인가요?"

"하수구 청소는 중노동인데, 업자에게 맡기면 안 되나 몰라. 관리비 조금 올리면 될 텐데."

"저도 그렇게 생각해요."

"그래도 참 대단해. 남편이 아직 펄펄한데 늘 도요코 씨가 나와서 일하잖아. 시어머니 수발도 도맡아서 하고. 정말 현모양처의 귀감이야. 나도 불평만 하다가 천벌을 받을라. 아차, 아차."

마에다 씨가 얼른 손목시계를 보았다.

"7학년 동맹 집회에 늦겠네."

"7학년 동맹이요?"

"70세 사망법안을 반대하는 동맹. 내가 지부장으로 추대됐거든. 그래, 도요코 씨도 별일 없으면 참가하지 그래?"

"아뇨. 저는 집을 비울 수가 없어서."

게다가 저는 그 법안에 대찬성인걸요.

"참 그렇지. 그럼 다음에 서명이라도 부탁할게. 다음에 또 봐요."

돌아서 걸어가는 마에다 씨의 뒷모습을 바라보았다.

걸음을 옮길 때마다 긴 치마가 찰랑찰랑 흔들렸다.

도요코 가족이 이 집에 이사왔을 때, 마에다 씨네는 가족이 여섯 명이었다. 그런데 시아버지가 심장병으로 세상을 떠났고, 그 뒤를 따르듯 시어머니도 이어서 암으로 돌아가셨다. 그 몇 년 후에는 맏아들이 결혼해서 독립했다. 밑에 아들은 홋카이도로 졸업여행을 갔다가 그 고장에 매력을 느낀 나머지, 졸업 후 홋카이도로 아예 거처를 옮기고 도마코마이에 있는 고등학교에서 사회과 선생으로 일하는 듯하다. 그렇게 두 아들이 다 독립하자 마에다 씨네는 부부 둘이 생활하게 되었는데, 3년 전에 남편이 폐암으로 세상을 등지고 말았다. 암이 발견된 지 넉 달 만의 일이었다.

남편이 죽고 난 다음부터 마에다 씨는 오히려 더없이 인생을 즐기고 있는 듯 보인다. 경제적으로 여유가 있기 때문일 것이다.

마에다 씨처럼 살고 싶다.

나도 자유롭고 싶다…….

가족이 아닌 사람과 얘기라도 나눌 수 있으면 다소나마 스트레스가 풀릴까 싶어 현관 밖까지 나갔는데, 그 반대였다.

괜히 더 침울해지고 말았다.

뒷문으로 부엌에 들어가는데 전화벨이 울렸다.

"여보세요."

"도요코? 나, 아이코야."

"어머, 오랜만이네. 그런데 웬일이야?"

대학 시절 친구에게는 가끔 전화가 오지만, 고등학교 시절 친구가 전화를 걸기는 정말 오랜만이었다. 고향이 같아서 대학 시절 친구와는 또 다른 친근감이 있다.

"70세 사망법안이 가결되었잖아. 그래서 죽을 때까지 도요코를 만나지 못하면 어쩌나 불안해서. 목소리라도 들을까 하고."

"얘는. 아직 15년이나 남았는데, 뭘."

"무슨 소리야. 우리 20년 가까이 못 만났어."

"뭐, 벌써 그렇게 됐어?"

듣고 보니 그렇다. 매년 오는 연하장에는 '언젠가 꼭 만나자', '올해는 만날 수 있으면 좋겠네' 하는 말만 쓰여있었다. 인생이 딱 70년이라고 정해진 지금, '언젠가'라는 날이 오지 않을 가능성이 높아졌다. 아니, 꼭 이 법안이 아니어도, 계속 '언젠가'라는 말만 하다가 나이를 먹고 병들어 쓰러지고 만나지 못한 채 죽는 게 보통일 수도 있다. 게다가 친절한 누군가가 알려주지 않는 한, 친구의 죽음을 아주 먼 훗날이 되어서야 알 수도 있다.

나는 연하장에 그 한마디조차 쓰지 않은 지 오래됐다. 그럴 시간도 없거니와 정신적인 여유도 없다. 받는 사람 이름조차 정성껏 손으로 쓰는 대신 컴퓨터로 인쇄하고 있다.

전에는 보내는 사람으로 우리 부부의 이름과 아이들 이름까지 인쇄했지만, 아이들이 성장한 후로는 부부 이름으로만 보낸다. 이렇게 가정의 모습이 점차 전해지지 않다가 끝내는 관계가 소원해진다. 그런 게 나이를 먹는다는 것인지도 모른다. 서글프지만 그게 현실이다.

"너, 올 설에도 내려오지 않았지. 동창회가 있었는데."

"그렇구나. 난 몰랐어."

아이코는 독신이라 홀가분하고 편하다. 나와는 아주 거리가 먼 자유로운 생활을 하고 있다.

"너희 어머니를 에비스야에서 만났어. 좋아 보이시더라."

"에비스야? 그게 어딘데?"

생각해 보니 친정엄마를 만난 지도 한참 지났다.

"에비스야 몰라? 작년에 새로 생긴 대형마켓인데. 유키네 맞은편에 병원 있었잖아. 그 자리에 생겼어."

눈을 감자, 고향의 길거리가 떠오른다.

"그 부근이면 편리하겠네."

고향에 가고 싶다.

친정엄마는 일흔여덟 살, 아버지는 여든 살. 부모님 모두 살날이 앞으로 2년밖에 남지 않았다. 모시고 온천여행이라도 가고 싶다.

나는 세 자매 중 맏이다. 첫째동생은 부부가 교사인데, 몇 년 전에 진학지도를 담당하게 된 후로 한층 더 바빠졌다고 들었다. 둘째동생은 역 앞에 있는 다시마 도매상에게 시집을 갔다. 그래도 역사가 있는 가게인데, 가게 매출은 시원치 않은 대신 인터넷 판매로 그럭저럭 밥벌이는 하고 있는듯하다.

동생들이 고향에 있어서 부모님에 대해서는 일단 안심하고 있다. 그러나 앞으로 2년밖에 살지 못한다는 사실에 부모님이 얼마나 한탄할까를 생각하면, 내 신세가 처량해 그저 한숨만 나온다.

마지막으로 엄마와 통화를 한 게 언제였더라. 엄마와 얘기하는 중에 시어머니가 몇 번이나 큰 소리로 불러서 서둘러 끊어야 했다. 그러고는 쫓기듯 살다 보니 전화를 한 번도 걸지 못했다. 온천여행은커녕, 느긋하게 얘기할 수도 없으니 맏딸로서의 책임을 아예 못하고 있다. 그런 생각을 하면 슬퍼진다.

"오랜만에 너를 만나서 실컷 수다라도 떨었으면 좋겠다."

제대로 얘기를 나누고 싶다.

무슨 얘기라도 좋으니 마음껏 떠들고 싶다.

시어머니 험담을 질리도록 하고 싶다.

큰 소리로 고함을 지르고 싶다!

마음 깊은 곳에서 그런 욕구가 솟구쳤다.

"난 언제든 괜찮아."

"아이코, 미안한데 이대로 30초만 기다려줄래? 다른 데로 가서 얘기하게."

그렇게 말하고, 전화기를 든 채 부엌에서 나와 살금살금 계단을 올라갔다. 2층 북쪽의 침실 앞을 지나 창고에 들어가서 문을 꽉 닫았다.

여기에서 얘기하면 아무도 듣지 못할 것이다. 사방을 에워싼 선반 앞에 사다리가 있다. 거기에 걸터앉았다.

"여보세요, 미안. 실은 시어머니가 운신을 못해서, 그 수발드느라 집을 비울 수가 없어."

"그 얘기는 네 어머니에게 얼핏 들었어. 얼마나 힘들겠니. 그래도 주말에는 남편이 집에 있잖아. 게다가 딸도 있고. 이제 다 컸지 않나? 그럼 너도 반나절 정도는 시간을 낼 수 있잖아."

"그게, 그렇지가 않아. 딸은 독립해서 혼자 살고 있어."

"딸이 다른 지방에서 사니?"

"다른 지방? 아니, 스기나미 구에 사는데."

"에이, 같은 도쿄에 살면 좀 도와달라고 하면 되잖아. 아니면 주말에도 쉴 수 없을 정도로 일이 바쁜 거니?"

"그런 건 아니지만…… 딸은 딸대로 자기 생활이 있는 데다,

딸에게 의지하기 시작하면 계속 그렇게 될 것 같아서. 그래서 최대한 부탁하지 않기로 했어."

"그랬구나. 그리고 보면 그렇기도 해. 노인 병 수발을 손자 세대까지 총동원해서 하는 것도 이상한 일이지. 그래도 남편은? 주말 정도는 대신해 줄 수 있잖아."

남편은 토요일에는 골프. 일요일에는 피곤하다고 잠만 잔다.

"그게 또 그렇지가 않아."

"왜?"

"가족들을 위해서 일하는 건데, 쉬기도 해야지."

그런 식으로라도 자신을 납득시키지 않으면, 오래도록 가슴에 품어온 불발탄이 폭발할 것 같다.

"너, 생각이 많이 바뀌었다. 전에는 남녀 평등주의였잖아?"

"그건 아이들이 어렸을 때 얘기지. 회사에서 일하는 것보다 아이들 키우는 게 몇 배는 더 힘들다는 확신이 있었으니까. 그런데 아이들이 다 크고 나니까 갑자기 생활이 편해졌잖아. 그랬더니 일도 하지 않고 그냥 얻어먹고 있는 나 자신이 한심하다는 생각이 들어서."

"얘는, 무슨 소리야. 지금은 그 편한 때도 다 지나고 시어머니 병 수발 때문에 고생하고 있잖아. 아기 돌보는 것보다 힘든 거 아니니?"

"그렇기는 한데……."

"너도 참 현모양처다."

그건 아니다. 언제부터인가, 아이코에겐 내 심정을 솔직하게 털어놓을 수 없는 사이가 되었을 뿐이다.

"아무튼 모든 문제를 혼자 껴안고 가는 건 좋지 않다고 하잖아."

껴안고 싶어서 껴안고 있는 것이 아니다. 아무도 도와주지 않을 뿐이다. 나 혼자만 피폐해지고 있다. 그런 건, 한 지붕 아래 사는 사람이라면 누가 봐도 금방 알 수 있다. 아는데 도와주지 않는다. 그런 사람에게 새삼스레 무슨 부탁을 하랴.

"그 법안이 생긴 후로 우리 회사에서는 조기퇴직을 신청하는 사람들이 많아졌어. 도요코 남편은 정년 될 때까지 일한대?"

"우리 남편도 이제 곧 퇴직할 거야."

"에이, 그럼 어머니 병 수발도 잘 도와주겠네."

"아니, 글쎄. 남편이 대학 시절 친구랑 세계여행을 떠나겠대."

"뭐? 뭐니, 대체?"

긴 한숨 소리가 들렸다.

"미안해. 아무튼 집을 비울 수가 없을 것 같아."

"음, 그래. 그래도 그렇지…… 아, 그래, 알았어."

아이코도 생각이 복잡했을 것이다. 그러나 남의 가정사에 감 놔라 배 놔라 하자니 껄끄러워 말을 삼켰을 것이다.

"아무튼, 도요코. 휴대전화 번호 좀 알려줘."

"나 휴대전화 없어. 언제나 집에 있는데, 휴대전화 따위 소용없지."

"요즘 세상에, 너도 참. 그럼 이메일 주소라도 가르쳐줘."

"남편이랑 같은 주소 쓰는데, 괜찮겠니?"

"설마, 어떻게 괜찮겠어. 남편이 읽을지도 모르는데, 마음 놓고 쓸 수가 없잖아. 그럼 다른 포털 계정이라도 괜찮아."

"응? 포털 계정이 뭔데?"

"에? 몰라? 음…… 포털 계정이라는 건."

아이코가 잠시 말을 끊고 한숨을 쉬었다.

"미안하다. 설명하기가 귀찮네."

"미안하기는. 내가 미안하지."

"네가 사과할 일이 뭐 있다고 그래. 아무튼 언젠가 만날 기회가 되면 만나자."

"그래. 언젠가 보자."

그 '언젠가'는 오지 않는다.

통화하는 중에 아이코가 점점 시큰둥해하는 것을 느낄 수 있었다. 전업주부 생활에 푹 젖어서 옛날의 패기 따위는 손톱

만큼도 느낄 수 없는 옛날 친구, 만나봐야 아무 재미도 없을 것이라고 판단했으리라.

아이코, 너의 예리함은 아직도 건재하구나.

고등학교 시절의 그녀는 성적은 그렇게 좋지 않았어도 사람의 성품은 기가 막히게 잘 아는 능력이 있어 놀란 적이 한두 번이 아니었다. 직설적인 말투 탓에 그녀를 싫어하는 여학생도 꽤나 많았지만, 나는 반대로 그녀의 그런 점을 좋아했다. 자기 생각을 거침없이 말하기 때문에, 하는 말에 혹시 다른 의미가 있지는 않은지 고민할 필요가 없어 얘기하기가 편했다. 그런데 오랜만에 통화를 하고 보니, 그런 아이코조차 내게는 신중하게 말을 가려 했고, 하려던 말을 삼키기까지 했다. 사회생활을 하다 보니 그렇게 변한 것인지, 아니면 이제 나는 상대할 사람이 못 된다고 여기는 것인지…….

전화를 끊은 후에 살며시 창고에서 나왔다.

생각해 보면 시어머니가 침대에만 누워 사는 덕분에 한 가지 좋은 일도 있다. 이렇게 집 안을 마음대로 다닐 수 있는 것이다. 건강하던 시절에는 시어머니가 직접 집안일 전체를 관리했기 때문에 내가 있을 곳이 없었다. 하지만 지금은 거실이든 부엌이든 2층 창고든 어디든 마음대로 활보할 수 있다. 남편은 늦게 들어오고 마사키는 자기 방에서 거의 나오지 않으니 더욱 그렇다.

복도에서 벨 소리가 들린다.

얼른 계단을 뛰어 내려간다. 그렇게 서두르지 않아도 되는데, 시어머니가 마음속을 꿰뚫어 보고 있는 것만 같아 서두르게 된다.

"어머니, 부르셨어요?"

아마도 부자연스럽게 웃고 있었으리라. 시어머니가 엎드린 채로 고개를 비틀어 수상하다는 눈빛으로 쳐다본다.

엎드려 있다는 것은 허리를 주무르라는 뜻이다. 나도 허리가 아프지만 아무 말 못한다. 말해봤자 오히려 불쾌해질 뿐이다. 며느리가 하는 말을 똑바로 들어준 적이 없으니.

"애야, 너 사실은 좋아하고 있지?"

"좋아해요? 뭘요?"

엄지손가락으로 등을 꾹꾹 누르면서 되물었다.

몇 년에 걸친 마사지 때문에 며느리의 엄지손가락이 변형되었다는 것을, 이 사람은 죽을 때까지 모를 것이다.

"솔직하게 말해봐."

"그러니까…… 제가 뭘 좋아한다는 건지?"

도무지 무슨 소린지 짐작이 가지 않았다.

"시치미 떼기는. 그 법안 말이지, 그게 아니면 뭐가 있겠어."

얼버무리지 말라는 식으로 고개를 비틀어 눈을 똑바로 뜨고 며느리 눈을 쏘아본다.

"제가 왜 좋아하겠어요?"

그 법안 탓에 나는 앞으로 15년밖에 살지 못한다. 그에 비하면 시어머니는 여든네 살인 지금도 살아있고 앞으로도 2년의 유예기간이 있다. 생각해 보면 공평하지 않은 일이다. 물론 이렇게 몸을 움직일 수 없는 상태에서 목숨만 붙어있는 것은 원치 않지만, 어쨌든 일흔이라는 나이는 너무 이르지 않은가.

"그 법안이 앞으로 2년이면 시행되지 않니. 그 말은 내 수발도 앞으로 2년이면 끝난다는 뜻이잖아. 이렇게 심통스러운 할망구와 헤어진다고 생각하면 속이 다 후련하겠지?"

"아니요, 그렇지 않아요."

"기껏해야 2년인데, 하고 싶은 말은 마음껏 하련다."

"네……"

"그런데 너, 그거 알고 있지?"

"그거요? 그게 뭔데요?"

"이면 법안 말이야."

"이면? 아니요, 저는 모르는데요."

"또 시치미를 뗀다. 소문이 파다하다는데, 들어는 봤겠지?"

"소문요? 제 귀에 소문이 어떻게 들어오겠어요?"

165

툭, 하고 마음속에서 무언가가 부러졌다.

자신을 희생해 가면서 이렇게 죽어라 수발을 들고 있는데, 뭐라는 건지 계속 비아냥거리는 이 여자 말을 듣고 있을 이유가 없다!

"어머니, 저는 어머니 때문에 집 밖으로 나갈 수도 없다고요!"

눈물이 넘쳐흘렀다.

"그런 제가 어디 가서 무슨 소문을 듣는다는 말이에요? 친구들이 만나자는데도 못 만나고 있다고요! 설에 고향에서 동창회도 있었다고요!"

격앙된 외침이 뱃속에서 솟구쳐 올라왔다.

참을 수 없었다.

"이제 제발 좀 그만하세요!"

그렇게 외치면서 방에서 나와 문을 홱 닫았다. 쾅, 하는 요란한 소리가 났다.

그날 밤, 남편이 목욕을 하는 틈에 2층으로 올라가 서랍장을 열었다.

그런데, 없었다!

어떻게 된 거지?

거기에 있어야 할 통장과 현금카드와 도장까지, 없었다. 설마 하는 생각에 기모노 사이에 손을 넣어보았다. 거기에 끼워 둔 50만 엔은 무사했다.

남편이 목욕을 끝내고 올라오기를 초조하고 답답한 심정으로 기다렸다.

"아, 기분 좋다. 이제 당신도 하지 그래?"

"통장을 여기 놔뒀는데, 당신 혹시 어딨는지 알아?"

"아, 그거. 당신은 이제 돈에는 신경 안 써도 돼."

"그게 무슨 말이야?"

"앞으로 내가 관리할게."

"관리? 왜?"

"퇴직하고 나면 시간이 많아지잖아. 그 정도는 내가 해야지. 당신, 지금까지 수고 많았어. 돈이 필요할 때는 언제든 얘기해."

"돈이 필요할 때마다 일일이……."

"오해하지 마. 생활비 지출에 인색하게 굴 마음은 전혀 없으니까. 아니지, 당신. 이제 멋도 좀 부리고 그래. 사고 싶은 게 있으면 말하고. 그때마다 돈 줄 테니까."

그때마다?

—슈퍼에 갈 거니까 돈 주세요.

—양말을 사고 싶은데, 돈 주세요.

눈앞이 캄캄해졌다.

"걱정하지 마. 내가 떠나고 없는 석 달 치 생활비는 두고 갈 거니까."

진짜 노예가 된 것 같다.

새장에 갇혀 폐쇄공포증에 덜덜 떠는 새가 된 기분이었다. 그 자리에 남편이 없었다면 꽥꽥 소리를 지르며 데굴데굴 구르고 싶을 정도였다. 심호흡을 하면서 숨을 가다듬지 않으면 공황상태에 빠질 것 같았다.

돈을 마음대로 사용할 수 없다면 보통은 가출을 포기할 수도 있다. 그러나 나는 반대다. 한시라도 빨리 이 감옥에서 도망치고 싶어 견딜 수가 없었다.

내게 지금 얼마나 있지?

서랍장에 숨겨둔 50만 엔과 지갑에 든 2만 3,000엔 정도. 그리고 부엌 서랍에는 지난주 은행에서 한꺼번에 꺼낸 생활비 중에서 95만 엔 정도가 남아있을 것이다.

전부 합해서 147만 3,000엔.

내가 들고 나갈 수 있는 돈은 그뿐이다.

* * *

탁 탁 탁······.

경쾌한 발소리가 계단을 올라오고 있다.

침대에 누워 잡지를 보고 있던 다카라다 마사키는 귀를 쫑긋 세웠다.

저건 엄마 발소리가 아니다.

엄마는 쟁반에 담은 국이 쏟아지지 않도록 조심조심 한 계단씩 올라온다.

누구지.

"마사키, 저녁 먹어."

어라, 엄마의 목소리다.

의아했다. 발소리의 경쾌함을 생각하면, 오늘은 된장국이 없는 모양이다.

"얘, 마사키. 자니?"

아, 귀찮다. 그냥 내버려두면 좋겠는데.

자고 있든 깨어 있든, 대체 무슨 상관인데.

지겹다. 오늘도 엄마는 문을 열고 얼굴을 내보일 때까지 돌아가려 하지 않는다.

아, 진짜 짜증난다.

"마사키! 대답해!"

갑자기 호통치는 목소리로 변했다. 깜짝 놀라서 벌떡 일어났다.

"대답하라고 하잖아!"

허둥지둥 문을 열었다.

"엄마 무시하는 거. 이제 가만있지 않을 거야!"

엄마가 끔찍한 얼굴로 노려보고 있다.

엄마는 희로애락이 얼굴에 잘 드러나지 않는 사람이다. 지금까지 이렇게 화가 난 엄마는 본 적이 없었다.

"······무슨 일 있었어?"

조심스럽게 물어보았다. 엄마는 대답은 않고 내 가슴에다 종이봉투를 획 들이밀었다. 뭔가 봤더니 맥도날드 봉투라서 또 놀랐다. 엄마는 언제나 영양의 균형을 고려해서 직접 식사를 준비하곤 했다. 어렸을 때부터 아무리 졸라도 패스트푸드 가게에는 데려가 주지 않았다.

엄마가 뭐라고 중얼거렸지만 알아들을 수가 없다.

"뭐라고 한 거야?"

"나를 바보로 안다니까."

"내가? 난 아니지?"

엄마는 나를 보고 있지 않았다.

두 눈 가득 눈물을 그렁거리며 허공을 노려보고 있었다.

"제발 이제 그만해! 다들 나를 가정부 취급하는 거!"

토해내듯 말하고 엄마는 계단을 투다다닥 뛰어 내려갔다.

멀거니 그 뒷모습을 쳐다보았다.

대체 무슨 일이 있었던 것일까. 언제나 현명하게 처신하는 엄마가 이렇게 소리를 지르다니.

아무튼 그건 그렇고…….

문을 닫고 봉투에 든 것을 꺼내 테이블에 늘어놓았다.

더블버거, 감자튀김 L사이즈, 콜라 M사이즈, 치킨너겟.

감자튀김 하나를 입에 넣었다. 학생 시절의 맛이 났다. 맥도날드는 사람들이 많은 역 근처에 있기 때문에 정말 오랜만이었다. 절로 흐뭇해진다.

그런데 왜 이런 걸 사왔을까. 식사 준비도 할 수 없게 지친 것일까.

뭐, 이유는 뭐가 되었든 상관없다. 오랜만에 맛있는 걸 먹을 수 있으니.

어차피 내일쯤이면 엄마의 기분도 바뀌어 있을 것이다.

* * *

도요코는 그 카페를 간신히 찾았다.

"미안해, 내가 좀 늦었지."

약속 시간에서 15분이나 지났다.

아이코는 이쪽을 힐금 올려다보고는 웃지도 않은 채 책을 덮었다.

아이코는 젊었을 때 모습 그대로였다. 주름은 많아졌지만, 분위기며 날씬한 몸매며 옛날 그대로였다.

"도요코, 시부야에 나오는 거 오랜만이니?"

"5년 만이야. 너무 많이 바뀌어서, 이 카페 찾는데도 한참 걸렸네."

"너희 집에서 시부야까지, 전철 타면 고작 10분 거리잖아."

아이코는 어이없다는 듯이 말한다.

"그건 그렇지만, 시어머니 수발 때문에 쇼핑은커녕 밖에도 못 나가. 너는 몇 시에 왔어?"

"약속 시간 10분 전."

그렇다면 25분이나 기다렸다는 말이다. 커피 잔을 들여다보니 바닥이 드러나 있다.

"오래 기다렸네. 미안해."

그러나 이쪽 사정도 알아줬으면 싶다. 막 나오려는데 시어머니가 불러서 기저귀를 갈아달라, 차를 끓여오라 일을 시켰다.

"휴대전화 정도는 있어도 좋잖아. 연락할 방법이 있어야 말이지. 혹시 내가 장소를 잘못 알고 있던 게 아닐까, 그래서 네가 못 오는 게 아닐까. 온갖 생각하느라 스트레스 엄청 받았다고."

"그랬구나, 정말 미안해."

사과하면서 아이코의 발을 보았다. 청바지 차림에 스니커즈를 신고 있었다. 역시 일하는 사람은 다르다. 나는 청바지를 입어본 지가 어느 고릿적인지 모르겠다.

왠지 거리감이 느껴졌다.

"세월이 사람을 변하게 하는구나."

아이코의 표정에서 실망의 빛을 본듯했다. 아마 착각은 아니리라.

"그건 그렇지. 20년 가까이 못 만났는데."

"그런데 도요코, 그 짐은 뭐니? 여행이라도 떠나는 거야?"

아이코의 시선이 내가 든 보스턴백으로 향하고 있다.

"실은 나, 친정엄마가 쓰러졌다고 하고서 집 나왔어. 그렇게라도 하지 않으면 집을 비울 수가 있어야 말이지. 지금까지 어쩌면 그렇게 간단한 거짓말을 생각지 못했나 싶어."

"간단? 그건 아니지. 거짓말을 하려면 용기가 필요하거든. 잘못해서 들킬 수도 있는데."

"얘는 무슨 말을 그렇게……."

"하하. 그렇게 겁난 표정 짓지 마. 그래서? 지금 고향으로 내려가 쉬려고?"

"아니, 그런 건 아니야. 혹시나 해서 엄마랑 입을 맞추려고 어제 전화해서 부탁은 했지만."

그렇게 대답하면서 어제 엄마와의 통화를 떠올렸다.

"내일, 엄마 보러 갈까 하는데."

창고 문을 꼭 닫고 작은 소리로 말했다.

"어머나, 갑자기 연락하면 어쩌니. 내일 동네 모임에서 여행을 가는데. 오사카 구경한 다음에 사카모토 후유미 콘서트 보러 갈 거야. 왜, 아빠가 옛날부터 후유미 팬이었잖아. 지금 들떠서 야단이다."

금슬 좋은 부부의 정경이 수화기 너머로 전해진다. 아빠는 가정을 아끼는 자상한 사람이다.

"그럼 다음 주는?"

"음, 올해 끝까지 일정이 꽉 차 있지만 이삼 일은 어떻게 할 수 있을 거야. 가능하면 해가 바뀐 다음에 와주면 좋겠는데."

좋겠다고?

딸이 친정에 오는 게 이제는 반갑지 않고 부담스러운 것일까. 부모님이 딸이 없어도 즐겁고 행복하게 살아 안심하는 한편 서운하기도 했다.

그보다, 시어머니에게 한 거짓말이 들통나면 어쩌지.

"혹시 거짓말한 게 들킬 수도 있으려나?"

"도요코 너 정말⋯⋯. 그래서 시어머니 수발은 누구에게 맡

174

기고 왔는데?"

"시누이. 상황이 긴급하다 보니까 마지못해 왔지."

"흐음. 그래서 내게 의논하고 싶다고 한 게 그거야?"

"그러려고 했는데, 잘 생각해 보니까 그런 의논은 해봐야 소용없다는 걸 알았어."

"에이, 얘기하는 것만으로도 속이 후련해지는 일도 있어."

"그렇게 말해줘서 고맙다. 나오라고 이렇게 불러놓고, 의논할 거리가 없다고 하려니 미안하네."

"그런 말 마. 오랜만에 만났는데, 그럼 된 거지."

"그러니? 고마워."

"70세 사망법이 생겼으니까, 이제 조금만 고생하면 되겠네."

"그건 그런데, 우리 인생이 앞으로 15년밖에 안 남았잖아. 그 중에서 2년을 고마움도 모르는 시어머니 병 수발에 할애한다는 게 바보짓 아닌가 싶은 생각도 들어."

"그 말은 맞지. 그런데 만약 고맙다는 말을 자주 해주는 사람이라면 어떻겠어? 앞으로도 계속 수발들 수 있겠니?"

"그건……."

"그렇지는 않지? 고맙다는 말을 한다고 해서 고생이 줄어드는 건 아니니까."

아이코의 맞는지도 몰랐다.

"그보다, 아들은 지금 어떻게 지내? 데이도 대학 나왔잖아."

아이코가 화제를 밝은 곳으로 돌리려 신경을 쓴 것이리라. 그러나 나는 그 눈을 피하고 말았다.

"졸업하고 일단 대동아 은행에 취직하기는 했는데."

"와, 대단하네."

"응, 그런데 인간관계에 치였는지…… 그만뒀어."

"요즘 젊은 사람들은 결단력이 있다니까. 우리 회사에도 보람 있는 일을 찾겠다면서 미련 없이 떠나는 젊은이들이 많아. 그런 걸 보면, 참 부러워."

"아니, 그게…… 계속 집에 있어."

"집에서 뭘 하는데? 국가시험을 준비하는 거야? 아니면 벌써 자격을 따서 집에서 개업을 했다거나?"

"아니, 아무것도 안 해."

"뭐?"

아이코는 의외라는 표정이었다.

"아들이 올해 몇 살이더라?"

"스물아홉."

"그럼, 마냥 집에 박혀만 있단 말이야? 혹시 폭력도 휘두르는 거야?"

"그런 일은 전혀 없어. 뉴스에 나오는 면도날 소년과는 전혀 달라. 편의점이나 비디오 대여점에도 종종 가고. 그러니까 방에서 나오지 않는 건 아니야."

"뭐니, 그게? 무슨 말인지 통 모르겠다."

아이코는 답답하다는 듯이 물었다.

"면도날 소년은 상상이나 할 수 있지. 솔직히 말하자. 네 아들, 그냥 게으른 거 아니니? 종일 집에 있으면 엄마를 도와줘야지."

"그러기는 좀 힘들지. 여기저기 이력서도 보내고 있고, 가끔은 면접도 보러 가고…… 아니다, 요즘에는 면접 보러 오라는 데도 없는 것 같던데. 그래도 할머니 병 수발을 어떻게, 남자애가."

"뭐? 남자아이나 여자아이나 똑같이 키울 거라고 하지 않았니, 너? 실제로 아이를 키우다 보니까 생각이 달라진 거야?"

"그런 건 아니…… 지만."

"그래서 네 아들, 앞으로 어쩔 생각이래?"

"모르겠어. 본인이 무슨 생각을 하고 있는지 전혀 모르겠어. 애당초 대화도 별로 없고. 이게 다 내가 자식을 잘못 키운 탓이겠지. 자식이 문제를 일으키는 원인은 부모에게 있잖아. 그게 내 생각이야. 그래서 자책하지 않은 날이 하루도 없을 정도야. 그 아이의 앞날을 생각하면 가슴이 무너질 것처럼 괴로워. 아들의 앞날을 망친 사람이 바로 나인걸. 그래서 최소한 죗값이라도 치르자는 심정으로 매일 끼니는 차려주고 있는데."

"네가 자식을 잘못 키운 게 아니지."

"어? 왜 그렇게 생각하는데?"

놀라서 아이코를 봤다.

아이코는 마사키와 모모카를 모른다. 내가 아이들을 어떻게 대하는지, 아이코는 한 번도 본 적이 없다.

"적어도 네가 키운 자식이라면, 생활태도도 반듯하고 인생에 대해서도 성실하게 임할 것 같으니까 그렇지."

"그러니?"

나의 노력을 인정해 주는 사람을 아주 오랜만에 만난듯한 기분이 들었다.

"방에 틀어박혀서 안 나오는 원인을 대체 누가 알겠어? 학생 시절이라면 학교 친구나 선생일 수도 있고, 사회인이 되고 나서는 짜증나는 상사일 수도 있고. 지금까지 네 아들에게 영향을 미친 사람은 이루 헤아릴 수 없이 많잖아. 게다가 본인이 갖고 태어난 결벽증이나 예민함이 앞길을 가로막을 수도 있고. 그런 게 전부 복합적으로 얽혀있을 수도 있고. 그런 거 아닌가 모르겠다. 그렇다면 대범하게 치료하는 수밖에 없는데."

"어떻게?"

"집에서 내쫓아 혼자 살게 한다든지. 그럼 제힘으로 어떻게

178

든 할 거 아니야?"

그렇게 간단히 해결할 수 있는 문제라면, 집에 박혀 지내는 자식이 있는 집 부모들이 모두 그렇게 했을 것이다.

"우리 세대라면 그런 방법도 가능하겠지. 하지만 요즘 아이들에게 먹힐까 싶네."

"네가 그렇게 생각한다면 그런 거겠지. 어차피 난 애를 키워 본 경험이 없으니까 현실이 어떤지 모르잖아."

"마사키도 처음에는 새 직장을 구하려고 무진 애를 썼어. 그런데 제 학력에 맞는 일자리가 좀처럼 없는 것 같아. 선술집 아르바이트 정도야. 믿겨지니?"

"열심히 하면 인정받아서 정직원이 될 수도 있지 않을까?"

"선술집에서 정직원이 되면 뭐 하게……. 콧대가 높다고 오해하지 말았으면 좋겠다. 그래도 그렇지, 데이도 대학을 졸업했는데."

"전국적으로 체인점이 있는 대형 선술집의 간부 후보생이 될 수도 있잖아."

"마사키 동창생 중에는 음식점에서 일하는 사람이 없어."

"그래도 일하지 않는 것보다는 낫잖아."

"내 생각은 달라. 일단 그런 아르바이트를 시작하면 평생을 그렇게 살아야 돼. 사회구조가 그런걸."

"네 말에도 일리는 있지만, 이대로 가다가는 진짜 은둔형 외톨이가 될 수도 있다고."

"심하네……."

가장 두려운 일이다. 정곡을 콕 찔려 당황했다.

"대기업이 아니면 일할 가치도 없다는 네 생각이 아들에게 부담이 되는 거 아니니?"

"뭐라고?"

그런 생각은 한 번도 해본 적이 없다.

대동아 은행을 그만둔 직후에는 같은 수준의 기업이나 그 이상 되는 회사로 옮겨갈 거라 믿어 의심치 않았는데…….

그런데 부담이 될 수도 있다니.

그런 말도 안 되는.

나는 마사키에게 "힘내라"라는 말조차 한 적이 없다. 그 아이는 성적에서든 진학에서든 언제나 기대 이상의 결과를 보여주어 부모를 놀라게 했다. 그러니 이번에도 깜짝 놀랄 만큼 유명한 기업에 취직하는 게 아닐까 하고 내심 기대하고 있었다.

그러나 내가 정말 바라는 것은 마사키가 즐겁게 사는 것이다. 남 보기에 번듯한 회사에 다녔으면 한 적은 없다. 중소기업이든 영세기업이든 상관없다.

다만 마사키가 만족하지 않을 거라고 생각했을 뿐이다.

"자존심도 학력도 다 버리고 처음부터 다시 시작하는 게 어떨까? 하루라도 빨리."

"그래, 그럴지도…… 모르지."

"학력이다 뭐다 재고 있을 때가 아니잖아. 어떤 일이 되었든 일할 수 있는 것만 해도 고마운 시대야."

혹시 마사키가 듣고 싶었던 말은 바로 이런 게 아니었을까.

"내 일은 아니지만 왠지 답답하네."

"걱정해 줘서 정말 고마워."

"너는 시어머니 수발도 벅차니까, 이제 아들 일은 남편에게 넘기는 게 어떻겠니?"

"남편에게?"

"그래. 남편도 부모잖아."

"응, 그건…… 그렇지."

며칠 전, 남편은 만면에 미소를 띠고 세계여행을 떠났다.

현관 앞에서 배웅할 때, 도저히 웃으며 보낼 수가 없었다. 뚱하게 보였을 것이다. 그걸 모를 리 없는데도 남편은 태연하게 말했다.

"집은 당신에게 맡기고. 그럼 다녀올게."

그러고는 의기양양하게 역으로 걸어갔다.

그런 남편에게 어떻게 넘기라는 말인지.

"아, 그렇구나. 이제 알겠네."

아이코가 테이블을 탁 쳤다.

"답답하고 짜증도 나고 그랬는데, 이제 알겠어. 도요코 너를 만나고부터 왠지 화가 났거든, 나."

"그 원인을 알았다는 거야?"

"내 친구 도요코가 이래저래 곤욕을 치르고 있어. 난 그걸 용서할 수가 없나 봐. 넌 훨씬 더 패기도 넘치고 늘 리더 격인 여자였잖아. 내가 아는 도요코에게 소심하고 남 보기 좋으라고 짓는 미소는 어울리지 않아. 그런 도요코는 보고 싶지 않아. 짜증이 나서 안 되겠어. 언제나 나보다 반걸음 앞서가는 여자였으면 좋겠어. 고등학교 시절처럼."

아이코는 그렇게 말하고는 몹시 갈증이 나는듯 컵에 담긴 물을 단숨에 벌컥벌컥 마셨다.

리더 격인 여자?

내가?

반걸음 앞서가는 여자?

놀라서 아이코를 보니, 이제야 좀 시원하다는 듯이 혼자 고개를 끄덕이고 있다.

오래도록 잊고 있었지만 정말 그런 시절도 있었다. 지금은 이렇지만, 한때는 자부심도 자신감도 있었다. 그걸 자아도취라

해도 상관없다. 자아도취는 중요하다. 그게 없으면 당당하게 얼굴을 들고 살 수 없다.

"가정에 책임감을 느끼지 못하는 네 남편이 나쁜 거야. 그리고 집 밖에도 못 나가게 하는 너의 그 시어머니. 또 집을 나가서 독립하지 않는 네 아들. 게다가 집안일에 관심이 없는 네 딸. 다들 정신 좀 차리라고 해."

"……고맙다."

화난 표정에서, 진심으로 나를 걱정한다는 것을 알 수 있었다.

"도요코. 뭐가 어찌 되었든, 우리 앞으로 15년밖에 살 수 없어. 남은 인생, 좀 더 즐겁게 살 수 있는 방법을 찾을 수 없을까? 그럴 여지도 없는 거야?"

즐겁게 산다고?

그야, 그럴 수만 있다면 그러고 싶다.

"실은 나, 집을 나오려고 생각했어. 하지만 내가 나오면 시어머니도 마사키도 곤란하겠지."

"도요코, 너의 가출을 비난할 권리가 누구에게 있니? 지금까지 잘했어. 아니, 너무 잘 해왔어. 집안에서 네가 얼마나 고마운 존재인지 이참에 좀 알라고 해라. 그럼, 우선 살 데부터 찾아야겠네."

"산다니, 어디서?"

"그렇게 불안한 표정 짓지 마. 너 정말 도요코 맞아? 젊었을 때 도요코는 이러지 않았다고. 후쿠이에서 도쿄로 처음 올라왔을 때, 우리 전철 타는 법도 몰랐잖아. 그런데도 기를 쓰고 찾아왔다고. 그때 열여덟 살이었어."

"그래, 그랬지."

"도요코 너는 기숙사에서도 일찌감치 나갔고."

"그랬지."

그 무렵을 생각하면, 자연스럽게 얼굴에 미소가 감돈다. 밝은 미래를 믿었고, 인생에서 가장 빛나는 때였다.

당시의 학생 기숙사는 여러 명이 같이 쓰는 게 보통이었다. 룸메이트는 친절하고 인상도 좋은 아이였지만, 나는 사생활이 보장되지 않는다는 걸 참을 수 없어서 일찌감치 기숙사에서 나와 자취를 시작했다. 고향의 부모님이 걱정할 줄 알았는데, 딸의 성격을 잘 알고 있는지 남이랑 종일 같이 있으려면 괴롭겠다고 하면서 이해해 주었다. 그 시절에는 경기가 좋아서 부모님이 하는 침구점도 장사가 무척 잘 되었고, 그 덕에 이사비용도 이튿날 바로 송금해 주었다.

"도요코, 그때 어떻게 집 찾았더라? 도쿄로 올라온 지 한 달도 미처 안 되었을 때잖아. 전후좌우를 모르던 때였는데 그 용기에 정말 놀랐어, 나."

"아마, 길거리에서 눈에 띄는 적당한 부동산에 들어갔을 거야. 그리고 조건이 맞는 방을 몇 군데 소개받았지, 아마. 햇볕이 잘 드는 모퉁이 방이 있어서 그 자리에서 계약한 다음에 기숙사로 돌아가자마자 짐을 쌌더랬지."

"그것 봐. 그 시절의 추진력, 다 어디로 사라진 거니?"

"그때는 학생이니까 그럴 수 있었지. 지방에서 올라온 학생이 방을 찾는 건 흔히 있는 일이잖아. 그러니 부동산도 당연히 친절했고. 하지만 지금은 다르잖아. 오십 대 여자가 혼자 살 방을 찾고 있다고 해봐. 다들 이상한 눈으로 볼 게 뻔한데. 집을 뛰쳐나온 주부로 본다고."

"집 뛰쳐나온 주부 맞잖아. 도요코 넌, 명실상부하게 집 나온 여자야."

어이가 없었다.

"부동산 사람 눈에 넌, 나잇살이나 먹어서 불륜에 빠졌든지 남편의 폭력을 견디다 못해 도망쳐 나온 여자로 보일걸."

"아이코, 너 정말……."

"미안해. 못되게 말해서. 하지만 시작도 하기 전에 마음이 꺾여있는 네가 안타까워서 그래. 그런 마음가짐으로는 아무것도 못 한다고."

"그래, 네 말이 맞아. 그래서 말인데, 아이코. 한 가지 부탁이 있거든."

"말해봐. 내가 할 수 있는 거라면 뭐든지 할게."

"오늘 밤, 네 집에서 신세 좀 질 수 있을까?"

다음 순간, 아이코 얼굴에서 표정이 사라졌다.

"미안하지만…… 안 되겠어."

"응?"

"나, 계속 혼자 살아서 그렇겠지만, 나만의 공간에 다른 사람이 들어오는 게 정말 못 견디게 싫어."

아이코는 정말 미안하다는 투였다.

"그렇게 자유로운 생활을 몇십 년 동안 계속해 왔어."

설마 안 된다고 할 줄은 꿈에도 몰랐다. 사실은 처음부터 아이코에게 재워달라고 할 생각으로 집에서 나왔다. 나는 마치 상처 입기 쉬운 십 대처럼 풀이 죽어버렸다.

"도요코, 기분 나쁘게 생각하지 마."

"아니, 아니야. 나야말로 미안하지. 뻔뻔하게 그런 소리나 하고."

"역 앞에 비즈니스호텔이 있어. 인테리어도 예쁘고 깔끔해. 몇 년 전에 은사의 출판기념회 때문에 지방에서 올라온 동창이 거기 묵어서 잘 알아."

"비즈니스호텔이라……."

"일반 호텔보다 가격도 저렴한 편이야. 아마 하룻밤에 6,000엔 정도 했을걸."

"돈은 좀 있으니까 문제가 아닌데. 실은 호텔에서 혼자 자본 적이 없어서."

"그럼 경험도 되고 더 좋네."

한심한 여자로 전락한 친구를 만난 아이코가 이젠 답답함을 넘어서 화가 나있음을 알 수 있었다.

이젠 서로의 생활감각에 큰 격차가 있다. 고등학교 때처럼 사이좋게 지내는 건 힘들지도 모르겠다. 그럴 만큼 변해버린 건 나일까, 아이코일까.

어렸을 때 친구는 특별한 존재다. 쇼와시대 어촌 마을의 공기, 가족의 역사와 분위기, 유치원부터 고등학교까지 같이 다닌 동창생⋯⋯. 설명하지 않아도 서로가 다 아는 것이 수도 없이 많다. 그러나 세월은 그 관계를 조금씩 변형시킨다. 각자 다른 환경에서 지낸 세월이 길면 길수록, 생각하고 느끼는 방식이 달라져서 공감하기가 어려워진다.

"그래도 의외다, 도요코. 내가 상상했던 거랑 전혀 다르네. 자식 낳아 키우고, 한 가정의 태양으로 집안을 이끌어 왔을 테니까, 그러니까⋯⋯."

"그러니까, 뭐?"

"어지간한 일에는 꿈쩍하지 않고, 훨씬 더 강하고 단단한 여자가 됐을 거라고 생각했어. 그런데……."

"그런데? 그런데 뭐? 분명하게 말해봐."

"그래, 분명하게 말할게. 그렇게 하고 다니면 누구든 이상하게 볼걸."

"내 꼴이 그렇게 이상하다고?"

"구닥다리 보스턴백 하며, 어깨에 뽕 들어간 옛날 스타일의 재킷 하며. 시골에서 막 올라와서 뭐가 뭔지 몰라 불안해하는 여자로밖에 안 보여. 젊고 어린 여자는 그렇게 우왕좌왕해도 세상이 가엾게 여겨. 때로는 친절한 척하면서 나쁜 남자가 접근하기도 하고. 그런데 중년 여자가 그래봐. 주위 사람들은 직감적으로……."

아이코가 쏟아내던 말을 잠시 끊었다.

"직감적으로 어쩌는데?"

"괜히 관여했다가 골치 아파지겠다는 걸 바로 알아. 우선 그 커다란 짐부터 역에 있는 사물함에 집어넣고, 여유가 되면 재킷도 새로 사 입어. 그리고 화장도 좀 지우고. 요즘 세상에 누가 아이섀도를 그렇게 진하게 칠하니? 40년 전으로 돌아간 패션이다. 우리 십 대 때 유행했잖아. 뉴 트래디셔널이다, 요코하마 트래디셔널이다 하는 그런 스타일 말이야."

아이코가 연민을 보이고 있다.

가엾은 동물을 보는듯한 눈빛이다.

충격을 받는 동시에 무언가 울컥 치밀었다.

"그래, 오늘 밤은 비즈니스호텔에서 묵을게. 하지만 오늘 중에 집도 찾아서 계약할 거야."

동창생 앞에서 오기라도 부리지 않고는 견딜 수가 없었다.

갑자기 속에서 쓸데없는 자존심이 부글부글 끓어오른 것이다.

"뭐? 정말? 그럼 부동산에 같이 가줄게."

설마 그렇게 나올 줄은 몰랐다. 아이코가 같이 가주면 물론 마음은 든든하지만, 그치만……

"아니야, 괜찮아. 너도 바쁘잖아."

"이왕 나왔는데, 뭐. 재미있을 것 같기도 하고."

카페에서 나와 역 앞까지 걸어갔다.

"저기는 어때?"

아이코가 가리킨 곳은 전면이 유리라서 환한 부동산이었다.

"응, 괜찮아 보이는데. 들어가 보자."

만약 혼자였다면 이렇게 쉽게 발이 떨어지지 않았을 것이다. 들어갈까 말까 망설이고 또 망설이다가 결국 나중에 다시 와야지, 했을 것이다.

"도요코, 주택가는 피하는 게 좋아. 혼자 살려면 복작복작한 동네에 섞여서 사는 게 이래저래 마음이 편하거든."

부동산 안에 들어가 물건 정보가 실린 파일을 팔락팔락 넘겨보았지만, 신주쿠나 시부야, 이케부쿠로 부근은 월세가 비싸서 엄두가 나지 않았다. 아이코는 젊었을 때 30년 거치로 대출을 받아 아파트를 장만한 것 같은데, 지금의 나로서는 꿈도 못 꿀 일이다.

"어떤 방을 찾으십니까?"

투실투실하게 살찐 남자가 물었다. 사십 대 후반쯤 되었을까.

"도심에 있고 월세가 싼 방이요."

아이코가 무모한 조건을 말했다.

어이없어할 줄 알았는데, 남자는 이렇게 대답했다.

"그런 물건이 있긴 한데……. 여긴 어떠십니까?"

남자가 보여준 곳은 방 하나에 부엌이 딸린 구조였다. 외관 사진도 있었다. 쇼와시대의 운치가 남아있는 목조 모르타르 아파트 '우에노 장'. JR 우에노 역에서 도보 8분 거리에 있다. 상가 건물과 고층 아파트 사이에 소리 없이 살아남아 있는 건물이라는 인상이다.

"서두르시는 편이 좋습니다. 요즘에는 이렇게 싼 물건이 많지 않아서 나오자마자 바로 계약이 되거든요. 그래서, 어느 분이 거주하시는 겁니까? 자녀분이?"

학생이 혼자 사는 것이라 생각한 듯하다.

"제가 살 거예요."

"혼자서 말입니까? 실례지만, 직업이?"

"전업주부입니다."

남자가 노골적으로 얼굴을 찡그렸다.

"남편분의 명의로 임차하실 겁니까?"

"아니요, 제 이름으로 빌릴 건데요."

"음, 그건 좀 힘들 것 같은데요. 수입도 없을 테고."

갑자기 말투까지 무례하게 바뀌었다.

"내가 보증을 설게요."

아이코가 자기 회사 사원증을 꺼내 보였다.

"어디 좀."

남자가 사원증을 손에 들고 뚫어져라 쳐다본다.

"호오, 좋은 곳에 다니시는군요."

구 재벌 계열의 하청회사라서 회사 이름에 구 재벌의 이름이 붙어있다.

남자의 표정이 다소 누그러졌다. 나보다 아이코의 사회적 위치가 높다고 말한 것이나 다름없었다. 그에 비해 나는 '다카라다 시즈오의 아내'가 아니면 사회적으로 아무 신뢰감을 주지 못한다. 그 울타리를 벗어나는 순간에 '수상한 여자'로 전락하고 만다.

"이 사원증 좀 복사하겠습니다. 그리고 가능하면 월세 반년 치를 선불해 주면 좋겠는데."

"반년 치나요?"

아이코가 불만스럽게 입을 비죽거렸다.

"요즘에는 이상한 사람도 많아서 말이죠."

남자가 내 안색을 살피며 말했다. 마치 돈이나 있으면서 집을 빌리려는 건지, 하는 표정이었다. 내가 그렇게나 믿음직스럽지 않게 보이는 것일까.

"알겠어요. 지불하겠습니다."

계약금과 사례금, 그리고 반년 치 월세를 내고 나니 지갑이 갑자기 헐거워졌다. 냉장고와 전기밥솥 같은 살림살이도 사야 하는데.

이런 식으로 정말 방을 얻게 되다니…….

* * *

밤 12시가 지났는데도 다카라다 마사키는 멍하니 컴퓨터 화면을 쳐다보고 있다.

그러고 보니 요즘은 사와다의 블로그를 잘 안 봤다.

중학교 때는 그렇게 친하게 지냈는데.

좋은 녀석이었는데.

사춘기를 같이 보낸 추억은 평생 지울 수 없는 소중한 것이라고 생각한다. 그런데 녀석이 이직에 성공했다는 걸 순순히 기뻐하지 못하는 내 모습…… 참 속도 좁다.

하지만 어쩔 수 없다. 누구든 그럴 것이다. 친구의 성공 스토리는 나 스스로를 비참하게 만들 뿐이니까.

오랜만에 사와다의 블로그를 보고 싶은 마음이 생긴 것은 자학이 날로 심해지기 때문일지도 모른다. 어차피 이렇게 된 거 끝을 보자는 심경이었다.

사와다의 블로그를 클릭했다.

죽고 싶다 죽고 싶다 죽고 싶다! 죽어서 편해지고 싶다!

불쑥 충격적인 글자가 눈에 날아들었다.

오늘 새벽에 올린 글인 듯하다.

어떻게 된 거지? 정규직으로 채용됐다고 그렇게 좋아하더니.

"그러니 내가 말했잖아."

아무리 고생해서 일해봤자 별거 없다고.

화장실 갈 틈도 없이 바쁘겠지? 나도 회사 다닐 때는 그랬어. 얼마나 비인간적이었는데. 게다가 상사의 성격은 또 어떻고.

"너도 그런 거지?"

역시 어디서 일하든 최악이다.

어제 올린 글도 읽어본다.

지쳤어 지쳤어 지쳤어! 인생에 지쳤어!

어제도 딱 한 줄뿐이다.

그렇다면 그제는?

배는 고파 죽겠는데 아무것도 먹고 싶지가 않다. 먹으면 전부 토해버릴 것 같다. 이제 다 싫다.

불길한 예감이 들었다.

예전처럼 직장에서 받고 있는 따돌림을 객관적으로, 빈정거림을 섞어가며 쓸 여유마저 없어 보인다. 글을 올린 시간대도 전부 늦은 밤에서 새벽 사이였다.

하루에 딱 한 줄만 올리면 상황이 어떻게 돌아가고 있는지 전혀 알 수 없다.

전자제품 대리점에 취직했을 무렵까지 거슬러 읽어보자. 그러지 않고는 사와다가 어떤 상황에 처해있는지 알 수 없다. 빠른 속도로 블로그를 죽 훑었다.

의기양양하던 시기는 처음 일주일로 끝난 듯했다. 그 후에는 드문드문 글이 올라왔고, 최근에는 딱 한 줄이 되었다.

괜찮은 걸까. 사와다 그 녀석에게 무슨 일이 생긴 건 아닐까.

그러나…… 애당초 내가 걱정할 일이 아니다.

사와다를 마지막으로 본 것은 중학교 졸업식 때였다. 벌써 15년 동안이나 만나지 않았다. 사와다는 착하고 좋은 녀석이었으니까, 그 15년 사이에 친구도 많이 생겼을 것이다. 여자친구가 있을 수도 있다. 아무리 생각해도 내가 나설 자리는 없었다.

침대에 드러누워 추리소설을 읽기 시작했지만, 여전히 불안했다. 눈으로 글자를 더듬고 있을 뿐 내용이 머리에 들어오지 않는다.

아니지, 잠깐. 사와다에게 친구가 많다?

만약 그 녀석 주위에 좋은 친구들이 많다면, 과연 지금처럼 블로그에 자기 생각이나 고민을 쏟아놓을까. 어쩌면 블로그는 고독하다는 증거가 아닐까?

신경이 쓰여 사와다의 블로그를 다시 열었다.

그러자 방금 업데이트된 글이 있었다.

살려줘!

나도 모르게 벌떡 일어섰다.

이 넓은 세상에서 사와다의 이변을 알아차린 사람은 오직 나밖에 없는지도 모른다.

기분이 뒤숭숭했다.

사와다가 부르고 있다.

그 녀석이 도움을 청하고 있다.

시계를 보니 밤 12시 반이었다. 티셔츠 위에 파란색 파카를 입고 살금살금 계단을 내려갔다. 소리가 나지 않게 현관문을 여닫고, 자전거 페달을 힘껏 밟으면서 기억을 더듬어 보았다. 중학교에 다닐 때, 사와다의 집에 한 번 간 적이 있다. 사와다의 엄마는 슈퍼마켓 계산대에서 아르바이트를 했는데, 그날은 어쩌다 쉬는 날인지 집에 있었다. 자그마한 몸집에 화장기 없는 소탈한 사람이었다. 지금도 인상에 남아있는 건, 사와다의 엄마가 간식으로 차려준 닭튀김이었다. 스낵과자도 케이크도 아닌 닭튀김. 학교에서 돌아오는 길이었고 마침 저녁때라 배가 고파서 허겁지겁 먹었던 기억이 난다.

"놀러와 줘서 고마워. 노보루에게 좋은 친구가 있어서 안심이네."

사와다 노보루의 엄마는 몇 번이나 그런 말을 했다.

"우리 엄마 닭튀김은 진짜 맛있다."

사와다도 의기양양해서 그렇게 말했다.

엘리베이터도 없는 5층짜리 낡은 아파트 단지였다. 지금도 거기 살고 있을까.

다리를 건너고 순환도로를 넘는다. 운동부족 탓에 전속력으로 페달을 밟으니 다리가 저릿저릿했다.

아, 저 공원…… 기억에 있는 곳이다.

가로등 불빛 아래 그네가 두 개 보였다. 저 그네에 앉아서 열심히 증기기관차 얘기를 했더랬다.

그리고, 그래. 간판이 파란 사사키 내과가 있고, 침례교회 앞을 지나면 슬슬 그 아파트가 보일 것이다.

속도를 늦춘다.

있다!

5층짜리 평범한 단지. 외벽을 새로 칠했는지 예전보다 깨끗했다.

안쪽에 있는 어느 동의 5층으로 기억하는데.

깊은 밤이라 소리 나지 않게 계단을 올라간다.

어라? 문패가 '사와다'가 아니다. 집을 잘못 찾았는지도 모른다. 그렇게 생각하고 이집 저집 문패를 보았지만 '사와다'는 한 군데도 없었다.

15년이나 지났다.

그 녀석, 어디에 있는 거지.

누구에게 물어보면 될까.

서둘러 집으로 돌아가 중학교 때 졸업앨범을 펼쳐보았다.

기대를 품고 졸업생들의 얼굴 사진을 죽 살펴보았지만, 지금은 어느 얼굴과도 교류가 없다.

다이산 중학교에서 가이세이 고등학교로 진학한 졸업생은 나 하나였다. 가이세이 고등학교는 요코하마에 있기 때문에 매일 아침 일찍 집을 나서야 했다. 때문에 중학교 시절 친구와 마주치는 일이 거의 없었고, 그러다 보니 점차 소원해졌다.

그런 데다 개인정보 보호법 탓에 졸업생 명부에는 주소도 전화번호도 실려있지 않다.

어떻게 하지.

속만 탄다.

그때, 문득 편의점 봉투가 눈에 들어왔다.

아, 맞다!

미네 치즈루는 중학교 때 육상부였다. 사와다도 같은 육상부였다. 치즈루에게 물어보면 알 수 있을지도 모른다. 앨범을 덮고 벌떡 일어났다.

그런데 괜히 치즈루를 만났다가 내가 무직이라는 게 알려지면? 그녀는 직장이 없는 남자를 경멸할 게 뻔하다.

아니지, 지금 그런 생각을 할 때가 아니다.

지금 이 순간, 사와다가 어디에서 뭘 하고 있을지. 살아있기는 할지.

얼른 책상 서랍을 열어 명함을 찾았다.

"여기 있네. 휴우, 다행이다."

시계를 보니 새벽 2시였다. 이런 시간에 전화를 걸면 어떻게 생각할까. 그러나 사와다가 걱정이다.

자기 방에서 지금 그야말로 목을 매고 있다면.

그런 장면이 머리에 떠올랐다가 사라졌다.

무례한 일이라는 것은 충분히 알고 있다. 그러나 과감하게 치즈루에게 전화를 걸었다.

벨이 계속 울린다.

"여보세요, 인테리어 숍 미네입니다……."

잠이 덜 깬듯한 치즈루의 목소리가 들렸다.

"이런 시간에 정말 미안한데……."

"아, 그런데 누구시죠?"

"다카라다 마사키야."

"마사키? 웬일이야?"

눈이 번쩍 뜨였다는듯 목소리가 밝아져, 안도했다.

"이런 시간에 불쑥 전화해서 미안한데, 혹시 같은 육상부였던 노보루 기억하니?"

"당연하지. 고등학교 때도 같은 반이었는데. 바로 얼마 전에도 역에서 봤고."

"뭐? 정말?"

그렇다면 얘기하기가 쉽다.

"왜? 노보루가 어쨌는데?"

블로그에서 읽은 사와다 노보루의 상황을 짧게 설명했다.

"오늘은 '살려 줘'라는 글이 올라왔어."

"그래서 놀라서 전화한 거구나. 잠깐만 기다려봐. 컴퓨터 켤게. 지난달이었나, 역에서 본 게. 내가 불러서 말을 걸었는데도 정신이 어디 다른 데 있는지, 아니면 피곤해서 그랬는지 아무튼 멍했어. 아, 그리고 엄청 말랐더라. 깜짝 놀랐어."

"조금 전에 그 녀석 집에 갔다 왔는데, 문패가 '사와다'가 아니었어."

"집이라고?"

"왜, 순환도로 넘어서 병원이랑 교회 있고, 그다음에 단지가 있잖아."

"아, 좀 진정해. 오래전에 거기에서 이사했어. 마사키, 너 중학교 때 노보루와 그렇게 친하게 지냈으면서 이사한 것도 몰랐어?"

"사실은 중학교 졸업하기 직전에 좀 다퉜거든. 그 후로는 한 번도 못 만났어."

"뭐? 그럼 15년이나 못 만났다는 거야?"

"응, 그래."

"그래도 역시, 착하네."

"착하다고? 내가?"

그럴 리가. 나는 친구의 성공을 순순히 기뻐하지 못하는 쪼잔한 인간이다.

"과대평가하는 거야."

"과대평가는 무슨. '살려 줘'라는 한 줄을 읽고 이 밤중에 찾아다니는 사람이 어디 있니? 노보루가 부럽네. 가령 내가 갑자기 없어져도 그렇게까지 걱정해 주는 친구는 없을 거야. 기껏 해야 전화나 걸겠지."

"아, 그건 내가 노보루의 휴대전화 번호를 몰라서."

"그런 뜻이 아니라. 애당초 주소도 전화번호도 모를 만큼

교류가 없는 사람을 보통은 찾아다니지 않는다는 말이야. 그
것도 이런 밤중에. 가족이나 그렇게 걱정하지. 역시 내가 생각
했던 대로네. 쿨하게 보이지만 사실은 정말 따뜻한 사람이잖
아, 너."

"아니, 그게…… 글쎄."

"앗, 찾았다. 노보루 블로그 찾았어. 혹시 너, 노보루 아버지
가 빚을 갚지 못해서 증발해 버렸는데, 그것도 모르니?"

"증발? 처음 듣는 소린데."

치즈루 얘기에 따르면, 중학교를 졸업하기 직전에 사와다
의 부모님은 이혼했고 엄마가 집을 나갔다고 한다. 그리고 고
등학교를 졸업할 무렵, 아버지가 대부업체에서 빌린 돈을 갚
지 못한 나머지 빚 독촉을 피해 행방을 감췄다고 한다. 그 탓
에 사와다는 성적이 우수했는데도 대학에 가지 못했고, 취직
난까지 겹쳐 정규직이 되지 못한 채 계속 프리터로 지냈던 것
같다.

"그러니까 지금은 M전기의 정직원이란 말이지. 그리고 그
다음에는……."

치즈루는 블로그를 죽죽 훑어보고 있는듯했다.

"M전기, 그 싸게 팔기로 유명한 미래전기 말하는 거지? 텔
레비전 매장 주임이 됐다고 쓰여있는데. 그럼 그 매장에 가보

면 되잖아? 나, 내일 오전에는 사원에게 가게 맡기고 나갈 수 있는데, 같이 가줄까?"

"내일?"

내일은 늦지 않을까. 블로그에는 '살려줘'라고 쓰여있었다.

지금쯤 혹시 사와다는 자기 아파트에서…… 상상만 해도 불안했다.

"아침까지 기다릴 수밖에 없잖아. 안 그래?"

"그렇긴 한데……."

"며칠 전에 역에서 봤으니까, 근처에 살고 있을 가능성이 높겠지. 하지만 현실적으로, 이런 밤중에 남의 집을 일일이 찾아다닐 수는 없잖아."

"그래도……."

"잘못하다가는 경찰이 출동할 수도 있어."

"……그렇긴 하지."

"그런데 너, 내일 평일인데 괜찮아? 회사는 어떻게 하려고?"

"실은 나, 지금 일을 찾고 있는 중이야."

"어쩐지 그런 것 같더라. 그럼 내일 아침 9시 반에 역 앞에서 보자."

막 문을 연 미래전기 이케부쿠로 점은 아침부터 찾아든 손님들로 와글와글했다.

앞에서 걸어가던 치즈루가 갑자기 걸음을 멈춰서 하마터면 부딪칠 뻔했다.

"저기 있어."

"어디? 누가 사와다인데?"

"저기, 오른쪽 끝에."

"헉."

멀리서 보아도 가슴팍이 얇고 비쩍 말랐다. 그런데 얼굴만큼은 둥글둥글했다. 팅팅 부어있는 것이다. 중학교 시절의 사와다는 귀엽게 생겨서 아래 학년 여학생들에게 인기가 많았다. 그런 과거가 믿기지 않을 만큼 변모해 있었다.

그래도 살아있다.

다행이다.

치즈루가 성큼성큼 사와다에게 다가갔다.

"저기요."

돌아보는 사와다의 눈이 퀭했다.

"노보루, 오늘 일 몇 시에 끝나?"

그 말에 사와다가 비로소 치즈루의 얼굴을 쳐다보았다.

"앗!"

사와다가 눈을 번쩍 뜨고, 치즈루와 나를 번갈아 보았다.

"일 끝나면, 우리랑 차 마실까?"

치즈루가 텔레비전을 가리키면서 작은 소리로 물었다. 손님으로 보이게 배려한 것이리라. 손님들이 줄줄이 오늘의 특판상품으로 몰려들고 있는데, 직원이 얼굴을 아는 손님과 얘기하느라 게으름을 피우고 있다고 여겨지면 사와다가 곤란해진다.

"아마 2시 정도에 끝날 거야."

사와다가 꺼져가는 듯한 목소리로 대답했다.

"꽤 이르네. 오늘은 일찍 끝나는 날이니? 그럼 2시에 어때?"

"아니, 낮 2시가 아니라 새벽 2시."

"뭐? 노보루. 너 맨날 그렇게 밤늦게까지 야근하냐?"

나도 치즈루를 따라 상품을 가리키면서 물었다.

"응, 매일 바빠."

그다음 순간, 사와다의 눈에서 커다란 눈물방울이 주르륵 볼을 타고 흘러내렸다.

그러나 우는 표정은 아니었다. 아무런 표정이 없는데 눈에서 눈물만 흘렀다. 그 기이함에 놀라 치즈루를 보니, 그녀도 놀라서 사와다의 얼굴을 쳐다보고 있었다.

"미안하다."

그렇게 말하고 사와다가 자리를 뜨려 했다.

그때 치즈루가 얼른 사와다의 팔을 잡고 지금 사는 아파트 주소를 물었다.

제4장

태평한 남자들

사와다가 사는 곳은 세 평짜리 방 하나에 조그만 부엌과 일체형 욕실이 딸린 원룸이었다.

수요일이 쉬는 날이라고 해서 치즈루와 둘이 찾아갔다. 가는 도중에 편의점에 들러서 술과 안주를 샀다. 치즈루는 직접 만들었다는 어묵탕을 냄비째 들고 왔다.

"미래전기가 그렇게 악덕 기업인 줄은 정말 몰랐네."

들으면 들을수록 가혹하기 이를 데 없었다. 말이 정규직이지 시급으로 환산해 보니 급료가 엄청 낮았다. 그런 데다 연봉제라는 미명 아래 야근수당도 붙지 않는다고 한다.

치즈루가 끈질기게 물어 사와다는 어쩔 수 없이 하루 일과를 줄줄줄 얘기했다. 아침 8시 반에 출근하면 9시에 회의가 있

208

다. 각 부문별로 전날 매출을 보고한다. 매출 목표를 달성하지 못한 부문은 점장이 질타를 날린다. 사와다는 시시콜콜 말하려 하지 않았지만, 그 질타가 몹시 굴욕적이라는 것은 표정으로 알 수 있었다.

그 회의가 끝나면 바로 개점 준비에 들어간다. 10시가 되면 문 열기를 기다리던 손님들이 우르르 몰려든다. 8층 건물의 대형 매장인데 일하는 직원의 수는 절대적으로 부족하다. 그렇다 보니 직원은 손님을 대응하기 위해 동분서주할 수밖에 없다. 점심시간조차 넉넉하게 쓰지 못하고 넓은 매장을 이리 뛰고 저리 뛰면서 일하다 밤 9시에 겨우 문을 닫는다. 그다음엔 하루 매출을 집계해서 다음 날 아침 회의에 보고할 자료를 작성한다. 다른 매장의 가격과 서비스 등등을 비교하고, 신문 광고용 전단지를 만들고, 상품의 레이아웃을 변경하거나 창고에서 새 상품을 꺼내다 놓는다. 도난 우려가 있는 소형상품은 매일 재고를 확인해야 한다. 그러다 보면 퇴근 시간이 새벽 1시가 넘는다. 하루에 쉬는 시간은 점심때 40분뿐이다. 저녁에도 15분 동안 쉬는 시간이 있기는 하지만 겨우 커피 한 잔 정도나 마실 수 있지 식사는 할 수 없다.

"정말 어이가 없다. 인간 취급을 안 하는 거잖아!"

치즈루가 화를 냈다.

"그러니까 아침 8시 반부터 새벽 1시 넘어서까지 거의 서서 다람쥐처럼 일한다는 얘기네."

집에 돌아오면 밥을 먹고 목욕을 하고 빨래를 하고 나면 새벽 3시가 된다. 수면 시간이 부족할 수밖에 없다.

"대체 뭐니? 잘 시간이 없잖아."

그렇게 말하면서 치즈루가 방 한구석을 쳐다보다가 입을 꾹 다물었다. 그 시선이 닿은 곳을 보니, 늘 펼쳐져 있을 이부자리의 머리맡에 자명종이 여섯 개나 놓여있었다.

가슴이 아팠다.

"노보루 너, 이러다 과로사하는 거 시간문제야."

"지난달에도 두 명이 죽었어."

사와다가 여전히 무표정하게 말했다.

"내 말 좀 잘 들어봐. 이러다 정말 죽어. 그 회사 그만두는 게 좋겠다."

"그만둘 수 없어. 나 정직원이 된 거, 평생 처음이라고. 기적이야. 이런 기회는 두 번 다시 없어. 그런데 어떻게 그만둬? 안 돼."

"무슨 소리야. 살인적인 노동시간에 비하면 월급이 턱없이 낮잖아. 차라리 아르바이트를 하는 게 낫겠다."

"그래도 정직원은 앞날이 보장돼 있잖아……."

"있지, 노보루. 과로사하면 앞날이고 뭐고 없어."

둘 사이에 오가는 대화를 들으며 나는 회사에 대한 분노가 부글부글 끓어올랐다.

"노보루, 그런 회사는 하루빨리 그만두는 게 상책이야."

"그만두면, 나는 어떻게 먹고사는데?"

패기 없는 목소리로 마치 남 얘기를 하듯 되묻고서 멍하니 치즈루를 돌아본다.

"아, 그렇지. 과로사하면 어떻게 먹고살지 고민할 필요도 없구나. 안 먹어도 되니까."

농담인지 진담인지, 그렇게 말하는 사와다의 얼굴에는 여전히 표정이 없었다.

"노보루, 아무튼 지금 하는 일은 그만두는 게 좋겠다. 너 지금 좀 이상해. 그리고 그만둔 다음의 일은 그때 가서 생각하면 되잖아. 어떻게든 될 거야."

내가 그렇게 말하자, 사와다의 입이 일그러지면서 비로소 감정 같은 것이 얼굴에 어렸다. 슬픔 같기도 하고 조소 같기도 한 표정이었다.

"그야 다카라다 집안의 장남은 일하지 않아도 어떻게든 되겠지. 그런데 난, 의지할 부모도 형제도 없는 몸이거든."

"그래도 지금 이대로 가다가는, 너……."

"마사키, 나더러 노숙자라도 되라는 거냐?"

사와다가 웩웩 토해내듯 말했다.

대답할 말이 없었다.

"노숙자가 차라리 낫지."

치즈루가 단호하게 대답했다.

"노숙자는 적어도 과로사로 죽는 일은 없잖아."

"맞는 말이다."

사와다도 그렇게 대꾸하고는 피식 웃었다.

"그래도 난, 배신할 수 없어."

중얼거리듯이 사와다가 말했다.

"내가 그만두면, 그 여파가 동료들에게 간다고."

"남 생각할 때가 아니잖아."

"다들 진짜 그만두고 싶어해. 그런데 동료에게 피해가 갈까봐 그만두지 못하는 거라고."

"노보루. 그런 동료의식, 무슨 신흥종교보다 고약한 거 아니니?"

"듣고 보니 그렇기도 하군."

"무슨 수를 써서라도 일하는 환경을 개선할 수는 없는 거야? 노예가 따로 없잖아."

"힘들어. 미래전기에는 노동조합도 없는데, 뭐."

"그럼, 앞으로도 계속 일할 생각이야?"

"생각이고 뭐고, 아무튼 그만둘 수 없다니까."

"참 고집 세네."

치즈루가 한숨을 푹 쉬면서 어묵탕에서 김이 모락모락 나는 무를 꺼내 사와다 앞에 놓인 접시에 덜어주었다. 그러나 사와다는 손도 대려 하지 않았다.

"아까부터 나만 먹고 있네. 너도 먹어. 진짜 맛있다."

"어머나, 고마워라."

치즈루가 부끄러운 듯이 웃는다.

"이거, 치즈루 네가 만든 거냐?"

"물론이지. 우리 엄마는 벌써 돌아가셨고, 아버지는 입원해 있어. 나 지금 혼자 살아. 그러니까 한 냄비 끓이면 사흘은 내리 어묵, 어묵, 어묵. 사흘째는 쳐다보기도 싫지만, 그래도 내 손으로 만들면 싸게 먹히잖아. 그리고 한번 만들어놓으면 이틀은 반찬을 안 만들어도 되니까 시간을 효율적으로 사용할 수 있어서 좋아."

시간을 효율적으로 사용한다······.

치즈루의 말이 가슴을 찔렀다. 오래도록 그런 감각을 잊고 지냈다. 효율적으로 사용하기는커녕 하루가 어서 빨리 지나갔으면 좋겠다고만 바랐다.

"노보루, 넌 밥 지어서 먹을 시간도 없지?"

"없어. 조금이라도 더 자고 싶은 생각뿐이지. 그래도 사실은 나, 요리하는 걸 좋아해. 미래전기에서 일하기 전에는 내가 다 해먹었어. 틈날 때는 쿠키도 구웠고."

그렇게 말하면서 사와다는 쑥스러운 듯이 웃었다. 그리고 무를 젓가락으로 조그맣게 잘라 한 조각을 입에 넣었다. 사와다의 마음이 조금씩 열리는 것이 보였다.

"회사 그만두면 나, 현실적으로 정말 힘들어."

"돈이 없는 거야?"

치즈루가 물었다.

"다음 달 월세는 어떻게든 낼 수 있겠지만, 그다음 달은 위험해."

"이 원룸, 좁고 낡았는데도……"

치즈루가 거침없이 방 안을 돌아본다.

"그래도 역에서 가까우니까 7만 엔 아래는 아니겠다."

"8만 2,000엔이야."

"그렇구나. 꽤 하네."

"그래도 전기요금이나 가스요금은 얼마 안 돼. 하기야 집에 있는 시간이 별로 없으니."

"그깟 돈이 얼마나 된다고."

둘의 대화를 잠자코 듣고 있는 수밖에 없었다. 나는 시중 집세가 얼마나 하는지도 모르고 전기요금도 난방요금도 전혀 모른다.

집세와 공과금을 걱정하지 않고 살 수 있는 나는…….

그런 일이 둘에게 알려지면 대놓고 경멸당할 것 같다.

사와다와 치즈루가 어른으로 보였다.

우리는 이제 곧 서른 살이 된다. 그러니 '어른' 운운할 것도 없는데, 나는 세상물정 하나 모르는 부끄러운 어른이 되었는지도 모르겠다. 학생 시절부터 그야말로 절대 되고 싶지 않다고 생각했던 그런 어른이.

"애당초 기업의 윤리의식이 땅에 떨어졌는데 어쩌겠어."

치즈루가 화가 나서 못 참겠다는 듯한 투로 말했을 때, 비로소 나도 대화에 끼어들 수 있겠다는 생각이 들었다. 그런 사회구조에 대한 얘기라면 얼마든지 할 수 있다.

"나도 동감이야. 정말 화가 나서 꼭지가 돌 정도지. 미래전기는 수익이 엄청난 것 같던데. 기업이 사회 양극화를 조장하고 있는 거라고."

그렇게 말하자, 사와다가 후훗 웃었다.

"빈부격차 때문에 발생하는 사회 양극화는 지금 시작된 문제가 아니잖아. 아주 오래된 고질적인 문제야. 나만 해도 부모가 빈털터리였어. 아니지, 조상 대대로 가난했던 거지. 너네 집안과는 다르다고. 말이 동창생이지, 가정환경은 하늘과 땅 차이였어. 비유하자면 나는 잡초고 너는 온실에서 자란 꽃."

격차 사회, 사회 양극화……. 그런 단어를 알고는 있었지만, 실감한 적은 단 한 번도 없었다.

그런데 어렸을 때부터 실감하면서 살아온 인간이 지금 내 눈앞에 있다.

"내가 정말 세상물정을 전혀 모르는 걸지도."

"잡초는 온실이 부러우니까 무의식적으로 온실의 생활을 기웃거리게 되거든. 하지만 온실의 꽃은 잡초의 생활에 관심이 없어. 마사키, 너도 그랬어."

"아."

중학교 졸업 직전의 일을 지금 사과해도 괜찮을까.

"그래도, 고맙다."

"응? 뭐가?"

"밤중에 날 찾았다고 하니까. 솔직히 말해서 진짜 고마웠어. 그렇게 나를 걱정해 주는 사람이 아직 이 세상에 남아있다는 게……."

사와다가 말을 잇지 못했다. 그게 쑥스러웠는지, 얼버무리 듯 요란하게 기침을 했다.

"노보루, 무슨 수라도 써야지."

치즈루가 다시 말했다.

"말했잖아, 안 된다고. 미래전기는 노동조합조차……."

"노보루, 그렇게 소심한 말만 하면 끝이 없잖아. 젊은이 동맹을 만들자. 이대로 가면 70세 사망법안이 시행돼 봐야 이 나라는 좋아지지 않아. 지금이야말로 젊은 사람들이 일어설 때라고!"

갑자기 얘기가 비약되어, 사와다도 나도 어리둥절한 채 치즈루를 보았다.

이날, 사와다는 결국 우리의 설득에 응하지 않았다.

사와다 집에서 나와 돌아가는 길에, 앞으로 계속 설득해 보자고 약속하고 치즈루와 헤어졌다.

집에 온 뒤에는 배가 고파서 몇 번이나 시계를 보았다.

저녁 먹을 시간이 벌써 지났는데, 엄마가 2층으로 저녁을 가져다주지 않았다. 이런 일은 처음이었다.

쇼핑이라도 하러 나갔다가 늦는 것일까, 아니면 할머니가 뭘 시켜서 우왕좌왕하고 있는 것일까.

겨울이 오면 엄마가 뜨끈한 국물요리를 2층으로 가져다주는 일이 많아진다. 내가 방에 틀어박혀서 잘 나오지 않자, 엄마는 1인용 질냄비와 조그만 무쇠냄비를 사들였다. 오늘 저녁은 스키야키일지도 모른다. 김이 모락모락 오르는 냄비를 상상하자 절로 입가가 벌어졌다.

그런데 어떻게 된 일인지 아무 소식이 없다. 아직 멀었나, 스키야키?

소리 나지 않게 문을 열고 살금살금 복도를 걸어, 계단 아래를 내려다보았다. 아까부터 몇 번이나 이렇게 1층 상황을 살피고 있는데, 아무도 없는 집처럼 계속 고요하다. 그러나 적어도 할머니는 있을 것이다. 자고 있는 것일까.

아버지는 70세 사망법안을 계기로 조기에 퇴직하고 세계일주를 떠났다. 참 편한 인생이다. 중장년들이 그 꼴이니 이 나라가 부패하는 것이다. 무슨 일만 생겼다 하면 "요즘 젊은이들은" 하며 핀잔을 주는데, 자기네들을 먼저 돌아보라고 말하고 싶다.

어? 그러고 보니 오늘은 할머니가 누르는 벨 소리 역시 한 번도 들리지 않았다. 엄마를 부르는 큰 소리도 듣지 못한 것 같다. 어떻게 된 일이지.

뭐, 나와는 관계없다.

사다놓은 멜론빵도 있다. 냉장고에는 치즈케이크와 소고기 육포와 아이스크림도 들어있다.

그런 것들을 먹다 보니 저녁 생각은 멀어졌다.

텔레비전을 보고 인터넷 검색을 하다 보면 시간은 순식간에 지나간다. 그러다 정신을 차리고 나면 날짜가 바뀌어 있다.

요즘 심야 프로그램은 도통 시시하기 짝이 없다. 시청자를 뭘로 아는 건지. 채널을 계속 돌려봐도 볼 만한 프로그램이 하나도 없다. 그렇다고 꺼버리면 방 안이 너무 적막해지니 끌 수도 없다.

"목욕이나 해볼까."

혼자 중얼거리면서 일어나 복도로 나갔다. 추워서 몸이 푸르르 떨렸다. 이런 때면 이제 더 이상 젊지 않다는 것이 실감난다. 아직 이십 대이기는 하지만, 뜨끈한 물에 몸을 담그고 싶다는 생각을 십 대 시절에는 하지 못했으니까.

계단을 내려가 부엌 옆을 지나려다가 문득 걸음을 멈췄다. 평소 같으면 뭐가 되었든 냄새가 날 텐데, 간장이든 된장국이든 파든 밥이든. 그런데 오늘은 아무 냄새도 나지 않았다.

부엌에 들어가 불을 켜보았다. 깔끔하게 정리되어 있다. 벌써 5년 전에 리모델링한 부엌이지만, 엄마가 깨끗한 것을 좋아하는 사람이라 싱크대가 아직도 새것처럼 빛난다.

그런데 지금은, 깨끗한 것을 좋아하고 말고의 문제가 아니라…… 뭔가 조금 다르다.

찬찬히 부엌을 둘러본다.

싱크대에 물방울 하나 묻어있지 않다. 혹시 며칠 전부터 사용하지 않은 게 아닐까? 요즘 엄마가 가져다준 저녁이 편의점 도시락이거나 가게에서 사온 밥일 때가 많았는데, 그것도 생각해 보면 이상한 일 아닌가.

욕실 앞 탈의실에서 옷을 벗고 욕실에 들어가니, 공기가 싸늘했다. 바닥에도 물 한 방울 떨어져 있지 않았다. 오늘 아직 아무도 목욕을 하지 않았다는 걸 한눈에 알 수 있었다. 할머니는 목욕을 할 수 없어 엄마가 매일 몸을 닦아주고 있다. 다른 사람 앞에서 벌거벗은 꼴을 하느니 차라리 죽는 게 낫다면서 방문요양보호사의 입욕 서비스를 거부하고 있는 듯하다.

그런데, 엄마는? 웬일로 목욕도 하지 않은 채 잠이 든 것인가.

뜨거운 샤워기 물을 맞고 있으니 아주 개운했다. 하지만 물을 맞을수록 몸이 점차 서늘해지는 느낌이라 빨리 욕조에 몸을 담그고 싶었다. 리모델링을 할 때 아버지의 요청으로 욕실을 넓혔기 때문에 샤워기 물만 가지고는 욕실 안이 따뜻해지지 않는다.

얼른 머리를 감고 몸도 후르륵 씻어냈다.

욕조 뚜껑을 열고 한쪽 다리를 첨벙 담갔다.

"으악!"

나도 모르게 비명을 질렀다.

차가운 물이었다.

뭐야, 엄마! 설마 물도 안 데워놓은 거야?

부들부들 떨면서 수도꼭지를 비틀어 다시 한번 샤워를 한다. 샤워만 하면 몸속까지 뜨끈해지지 않는데. 그렇다고 이대로 나가면 춥다. 그런 생각에 꾸물꾸물 샤워를 하고 있는데, 어디선가 목소리가 들려왔다. 처음에는 기분 탓인가 하다가 몇 번이나 반복되는 소리에 샤워기를 잠가보았다.

"애! 야! 며늘아가!"

할머니 목소리였다. 벨 소리도 함께 울리고 있었다.

그러나 특별한 일은 아니다. 밤에는 조용하기 때문에 2층의 내 방까지 저 소리가 종종 들린다. 할머니의 자지러지는 소리에 잠이 깬 적도 있다.

목욕 수건으로 몸을 닦고 있자니 할머니 목소리가 들리지 않았다. 엄마가 달려갔을 것이다.

추워서 바들바들 떨면서 후줄근한 티셔츠와 바지를 입었다.

"얘야, 빨리 못 오니!"

이번에는 예의 자지러지는 목소리였다. 그런 데다 화가 잔뜩 나 있다. 혹시 치매라도 시작된 것일까.

욕실에서 나와 부엌에 가서 물을 마시려고 복도로 걸어가는데 또 할머니 목소리가 들렸다.

"안 오고 뭐하는 거야!"

어라, 엄마가 아직도 안 갔나. 잠이라도 든 것일까.

2층으로 올라가 부모님 방을 노크해 보았다. 아무 대답이 없다.

"엄마, 할머니가 부르는데."

문을 열었다. 방 안이 캄캄했다.

벽에 있는 스위치를 누르자, 깜박거리면서 불이 들어왔다. 엄마가 없었다. 부엌과 마찬가지로 완벽하게 정리되어 있다. 벽시계를 보았다. 새벽 1시 반이다.

창고 문을 열어보았다. 창고에 들어가기는 정말 오랜만이다. 지나치게 깔끔한 느낌이다. 전에는 물건이 가득 들어있었던 것 같은데.

불쑥 이상한 예감이 들어 눈앞에 있는 서랍을 열어보았다.

"엇!"

아무것도 들어있지 않았다.

얼른 두 번째 칸도 열었다.

"왜지?"

텅 비어있었다.

계속해서 열었다. 다섯 번째 칸에만 옷가지들이 꽉 차게 들어있었다. 그러나 전부 아버지와 할머니 옷이었다. 엄마의 옷이나 가방은 없었다.

"도! 요! 코!"

쉰 목소리다. 마치 개 짖는 소리 같다.

계단을 뛰어 내려가 할머니 방으로 서둘러 갔다.

문을 열자, 할머니가 침대에 누운 채 이쪽을 노려보고 있었다.

오랜만에 할머니를 본다. 다른 사람인가 싶을 정도로 살이 쪘다.

"어머나, 마사키 아니냐."

할머니가 갑자기 미소를 띠었다. 침대 위의 가동식 테이블에는 먹다 만 편의점 도시락과 녹차 페트병이 놓여있었다. 할머니와 편의점 도시락도 어울리지 않는데 녹차 페트병이라니. 차에 까다로운 노인네에게 더욱 어울리지 않는 일이었다.

"오랜만이네. 잘 지내는 모양이구나, 마사키."

그리 반갑지 않은 말이다.

"있으면 빨리 올 것이지. 몇 번이나 불렀는데."

"할머닌 매일 밤 부르잖아요. 매번 무슨 긴급사태라도 생긴 것처럼 큰 소리로."

"애는, 할미가 뭘 그리 큰 소리를 질렀다고 그래?"

"온 동네에 다 들릴걸요."

"뭐, 정말?"

할머니가 속이 상한듯한 표정을 지었다. 괜한 말을 한 것 같다.

"그보다 네 엄마는 어떻게 된 거냐?"

"집에 없는 것 같은데요. 혹시 가출했나?"

"설마. 도요코가 갈 데가 어디 있다고. 게다가 벌이도 없는데, 어떻게 먹고살겠니. 2층에서 곯아떨어진 거 아니니?"

"2층에 없다니까요. 할머니, 마지막으로 엄마 본 게 언제예요?"

"낮에 점심 갖다준 게 마지막이었어. 편의점 도시락 같은 걸 맛없어서 어떻게 먹느냐고 했더니, 뚱하고는 아무 말이 없더라. 그런 네 엄마는 처음 봤다."

"그런데 할머니, 오늘은 웬일로 종일 벨을 안 눌렀어요?"

"죽은 척하면 네 엄마가 어떻게 나오나 보려고 그랬지. 걱정이 돼서 보러 오려나 했더니 저녁밥도 안 갖다주고. 기가 차서 말이 안 나온다."

말투는 거칠었지만, 이리저리 두리번거리는 시선은 불안을 감추지 못하고 있다.

"저녁 아직 못 드셨으면 배고프겠네요. 밤중이지만 빵이라도 사다 드릴까요?"

"그보다……."

"그보다?"

"아니다, 아무것도 아니야."

"뭔데 그래요? 할머니, 말씀해 보세요."

"말을 꺼내기가 어려우니 그렇지……. 저기, 기저귀 좀 갈아다오."

"에? 제가요?"

"나도 너한테 갈아달라고 하고 싶지 않다. 그런데 어쩌겠니? 찝찝해서 더는 못 참겠다."

"내가 그런 걸 어떻게……."

"어서. 젖은 기저귀 차고 있는 늙은이 심정을 젊은 사람이 어떻게 알겠어. 새 기저귀는 저기 있다."

할머니가 그렇게 말하면서 방구석을 가리켰다.

"빨리. 어서 해!"

할머니 목소리가 점점 노기를 띠어간다. 눈에 넣어도 아프지 않을 손자라며 나를 귀여워해 주던 그 옛날의 너그럽고 자상한 분위기는 조금도 없다.

"아, 알겠어요."

이불을 들추고 기저귀를 빼자, 오줌 냄새가 코를 찔렀다. 기저귀가 묵직하다.

할머니는 머리맡에 있는 대형 팩에서 물티슈를 한 장 빼내더니, 자기 손으로 얼른 사타구니를 닦았다.

기저귀를 새로 갈아주자 할머니는 몰라보게 평온한 표정을 지었다.

"마사키, 건강은 잃어봐야 비로소 그 고마움을 아는 거다."

흔히 듣는 말이지만 아직은 와닿지 않는다.

"늘 집에 있는 거니?"

"그렇죠, 뭐. 할머니랑 똑같네요."

"똑같기는. 마사키 너는 밖에 나가려고 하면 얼마든지 나갈수 있잖니. 할미처럼 몸이 말을 듣지 않아서 집에 있는 거랑은 완전히 다르지. 어디 한번 상상해보렴. 침대에 누워만 있는 꼴을."

화장실에도 가지 못해, 남이 기저귀를 갈아줘야만 하는 나.

"하긴……."

자존심 따위는 운운할 처지가 못 된다.

사타구니가 눅진해질 때마다 간청하고, 사과하고, 고맙다고 말해야 한다면 더욱 비참할 것 같다.

그래서 할머니가 늘 소리를 지르고 위압적으로 처신하는 것일까.

오늘 낮에는 정원사가 와서 나뭇가지를 가지런히 쳤다. 내일도 올 예정인지, 쳐낸 나뭇가지가 그대로 정원에 방치되어 있다.

다카라다 모모카는 해 질 무렵에 정원에 나가서 빨간 열매가 조롱조롱 달린 남천나무 가지 몇 개를 주웠다.

그 후로 후쿠다 료이치와는 복도에서 스쳐 지나며 잠깐씩 얘기를 나누게 되었다. 나보다 네 살 많은 서른네 살이고, 아라카와 구에 있는 아파트에서 혼자 살고 있는듯했다.

그날도 일이 끝난 다음 1동에 있는 료이치 할머니의 방을 찾았다. 예상했던 대로 료이치가 있었다.

"이거, 여기 놔도 될까요?"

남천나무 가지를 꽂은 조그만 꽃병을 내밀면서 물었다.

"예쁘군."

료이치는 꽃병을 받아 창가에 놓았다. 료이치 할머니의 표정은 훨씬 평온해진 듯했다.

퇴근하려고 직원용 출입구에서 신발을 바꿔 신고 있는데, 뒤에서 부르는 소리가 들렸다.

"모모카 씨."

돌아보니 료이치가 서있었다.

"같이 차 한 잔 마실까?"

나도 모르게 입가에 미소가 번졌다.

"네, 그래요."

바로 대답했다. 기뻤다. 그래서 만면에 웃는 얼굴로 대답했다.

젊을 때는 좋아하면서도 괜히 오기를 부리거나 상대를 너무 의식한 나머지 어색해지는 일이 많았다. 기대감이 컸기 때문이다. 상대 역시 나와 똑같은 기분이기를 바랬으니까.

그러나 이미 젊지 않다. 자연스러운 것이 좋다고 생각한다. 그저 평범하기를 바란다.

'일방통행이라도 상관없지, 뭐.'

그렇게 생각하면 마음이 편했다.

역 앞에 있는 카페에 들어갔다. 양복 차림의 회사원들과 여고생들로 북적거렸지만, 안쪽에 조용한 자리가 있어 거기 앉았다.

"이제 일에는 좀 적응이 됐어?"

"아직 멀었어요."

"하다 보면 익숙해질 거야."

"네, 열심히 할게요."

침묵이 흘렀다.

료이치는 얘깃거리라도 찾는 것처럼 카페 안을 둘러보기 시작했다.

그에겐 내가 별 재미없는 상대인지도 모른다.

그래도 기죽을 거 없어.

"참, 한번 봐줬으면 하는 게 있는데요."

그렇게 말하면서 가방 안에서 종이 한 장을 꺼냈다.

"이거, 잡지에서 발견한 투서인데. 료이치 씨는 어떻게 생각해요?"

료이치가 복사한 종이를 한 손에 받아 들고 죽 읽어 내려갔다.

요즘 70세 사망법안으로 세상이 떠들썩하다. 나는 일흔다섯 살이니, 2년 후에는 반드시 죽어야 한다. 웃기는 일이다. 고도성장을 일궈낸 인간을 우습게 보는 것도 정도가 있다. 우리 아버지는 아흔다섯 살인데도 아직 정정하고, 전쟁을 겪은 세대이기도 하다. 나라를 위해 고생한 사람을 어떻게 이렇듯 쉽게 떨어낼 수 있는지. 도무지 이해하기가 어렵다. 마가이노 총리는 취임 이래 잇달아 좋은 정책을 실행에 옮겼다. 이 사람 정도면 이 나라의 앞날을 맡길 수 있겠다고 안심했는데, 말이 안 되는 사기꾼이었다. 오랜 친구인 영국 신사는 정부의 이 천박한 처신을 조롱했다. 전 세계에 이 나라의 수치를 내보인 꼴이다. 이제 적당히 끝내줬으면 한다. 분노에 손이 떨려서 글씨마저 이상해졌다.

고개를 약간 숙이고 투서를 읽고 있는 료이치를 바라보았다. 진지한 표정이 멋졌다.

"7학년 동맹 조직이 점점 확대되고 있는 것 같더군. 서명운동에도 많은 사람들이 참가하고 있는 것 같고. 그런 움직임에 정부가 영향을 받지 않으면 좋겠는데. 국회의원들이야 어떻게든 표를 모아야 하니, 그 법안이 앞으로 어떻게 될지."

료이치도 관심 있는 화제였던 것 같아 안도했다.

둘 사이에 오가는 얘깃거리는 이렇듯 늘 딱딱한 게 좋다. 료이치의 생각과 됨됨이를 알 수 있고, 무엇보다 오래 같이 있을 수 있어 좋다. 게다가 의견을 나누는 것이 즐겁게 느껴지면 앞으로도 간혹 이런 시간을 가질 수 있을지 모른다.

"그 법안이 시행 전에 폐지될 가능성은 없을까요?"

"가능성이 전혀 없지는 않지. 반대운동이 점차 확산되고 있는데, 정부가 마냥 무시할 수는 없잖아. 게다가 만약 폐지할 거라면 시행 전이 아니면 곤란하지. 일단 시행한 후에 폐지하면 정말 불공평한 거잖아. 모모카 씨는 그 법안에 반대하는 쪽이야?"

"아니요, 찬성해요."

우리 할머니도 료이치 할머니도 장수하고 있다. 그러나 그 탓에 엄마는 자신의 삶을 희생하고 있고, 료이치의 할머니는 살아있다는 것 자체가 가엾다.

　게다가…….

　이 법안이 통과되기 전까지는 노후가 불안했다. 이제 막 서른
이 되었지만, 지금까지의 경험으로 봐서 남자에게 별 인기가 없
다는 사실을 짜증스럽도록 자각하고 있다. 아마 평생 독신으로
지내게 될 것이다. 남편도 자식도 없는데 목숨만 질겨서 100살
까지 장수한다면 어떻게 할 것인가. 과연 얼마나 돈을 모아야
안심할 수 있을 것인가. 돈이 아무리 많아도 언젠가는 바닥날
것이다. 그렇게 되면 의지할 것은 연금밖에 없는데, 연금은 얼
마나 받을 수 있나. 아니, 그 전에 운신할 수 없는 신세가 되면
어쩌나. 요양시설에도 빈자리가 없어 들어갈 수 없다면?

　생각하면 생각할수록 암담했다. 밤에도 잠을 이루지 못하는
시기가 있었는데, 70세 사망법안이 통과된 후로는 그런 걱정에
서 완전히 해방되었다.

　"료이치 씨도 그 법안에는 찬성하죠?"

　"뭐, 일단은 찬성한다고 할 수 있지."

　대답이 애매해서 의외였다.

　"할머니를 안락사하고 싶은 마음이야 굴뚝같지만, 그렇게
되면 나는 천애 고아야. 그렇게 생각하면 역시 허전하고 쓸쓸
하더라고. 서른 넘은 남자가 할 말은 아니겠지만."

"아, 혹시 료이치 씨, 여자친구는?"

지금 막 생각났다는 듯이 물어보았다.

사실은 알기가 겁났다. 노인 요양원에서 짝사랑하며 일하는 즐거움을 스스로 빼앗는 격이기 때문이다. 하지만 어느 날 갑자기 "다음 달에 결혼하게 됐어" 하는 말을 듣는 것보다는 나을 것 같았다. 포기하려면 조금씩 단계를 밟는 편이 그나마 정신적으로 덜 피곤하니까.

"늘 차이기만 해."

그렇게 말하고 료이치가 허탈하게 웃었다. 그 표정에서, 아직 상처가 치유되지 않았다는 것을 족히 알 수 있었다.

"차는 게 아니라 차이는 건가요?"

"그래."

"왜 차이는데요?"

"모모카 씨는 보기와 달리, 이쪽이 말하기 어려운 걸 잘 묻는군. 혹시 남의 상처에 소금 뿌리는 게 취미인 건 아니지?"

그렇게 말하면서 쓸쓸하게 웃는다.

"료이치 씨처럼 멋진 남자를 차다니, 대체 어떤 여자가 그러나 궁금해서."

그 여자는 일하는 료이치의 모습을 본 적이 없지 않을까. '고생을 마다하지 않는다'라는 표현은 료이치가 일하는 방식을 두고 하는 말이라고 생각한다. 이십 대 젊은 직원들도 그를 존경하고 따르는 게 눈에 보인다. 나 역시 그런 료이치를 보면서 스스로가 얼마나 부족한지를 깨달은 적이 한두 번이 아니었다.

"고마워. 그렇게 말해주는 사람은 모모카 씨뿐이야."

"그럴 리가요. 히사코 주임도 늘 료이치 씨를 칭찬하는데요."

히사코 씨는 오십 대니까 칭찬한다고 해봤자 반갑지 않을지도 모른다고 생각하면서 다시 말을 이었다.

"게다가 할머니들에게도 인기 만점이고."

"그거, 내가 좋아해도 되는 말인가?"

그렇게 말하면서도 료이치는 하얀 이를 드러내고 상큼하게 웃는다.

"그래도 여자는."

료이치가 말을 꺼냈다가 어두운 표정을 짓더니 입을 다물었다.

"뭔데요? 여자는?"

궁금했다.

"음…… 여자는 참 강하다는 생각이 들어."

"그 말은?"

"그냥 강한 게 아니라, 너무 강하다고 해야 할까."

무슨 말이 하고 싶은 것일까. 나는 그냥 커피를 한 모금 마시고 다음 말을 기다렸다.

"순수한 점을 좋아했는데."

순간적으로 질투심이 뭉글뭉글 피어올랐다.

남자가 말하는 '순수한 여자'란 대체 어떤 사람일까?

남자는 여자의 연기를 꿰뚫어 보지 못하는 생물이다.

료이치 씨, 당신도 그런 사람?

나는 순식간에 한번 만난 적도 없는 료이치 씨의 전여친을 싫어하게 되었다.

참, 나도 성장이란 걸 모르네.

"아주 귀여운 여자였어."

"호오, 그렇군요."

"아, 그게, 귀엽게 생겼다는 말이 아니라. 마음이."

뭐지, 지금 그 당황한 말투는. 사실은 얼굴도 상당히 귀여웠다, 그러나 아름답지 못한 나 같은 여자 앞에서 그런 말을 하는 것은 실례라는 뜻? 상대가 그런 배려까지 해야 하다니, 내가 불쌍하다. 태어나서 지금까지 엄마가 아닌 사람에게 "귀엽다"라는 말을 들어본 적이 없다.

이제 그런 건, 다 초월했지만.

나는 나.

무리하지 말고 자연스럽게 살자.

이런 정도의 일로 풀이 죽으면 이 세상을 살아갈 수 없지.

웃어! 모모카, 웃으라고!

"그런데 너무 강하다는 건, 어떤 뜻이에요?"

"3년이나 사귀었으니까 나는 당연히 결혼한다고 생각했어. 그리고 그쪽도 같은 마음일 거라고 멋대로 생각했지. 그래서 그녀 생일에 청혼을 했는데."

프러포즈를 했는데 거절당한 모양이다.

하루이틀 사귄 사람이 아니니 서로를 잘 알았을 것이다. 프러포즈를 하면 기다렸다는듯 바로 그러겠노라고 대답하리라고 생각했다는 것인가. '순수하고 귀여운 여자'이니 거절할 리 없다고. 거절할 이유도 없다고.

그런데, 왜 거절했을까?

"결혼을 생각하게 되면 여자는 남자의 장래성과 경제력을 따지는 모양이지?"

"아."

그런 이유였나.

"모모카 씨도 역시 그런가?"

"나요? 아니요, 난 안 그래요. 나는 그런 여자와는 달라요. 나는 좋아하는 사람이랑 결혼할 수 있으면 그걸로 충분해요. 월급이 적어도 괜찮고요. 정말 괜찮아요. 월급이 적으면 내가 일하면 되잖아요."

나도 모르게 말을 다다다 쏟아냈다. 목소리도 컸는지 주위 손님들이 이쪽을 보고 있다.

창피하다.

료이치는 언제부터인가 턱을 괴고 부드럽게 웃는 얼굴로 이쪽을 물끄러미 쳐다보고 있다.

"아, 미안합니다."

얼굴이 붉어졌다는 걸 거울을 보지 않아도 알 수 있었다.

어디 쥐구멍에라도 숨고 싶었다.

노인 요양원에서 전철로 30분. 이 원룸 아파트의 방 하나가 바로 나의 성이다.

집에 돌아오자마자 냉장고에서 밀폐용기를 꺼냈다. 오늘 아침 출근하기 전에 돼지고기를 생강즙과 정종과 간장으로 양념해 놓았다. 그걸 센불에 볶은 다음 피망과 양배추를 숭덩숭덩 썰어 프라이팬에 넣었다.

월급도 적은 데다 모아둔 돈도 쥐꼬리 정도니 절약하는 수밖에 없다. 식료품은 반드시 상하기 전에 다 먹도록 한다.

그건 그렇고, 오늘 내가 어떻게 된 건지…….

료이치가 내 마음을 눈치챘을까.

그러지 않았기를 바란다.

아니, 그래줬으면 좋겠다.

하지만, 어차피 여자로 보이지도 않을 것이다.

그러니, 역시 몰랐으면 한다.

좋아하는 남자가 생겼는데도 멀리서 바라만 볼뿐.

언젠가는 한 남자와…… 그런 꿈을 꿨던 시기도 있었지만.

아무렴 어때.

멀리서 보는 것만으로도, 요양원에서 일하는 많지 않은 즐거움의 하나인 것은 분명하다.

텔레비전을 켜고 뉴스를 보면서 저녁을 먹었다. 느긋하게 굴다가는 목욕하기가 귀찮아진다. 얼른 설거지를 마치고 바로 목욕을 했다. 바디샴푸 광고에 '하루의 피로를 푸는 목욕 타임'이라는 카피가 있는데, 그런 한가한 소리는 할 수 없다. 이 시간이 되면 하루치 체력은 거의 바닥난 상태. 얼른 머리를 감고 몸도 싹싹 씻는다. 목욕하는 시간이 길면 길수록 피로가 심해진다.

머리를 말리고 소파에 앉았을 때가 하루 중에서 가장 느긋한 시간이다. 컴퓨터를 켜고 메일을 확인한 다음 작은 캔 맥주 하나를 마시면서 인터넷 신문을 읽었다.

최근 〈국민의 소리〉는 남녀노소를 불문하고 온통 70세 사망법안에 관한 내용들뿐이다.

젊은 사람 중에는 찬성 의견이 많다. 신문사도 공평을 기하기 위해서인지, 찬반양론을 절반씩 싣고 있다.

저는 대학교 4학년인데 아직 취업을 못하고 있습니다. 50군데 이상 이력서를 보냈지만 서류 심사에 통과하지 못해 면접을 본 적이 없습니다. 저는 70세 사망법안에 찬성합니다. 죽는 방법을 안락사 등 몇 종류 중에서 선택할 수 있다고 들었는데, 나이에 관계없이 안락사할 수 있도록 법안이 바뀌었으면 좋겠습니다. 살아있어 봐야 좋은 일은 하나도 없으니, 빨리 죽을 수 있으면 차라리 좋겠습니다. 우리 젊은 사람들에 비해 노인들은 축복받은 세대입니다. 나는 극장 앞에 있는 카페에서 아르바이트를 하고 있는데, 평일 손님의 80퍼센트가 노인층입니다. 이른 아침부터 커다란 소리로 즐겁게 얘기하는 그들을 보면 정말 화가 납니다. 아무 보탬도 안 되는 사람들이 연금 덕분에 유유자적하게 제2의 인생을 즐기고 있으니까요. 만약 취직을 하게 되더라도, 그런 노인들을 위해 연금을 납부하고 싶지는 않습니다. 우리 세대는 연금을 내도 과연 그 혜택을 받을 수 있을지 의문이라고 합니다. 왜 지금까지 세대 간의 격차를 허용해 온 것일까요.

료이치는 어떻게 생각할까.

출력해서 가방에 넣어둬야지. 다음에 같이 차를 마시러 가자고 하면, 지난번처럼 할 얘기가 없어 대화가 끊길 때 이걸 꺼내자.

게다가 그가 고개를 숙이고 열심히 이걸 읽는 동안에는 그의 얼굴을 마음껏 쳐다볼 수 있다.

어째 스토커 같다.

나도 모르게 쓴웃음이 흘러나왔다.

다음은 예순여덟 살의 여자가 기고한 글이었다.

70세 사망법안에 절대 반대합니다. 작년 말에 망나니 같던 남편이 암으로 죽어서, 겨우 내 인생을 되찾았습니다. 자유롭게 살았던 독신 때 이후로 처음 느끼는 자유입니다. 음대 시절 친구들과 함께 합창단을 만들어 노인시설과 병원 등지에서 위문공연도 하고 있습니다. 지금 생활이 너무 즐겁습니다. 그런데 일흔 살이 되면 죽어야 한다니 앞으로 2년밖에 남지 않았습니다. 젊은 사람은 상상도 할 수 없는 일이겠지만, 괴롭고 힘들어서 마지못해 살아온 여자들이 많습니다. 인간은 누구나 평등하게 나이를 먹는다는 걸, 젊은 사람들은 모르는 게 아닐까요. 아무쪼록 이 야비한 법안이 폐지될 수 있기를 진심으로 기원합니다.

결혼이란 무엇일까.

이런 글을 읽을 때마다 슬퍼진다.

만에 하나, 내가 료이치와 결혼을 했다 쳐도…… 아니지, 아니야. 절대 불가능하다.

아니지, 그러니까 만에 하나라는 거잖아.

현재의 나는 료이치와의 결혼을 꿈이라고 생각하고 있다. 이 글을 보낸 여자도 결혼 전에는 그렇게 생각하지 않았을까. 그렇다면 료이치와 결혼한다 해도 앞으로 몇십 년이 지나면 죽어줘서 고맙게 여기게 될 날이 온다는 말인가? 상상도 할 수 없다.

그렇다면 엄마는?

엄마는 아버지를 어떻게 생각하고 있을까.

어쩌면 이 글을 보낸 여자와 비슷할지도 모른다.

이웃집의 마에다 할머니도 남편이 죽자 오히려 화려해지고 생기 있게 살고 있다. 그에 비하면 우리 엄마는 외출도 마음대로 못하고…….

엄마를 생각하면 속상하다.

그런 기분을 떨쳐버리려고 다음 글을 읽었다.

이번에도 여자가 보낸 글이다. 나이는 일흔여섯 살.

얼마 전에 '덴엔초후 지역 70세 동맹'이 생겼다는 것을 알았습니다. 그래서 우리는 '100세까지 팔팔하게 동맹'을 만들었습니다. 전부 남편

을 앞서 보낸 여자 스무 명. 평균 나이는 일흔여덟 살. 우리는 아직 이 나라에 보탬이 되는 인간임을 증명하기 위해 70세 사망법안을 반드시 철폐하도록 하겠습니다. 저출산으로 폐교가 된 초등학교와 중학교를 활용해서 보육원과 노인시설을 만들고, 노숙자도 그곳에 수용할 수 있는 계획을 짜고 있습니다. 그러기 위해서는 비영리 법인 인가를 받아야 하므로 동료들이 동분서주하고 있습니다. 딸은 다양한 계층의 사람들과 섞이는 것을 우려하며 무슨 일이 생기면 어떻게 하느냐, 폭행이라도 당하면 어쩌려고 그러느냐며 걱정하지만, 나는 조금도 두렵지 않습니다. 무슨 일이 있어도 상관없습니다. 우리가 불미스러운 사고로 죽는다 한들, 슬퍼할 부모는 살아있지 않습니다. 젊은 사람들은 믿지 못하겠지만, 인간은 60세가 넘어서 크게 성장하는 존재입니다. 그 나이가 되어야 비로소 인생을 내다볼 수 있으며, 젊을 때부터 품었던 '인간은 무엇을 위해 사는가' 하는 물음에도 대답을 찾게 됩니다. 인간성도 더욱 풍요로워지고 말이죠. 그전까지는 오직 자신의 가정을 지키기에 급급한 나머지 사리사욕을 채우며 살았지만, 이 나이가 되면 지나온 인생을 되돌아보게 되고, 좀 더 넓은 시각으로 인생을 생각할 수 있게 됩니다. 그러니 인생의 참맛은 예순 살이 넘어야 비로소 알게 되는 것이죠. 그런 경험치는 이 세상에 큰 도움이 됩니다. 컴퓨터를 할 줄 모른다는 등의 사소한 이유로 노인을 바보 취급하는 이들이 많지만, 우리의 보편적인 지혜는 반드시 젊은 세대에도 보탬이 될 것이며, 또 이어가야 할 가치 있는 것임을 믿습니다.

이 글도 출력해 놓자.

료이치는 일도 열심히 하지만, 노인의 심신에 관한 연구를 하고 있다. 나도 그를 본받아 공부를 좀 더 해야지.

그러니까 나와 료이치는 동지이자 속을 털어놓을 수 있는 친구. 음, 그 정도가 좋겠어. 긍정적이기도 하고, 차이는 날에도 연구 성과는 내게 남으니까.

'복지에 대해서 생각하는 친구.'

료이치와의 관계는 그렇게 정리하는 게 좋지 않을까?

여자가 서른이 되니 이 정도 수준이 된다. 내가 생각해도 참 뻔뻔해졌다. '순수하고 귀여운 여자'와는 아주 거리가 멀다.

다음 글은 사십 대 남자가 보낸 것이다.

날마다 바쁘게 회사 일을 하고 있는 사람입니다. 투덜거렸다가는 해고당할 수도 있는 분위기 속에서, 야근을 해도 수당이 나오지 않는데 어쩔 수 없이 장시간 노동을 견디고 있습니다. 휴일에도 출근하는 경우가 많아 아이들과 놀아주지 못하는 터라 아빠로서 실격이라고 생각했습니다. 매스컴에서 육아대디 등의 말로 평가되는 젊은 아빠들이 원망스럽기도 했습니다. 그러나 나도 언젠가는 아이들과 놀아줄 수 있는 날이 올 것이라 믿고 열심히 일해왔습니다. 그런데 이 법안이 생기고 나서 깨달았습니다. '언젠가'를 기대하는 사이에 아이들은 성장한다는 것을 말이죠. 얼마 후면 늦을 뻔했습니다. 운 좋게 상사도 그점을 깨우쳤는지, 요즘은 매일 정시에 퇴근하고 있습니다. 나 역시 요즘은 저녁을 가족과 함께 먹을 수 있게 되었습니다. 70세 사망법안은 정말 고마운 법입니다.

그때 휴대전화가 울렸다. 료이치인가 싶어 가슴이 설렜는데, 웬일로 마사키였다.

"여보세요, 웬일이야? 마사키가 전화를 다 걸게. 몇 년 만이지?"

"미안한데 누나, 집에 좀 와줘야겠어. 엄마가 없어져서, 할머니를 돌볼 사람이 없어."

"엄마가 없어졌다는 게 무슨 소리니? 경찰에 신고했어?"

"사건이나 사고에 연루된 건 아니야. 자기 짐도 다 들고 나간 걸 보면, 가출한 것 같아."

"뭐? 가출? 엄마가?"

내가 할머니를 수발하는 엄마를 돕지 않은 탓이다. 엄마가 지친 나머지 인생에 염증이 나서, 그래서 자포자기한 심정으로, 설마…….

"메모 같은 건 없었어?"

"글쎄. 아직 안 찾아봤는데."

"이런! 빨리 찾아봐! 엄마가 걱정되지도 않니?"

"아무튼 빨리 좀 와. 할머니 수발할 사람이 아무도 없다고."

"아무도 없다고? 마사키 네가 있잖아."

"농담하지 마. 내가 어떻게 해? 오늘도 간신히 기저귀를 갈 았는데, 어휴."

"그래서 뭐 어쩌라는 건데?"

"어? 누나, 뭐라는 거야. 그러니까 내가 왜 할머니 수발을 들 어야 하냐고?"

"그럼 누가 해야 하는데? 내가?"

"말투가 왜 그렇게 삐딱해? 내 말을 제대로 듣고 있는 거야? 긴급사태라고."

"아빠는 뭐하는데?"

"세계여행 떠났어. 누나는 몰랐어?"

"듣기야 했지만 설마 정말 떠날 줄은 몰랐네. 그래서 아빠에 게는 엄마의 가출에 대해서 뭐라고 말했는데?"

"아직 안 알렸어."

"왜? 지금 당장 전화 걸어!"

"아버지는 돌아와 봐야 소용없잖아. 어차피 할 줄 아는 게 아무엇도 없는데. 게다가 아버지가 돌아오면 누나 부담만 더 커진다고."

"어째서?"

"어째서는. 할머니 수발도 들어야 하는데 아버지 식사까지 준비해야 하고, 빨래도 늘고. 아, 물론 나야 간단히 먹으면 되니까 신경쓰지 않아도 되겠지만."

"너, 하는 얘기가 완전 고리타분하다."

"고리타분하다고? 왜? 아무튼 오늘 밤에 꼭 와줘. 나는 있어 봐야 소용없단 말이야."

료이치도 마사키와 같은 남자다. 하지만 그는 매일 할머니를 돌보고 있다. 노인 요양원에는 할아버지보다 할머니가 압도적으로 많다.

"똑바로 들어. 난 회사 일 때문에 집에 못 가."

"그럼 할머니 수발은 어떻게 해?"

"마사키, 너 일하고 있니?"

"그야 지금은 안 하지만, 찾고 있는 중이잖아. 그게 잘 안 돼서 그렇지."

"대체 몇 년 동안이나 찾고 있는 건데?"

"그렇게 말하는 누나도 취업난이 얼마나 심각한지는 잘 알잖아."

"설마, 아직도 고르고 있는 건 아니겠지? 하기야 너, 어렸을 때부터 자존심만 엄청 셌지. 그래서 아르바이트는 주말에만 쉬니?"

"아르바이트 안 하는데."

"뭐? 너 설마 방에만 틀어박혀 있는 거야? 요즘처럼 살기 힘든 세상에 참 신세 편하다. 나는 매일 이 시간이 되면 체력이 바닥이라고. 매일 밤 죽은듯이 잔단 말이야."

"누나, 제발…… 정말 집에 안 올 거야?"

"제발 그만 좀 해. 보탬이 안 돼요, 보탬이."

전화를 끊은 순간, 후회했다. 동생은 예민한 인간이다. 어렸을 때부터 우수해서 자랑스럽기는 했지만 너무 착하고 상처받기 쉬운 성격이라 어린 마음에도 신경을 써가며 대했다.

뭐라 말할 수 없이 찝찝한 기분이 되었다.

마사키가 자신의 능력과 자존심을 지켜주는 일자리를 찾지 못하는 것에는 연민이 간다. 하나밖에 없는 동생이니 응원하고 싶은 마음도 있다. 그러나 아무리 얘기를 해도 말이 안 통하는 상황에 슬퍼진다. 머리만 컸지 세상물정 모르는 어린애가 아닌가 싶은 생각도 든다. 한심하고 화가 난다.

그런 데다, 아버지의 무관심도 화가 난다.

그리고 엄마까지…….

집을 뛰쳐나갈 만큼 궁지에 몰렸다는 것은 안다. 가족이니까 엄마를 도왔어야 한다고 반성도 한다. 그러나 엄마는 딸인 나에게만 의지하려고 했다. 아버지나 마사키에게는 조금도 도움을 청하지 않았다. 아들을 그렇게 키웠으니 마사키가 가부장적인 남자로 자란 것이다.

"아, 진짜!"

가족이란 참 별거 없다.

"아아!"

애당초 가족이란 무엇일까.

* * *

"마사키."

다음 날, 벨 소리와 함께 할머니의 목소리가 들렸다.

시계를 보니 아직 아침 9시다.

"얘야, 마사키!"

절박한 목소리에 후다다닥 계단을 뛰어 내려갔다.

"왜요? 할머니, 괜찮아요?"

"뭐가?"

느긋한 표정으로 이쪽을 본다.

"할머니, 그렇게 큰 소리 좀 지르지 마세요. 긴급한 일이 아니면."

"긴급하지 않다고도 할 수 없지. 저기 말이지, 네 고모들에게 전화해서 좀 오라고 해라."

그런 방법이 있었네!

고모가 둘이나 있다는 사실을 까맣게 잊고 있었다.

아, 다행이다. 이제 할머니 수발에서 벗어날 수 있다.

거실에서 무선 전화기를 들고 와 할머니에게 건넸다.

"얘야, 이런 경우에는 본인이 직접 전화를 걸기보다, 주위 사람이 보다 못해 연락하는 게 더 좋다. 내가 전화하면 기운이 펄펄하니까 걱정 없다고 여겨질 수 있거든. 그러니 마사키 네가 하는 게 효과적이야."

그치만 졸려서 참을 수가 없다. 평소 같으면 아직 자고 있을 시간이다. 할머니가 죽으면 큰일이다 싶어 벌떡 일어났지만, 아무리 봐도 할머니는 정말 기운이 펄펄하다.

"오늘은 평일이니까, 큰고모는 일하러 나가서 없을지도 모르겠구나. 만약 없으면 그쪽에서 전화하도록 메시지를 남겨다오."

명령하는 투라 거스를 수 없어, 그 자리에서 곧장 전화를 걸었다. 아버지의 누나인 아케미 고모가 바로 전화를 받았다.

"마사키니? 오랜만이네. 그래, 무슨 일인데?"

"오늘, 우리 집에 좀 오셔야겠습니다."

"왜? 상속 문제 때문에?"

"상속 문제라뇨?"

그렇게 되묻자, 할머니가 옆에서 혀를 끌끌 찼다.

"전화기 이리 다오!"

낚아채듯 전화기를 빼앗는다.

"여보세요, 어미다. 일하러 안 나갔니? 쉬는 날이야? 그럼 마침 잘됐다. 지금 당장 오너라. 상속 얘기가 아니다. 네 올케가 없어졌다. 뭐? 못 온다고? 지금 당장 오지 않으면 네 몫의 상속은 없으니 그리 알아라."

그렇게 말하고 할머니는 전화를 끊어버렸다. 말투가 지나치게 노골적이다.

부모 자식이란 무엇일까. 슬퍼진다.

그로부터 30분이 채 안 돼서 아케미 고모가 현관에 나타났다. 서둘러 택시를 타고 왔단다.

"마사키, 좋아 보이네."

그렇게 말한 다음 현관에서 신발을 벗으면서 이렇게 속삭였다.

"대체 무슨 일인데 이렇게 야단이니?"

"엄마가 없어졌어요."

"없어졌다는 게 무슨 뜻이야? 친정어머니 병세는 별거 아니라면서? 그날은 친정에서 하루만 자고 다음 날 돌아왔잖아."

"이번에는 가출인 것 같습니다."

"어이가 없네. 나도 바쁜 사람이야. 오늘은 어쩌다 하루 쉬는……."

"아케미, 왔냐?"

안에서 큰 소리가 울렸다.

"네에."

고모가 대답하면서 복도를 달려갔다.

이제 안심이다.

다시 잠에 들었다가 일어나니 점심때가 지나있었다.

마실 것을 가지러 아래층에 갔는데 큰고모가 부엌에 있었다.

"밥솥은 취사 예약해 놓았어. 그리고 냉장고에 있는 것으로 된장국도 끓여놨으니까."

"감사합니다."

"반찬은 네가 나가서 사오든지 알아서 하고."

그렇게 말하고 황급히 현관으로 향하는 게 아닌가.

"큰고모, 오늘 밤 자고 가는 거 아니에요?"

"얘는, 내가 그럴 시간이 어디 있다고 그러니? 내일은 이른 아침부터 일하러 나가야 하는데."

"그럼……."

오늘 밤도 벨 소리에 일어나야 하다니, 울고 싶어진다.

"그럼 큰고모는 내일 저녁이 돼야 다시 올 수 있다는 거네요?"

"이제 안 올 거야. 그보다 네 아빠는? 네 아빠는 어떻게 됐어?"

"세계일주 떠났어요."

"그건 아는데, 언제 돌아오느냐고?"

"여행 기간이 석 달이라고 들었는데요."

"참 팔자 좋네. 당장 돌아오라고 해!"

"네?"

"당연하잖아. 지금이 마음 편히 놀러 다닐 때니? 지금 바로 전화해서 내일은 돌아오라고 전해. 이 집을 상속받을 사람은 네 아빠니까. 그리고 마사키, 너도 아직 일 안 한다면서? 데이도 대학 나온 사람이 대체 뭐하는 거야. 도무지 이 집은 어떻게 돌아가는 거니? 다 큰 어른이 그것도 둘씩이나 일도 안 하고 펑펑 놀고 있는데, 세탁소에서 만날 서서 일하는 내가 할머니 수발을 들어야겠어? 오늘은 쉬는 날이라서 집에 있었지만, 나는 쉬는 날은 밀린 집안일을 해야 한다고. 웃기지 말라 그래!"

험악하게 떠벌린 큰고모는 씩씩거리며 현관을 나가 문을 쾅 닫았다.

큰고모에게 할머니는 친엄마니까, 당연히 옆에 붙어서 수발을 들 줄 알았다. 하지만 또 혼자 남겨지고 말았다. 이대로 가면 입장이 위태로워진다. 본의 아니게 할머니 수발을 들다가 끝까지 할머니를 돌보는 신세가 되면 어쩌나.

큰고모 말대로, 아버지에게 전화를 거는 수밖에 없다.

"여보세요, 아버지. 나야."

"네가 웬일이냐, 전화를 다 걸고. 집에 무슨 일 있어?"

"그보다, 아버지 지금 어디에 있어?"

"상하이다."

"다행이다. 가까운 데 있어서."

아마존 오지 같은 데 있으면 귀국하는 데 며칠이나 걸릴 것 같아 걱정했다.

"엄마가 가출했어."

"가출? 농담이겠지. 어딜 간 거야, 그 사람. 외할머니가 쓰러지신 건 아니고? 뭐, 아니라고? 그럼 대체 어딜 간 거야. 뭐, 모른다고? 너, 무슨 소리를 하는 거냐? 가출이라니, 있을 수 없는 일이잖아. 혹시 사건에 휘말린 거 아니냐? 네 엄마가 갈 데가 어디 있다고."

"그런 소리 하지 말고, 아무튼 빨리 돌아와."

"안 된다. 이제 막 여행을 시작했는데, 무슨 소리야? 여행 일정이 석 달이라고 미리 말했잖아."

"그럼 언제 돌아온다는 거야?"

"석 달이라고 했잖아. 누나에게 전화해라."

"누나는 일이 바빠서 못 온다고 했어."

"그럼 큰고모에게 하든지."

"큰고모도 하루만 오고 더는 못 온다고 했다고."

"그럼, 작은고모는?"

어째서 이렇게 다들 다른 사람에게 떠넘기는 것일까. 이 사람이 내 아버지라 생각하니 한심해진다.

"제발 그만 좀 해. 할머니는 아버지의 엄마잖아. 무책임한 것도 정도가 있지. 지금 당장 호텔에서 체크아웃하고 비행기 타고 와. 그럼 부탁할게."

전화를 끊고 나자 불현듯 이런 생각이 들었다. 마치 남의 일처럼 말하는 아버지와, 누나와 통화할 때의 나는 결국 오십보백보가 아닐까. 모든 것을 다른 사람에게 미루고, 자기만 편하자고 드는 점이.

그날 오후에는 할머니 부탁으로 슈퍼마켓에 갔다.

'귤, 찹쌀떡, 목캔디, 쌀과자.'

할머니가 써준 메모를 보면서 물건을 바구니에 담았다. 오
랜만이다 보니 어디에 뭐가 있는지 몰라서 그 몇 가지를 사는
데도 시간이 한참 걸렸다.

아는 얼굴과 마주치고 싶지 않아서 얼른 끝내려 조급하게
굴었는데, 생각해 보니 정상적인 회사원이라면 이런 대낮에 이
런 곳에 있을 리 없다. 그러니 대낮의 슈퍼마켓은 한밤의 편의
점보다 동창생과 마주칠 확률이 낮다. 그 사실을 깨닫고 나니
마음이 한결 편해졌다.

슈퍼마켓에서 나오자 부는 바람이 차갑게 볼을 스쳤다.

길 양쪽에는 노란 은행잎이 카펫처럼 깔려있다. 계절의 변
화를 피부로 느끼기는 참 오랜만이었다.

집에 돌아와 바로 할머니 방에 갔다.

할머니는 슈퍼마켓의 비닐봉지를 들여다보고는 인상을 썼다.

"왜요? 메모에 있는 건 전부 사왔는데."

"저녁은 어떻게 할 건데? 낮에도 제대로 된 음식을 못 먹었
는데. 네 큰고모는 어쩜 그 나이가 되도록 음식을 그리 못하나
몰라."

불만스럽게 입을 비죽거린다.

"큰고모가 된장국 끓여놓고 갔어요. 밥도 예약해 뒀다고 했

으니까 지금쯤 다 됐을 테고."

"반찬은?"

"찾아보면 구운 김 정도는 있지 않을까요?"

"그거 말고는 없니? 달랑 밥이랑 된장국만 준비해 놓고 가다니, 뭘 좀 하려면 똑바로 해야지. 노인네는 먹는 게 낙이라는 걸 잘 알면서."

다들 투덜거리기만 하지 전혀 보탬이 안 된다.

아아, 다 싫다. 다 싫어.

대체 가족이란 무엇일까.

하는 수 없이 부엌에 가서 냉장고 안을 들여다보았다.

계란과 다진 소고기.

그럼 햄버그를 만들 수 있나?

아니지, 오므라이스?

역시 노인네는 햄버그보다 오므라이스를 좋아하지 않을까?

누가 만드는데?

내가?

케첩은?

냉장고 안을 샅샅이 뒤질 것도 없이 빨간 케첩이 바로 눈에 띄었다.

그다음, 양파는 어디 있지?

냉장고 문을 닫고 선반 여기저기를 열어보았지만 보이지 않는다.

부엌을 휘휘 돌아보는데, 발 언저리에 있는 작은 종이 상자가 눈에 들어왔다.

"오호, 여기 있었군."

양파가 수북하게 들어있었다.

전에 텔레비전에서 본 적이 있다. 절반쯤 익은 계란이 반지르르하게 덮여있는 오므라이스. 어느 고급 레스토랑이었다.

2층으로 뛰어 올라가 인터넷을 검색했다.

검색어는 '반지르르한 오므라이스 만드는 법'.

레시피가 떴다. 얼른 출력을 해서 다시 계단을 내려갔다.

양파를 썰 때는 눈물이 줄줄 흘렀다.

정말 오래도록 잊고 있었는데, 초등학교 시절 요리에 빠져 있던 시기가 떠올랐다. 6학년 여름방학 때 숙제가 '즐거운 저녁 짓기'였다. 엄마에게 배우면서 가족 모두의 저녁을 일주일 동안이나 만들었다. 어린애들이 좋아하는 음식만 만들고 싶진 않아서 튀김과 지라시스시(쪄서 잘게 부순 생선과 잘게 썬 각종 채소를 섞은 초밥 위에 계란 지단 등을 고명으로 얹은 밥—역주)에도 도전했었다. 엄마의 도움이 있어서였겠지만, 가족들의 평가가 아주 좋았다.

휴지로 눈물을 닦고 코를 풀었다.

마치 슬퍼서 운 것처럼 후련한 감각이 남았다. 이런 감각, 몇 년만일까. 마지막으로 운 게 언제였는지, 기억나지 않는다. 방에 틀어박혀 지내는 생활에는 웃고 우는 일이 극단적으로 적다. 히죽거리는 일은 있어도 배를 잡고 폭소를 터뜨리지는 않는다. 희로애락 중에서 있는 것은 분노뿐이다. 그렇게 생각하면 지금처럼 계속 방에 틀어박혀 지내는 생활이 위험하지 않나 싶다. 사와다나 치즈루를 만나 별거 아닌 얘기라도 하는 편이 좋을 것 같다. 게다가 무슨 일이라도 괜찮으니까 일도 하는 편이 좋겠다.

양파를 볶자 향긋한 냄새가 풍겼다.

다진 소고기를 넣고 길쭉한 나무 숟가락으로 프라이팬 바닥을 쓰다듬듯이 휘저은 다음, 따끈한 밥을 퍼서 옮겼다. 소금과 후추를 뿌린 다음 케첩을 쭉 짜서 뿌렸다. 밥이 끈끈해지지 않도록 가르듯 섞는다. 이 방법은 '즐거운 저녁 짓기'를 하면서 초밥을 만들 때 엄마가 가르쳐준 것이다.

접시 두 개에 다 볶은 밥을 담았다.

다음은 계란이다. 이제부터가 진짜 실력이다. 보들보들하고 반지르르하게 완성될 수 있을지. 잠시도 한눈을 팔 수 없다.

계란을 깨서 볼에 담고 우유를 조금 넣은 다음 소금과 후추를 뿌리고 젓가락으로 막 휘저었다. 그리고 버터를 녹인 프라이팬에 좍 부었다.

틀렸다.

재빨리 했다고 생각했는데도 '보들보들'과는 영 거리가 멀게 완성되었다. 속까지 다 익고 말았다.

오늘은 이 정도로 하지, 뭐.

다음에 또 도전해 보자. 의외로 재미있었다.

할머니 방을 노크했다.

"오오, 냄새가 좋구나."

침대 위에서 할머니가 슬라이드식 테이블을 당겨놓고 기다리고 있었다. 김이 모락모락 오르는 오므라이스를 테이블에 올려놓자, 할머니가 눈을 감고 냄새를 맡았다.

나도 침대에 걸터앉아 테이블 한 귀퉁이에 내 접시를 올려놓았다.

"이게 몇 년 만이냐. 누구랑 마주 보고 밥을 먹는 게."

할머니가 그렇게 말하고 흐뭇하게 웃었다.

"잘 먹으마."

"잘 안 됐어요."

"아주 맛있는데?"

"와, 정말이네! 내가 만들었지만, 꽤 맛있어요."

"마사키, 오므라이스 가게 차리면 어떻겠니?"

"에이, 오므라이스 가게라뇨."

"레스토랑을 말하는 거지."

음식 장사라…….

꼭 회사에 다니지 않아도 먹고살 길이 있다는 건 알고 있다.

그러나 그건 꿈같은 얘기다. 가게를 차리려면 자금이 필요하다. 또 레스토랑 경영의 노하우는 어디서 배운다는 말인가? 그러기 전에 요리사로서의 실력도 닦아야 한다. 까마득하다.

그때 불현듯, 오래도록 잊고 있던 기억이 떠올랐다.

고등학교에 다닐 때였다. 미대에 진학하겠다는 나의 의견에 찬성해 준 사람은 할머니뿐이었다. 아버지도 엄마도 결사반대였다. 아버지와 엄마는 늘 자식의 성적에 울고 웃었다. 지금 생각하면, 오직 할머니만 긴 안목으로 나의 성장을 지켜보지 않았나 싶다.

─학교는 어딜 가든 괜찮다. 인생은 한 번뿐인걸. 하고 싶은 일을 해라. 그리고 가고 싶은 곳에 가고.

할머니는 늘 그렇게 말했다.

"당신 자식이 아니라 손자니까 그렇게 무책임한 말을 할 수 있는 거죠. 어머니는 사회에 나가 시달린 적이 없으니까 그 가혹함을 모르는 겁니다. 우수한 마사키의 앞날을 망치지 마세요. 할머니 말은 안 들어도 된다, 마사키. 괜한 소리 말고 법학부나 경제학부에 가도록 해. 그래야 직장을 옮기기도 쉽다."

회사원으로 일하는 아버지의 말에 설득력이 있어 따를 수밖에 없었다.

"내가 미대에 가겠다고 했을 때 찬성해 준 사람은 할머니뿐이었어요."

"그런 일도 있었더냐. 나이를 먹으니까, 인생이 한 번뿐이란 걸 뼈에 사무치도록 알겠더구나. 나이를 먹는다는 것도 좋은 일이야. 많은 것이 눈에 보이니 말이다."

할머니는 역시 할머니였다.

내일도 마주 보고 밥을 먹어야겠다고 생각했다.

제5장

살아있어서 정말 죄송합니다

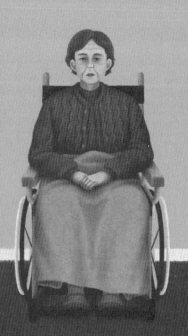

거리가 크리스마스 세일로 북적거릴 무렵, 도요코는 우에노 역 부근에 있는 자신의 아파트에 있었다.

집을 구한 다음 날부터 일을 찾아 나섰지만 생각했던 것보다 나이 제한이 훨씬 심했다. 시간제로 일하는 아르바이트 정도는 금방 구할 수 있을 거라 여겼는데, 생각이 짧았다. 서류 심사에서부터 이미 떨어지고 만다.

이대로 일자리를 구하지 못하면 어떻게 하나. 지갑에 든 돈을 생각하면 울고 싶어진다. 가출한 지 이제 열흘밖에 지나지 않았는데, 풀이 죽은 채 집으로 돌아가 시어머니와 시누이들에게 핀잔을 듣는 장면을 상상하면 이 세상에서 사라지고만 싶다. 무슨 일이 있을 때마다 이번 일을 끈질기게 물고 늘어질 게 뻔하다.

한숨을 푹푹 쉬면서 창문을 열자, 바깥 날씨가 그리 춥지 않았다.

날씨도 좋고 바람도 별로 없다.

방에서 의기소침하게 있어봐야 소용없다.

지금까지 줄곧 전업주부로 살았으니 사회로 나가기가 겁나는 것은 사실이다. 솔직히 자신도 없다. 그러나 그 반면, 긴 세월 집안일을 해온 경험으로 얻은 꼼꼼함은 젊은 사람보다 훨씬 나을 것이라는 자부심은 있다.

다시 한번 용기를 내서 일자리 센터에 가보자.

채비를 하고 집을 나섰다. 나가는 길에 옷가지 등을 담았던 택배 상자를 버리려고 쓰레기 버리는 곳에 들렀다.

"이봐요, 종이 상자는 재활용 쓰레기잖아. 오늘 버리면 안 되지."

돌아보니 키가 큰 여자가 우뚝 서서 이쪽을 노려보고 있었다. 하나로 묶은 긴 머리 위에 모자를 쓰고 있다. 여자도 쓰레기를 버리러 나왔는지, 커다란 쓰레기봉투를 들고 있었다.

"미안합니다."

기어들어 가는 목소리로 말했다. 이래저래 요즘 들어 몹시 소심해졌다. 부끄러운 일이지만, 누가 뭐라고 한마디만 해도 눈물이 난다.

"재활용 쓰레기 버리는 날인 줄 알았어요."

"그런가?"

여자가 벽에 붙은 쓰레기 수거 요일을 확인한다. 모자 아래로 보이는 옆얼굴이 윤곽도 또렷하고 꽤 미인이다. 사십 대 중반쯤일까. 부동산에서 전부 원룸 아파트라고 했으니, 이 여자도 혼자 살지 모른다.

"앗, 미안해요. 내가 잘못 알았네."

웃는 얼굴이 해맑다. 나쁜 사람은 아닌듯했다.

"못 보던 얼굴인데, 최근에 이사 왔어요?"

"네, 지난주에."

"혼자 살아요?"

"네. 그렇죠, 뭐."

"호오, 분위기로 봐서는 그냥 주부인데."

그렇게 말하면서 나의 전신을 훑는다.

"오늘은 쉬는 날?"

"아뇨, 쉬는 날은 아니고⋯⋯ 일을 찾고 있어요."

"흐음. 나이가 나이니만큼, 쉽지 않을 텐데."

여자가 미간을 찡그리고 빤히 내 쪽을 보더니 이렇게 말한다.

"웃을 일이 아니잖아?"

나도 모르게 미소를 머금고 있었던 것 같다.

"그래요. 웃을 일이 아닌 건 맞죠. 안 그래도 우에노 경제대학 안에 있는 매점에서 사람을 구한다기에 서류를 냈는데 떨어졌어요. 앞으로 어쩌면 좋을지."

너무 충격적이어서 어젯밤에는 잠도 못 잤다.

"그렇게 좋은 일자리는 어렵지."

"좋은 일자리요? 과자나 빵이나 우유 같은 거 파는 보통 매점인데, 그게 어떻게 좋은 일자리예요?"

"대학 안에 있으니 환경이 좋잖아. 안전하고. 게다가 손님은 대학생이나 교수처럼 한정된 사람뿐이고. 술주정뱅이나 이상한 아저씨들은 안 온다고."

"아, 듣고 보니 그러네요. 그래서 경쟁률이 높았구나."

그렇다면 대체 어떤 곳에서 나를 채용해 준다는 말인가.

이대로 가면 머지않아 돈이 떨어지고 만다.

"서류에서 떨어졌다는 걸 보면, 이력서를 제대로 안 쓴 모양이지? 내가 좀 봐줄 수도 있는데."

"네?"

이 여자가 내게 충고를? 그럴 만큼 교양 있게 보이지는 않는데.

"오늘 밤 우리 집으로 와요. 2층 제일 구석에 있는 모퉁이 방. 나는 모리조노 시즈요라고 해요. 오늘 밤 8시쯤, 괜찮지?"

"하지만……."

"사양할 거 없어요."

"그래요. 그럼, 갈게요."

그녀의 충고가 무슨 도움이 될 것 같지는 않았지만, 같은 아파트에 아는 사람이 생긴다는 게 든든했나. 생활하다 무슨 곤란한 일이 생기면 의논 상대가 되어줄지도 모른다.

그날 밤, 역 앞에서 산 슈크림을 들고 8시 정각에 그녀 방문을 두드렸다. 일단 이력서도 들고 왔다.

"어서 와요. 괜찮으니까, 들어와."

똑같은 구조의 방인데 이렇게 다를 수가 있으랴 싶을 만큼 그녀의 방은 멋졌다.

짙은 빨간색 카펫에 대담한 색감의 커튼. 허름한 원룸 아파트라는 걸 잠시 잊게 해주는 인테리어다.

언젠가 잡지에서 본, 동유럽의 학생 아파트가 떠올랐다. 벽장이 커서 그런지 방 안은 깔끔하게 정리되어 있다. 소파베드와 텔레비전과 책꽂이가 있을 뿐이다. 잘 보니, 벽장 문의 무늬가 내 방과 조금 달랐다. 내 방의 벽장 문은 소나무가 그려진 전통무늬라서 이렇게 세련된 느낌은 나지 않는다.

그런 사소한 것 하나에도 기분이 우울해진다. 나의 소심함에 넌더리가 났다.

"어머나, 우리 나이가 같네."

이력서를 펼쳐본 그녀가 반가운 듯이 웃었다.

"정말이요? 젊어 보이는데."

"화려할 뿐이지, 뭐. 역 앞에 있는 부티크에서 월급 점장으로 일해서 그래. 그보다, 아아, 역시. 학력을 이렇게 쓰면 안 되지. 대학은 안 쓰는 게 좋아. 고등학교까지 쓰면 충분하다고."

"왜요?"

"고작 매점에서 돈 계산하는 일인데, 이렇게 명문여대를 나온 재원이 무슨 필요가 있겠어. 인사 담당하는 아저씨가 싫어할 텐데."

"어떻게 그런……."

지금까지 살아온 나의 인생이 어이없었다. 영양관리사 자격증 따위는 필요 없었다. 아니 그 전에, 대학에 갈 필요도 없었다.

과거의 노력과 부모님이 대준 학비가 물거품처럼 꺼져간다. 아니, 벌써 오래전에 꺼져버렸다. 그냥 모르고 살았을 뿐이다.

"그래서, 이다음에는 어디다 이력서 낼 건데?"

"JR 우에노 역에서 도시락 파는 가게요. 그런데, 내봐야 소용없겠네요. 나이 제한이 쉰 살까지인데, 난 다섯 살이나 많으니까."

그렇게 말하자 모리조노 씨가 크크 웃었다.

"이십 대나 삼십 대 젊은 주부도 이력서를 많이 내. 최근에는 주부뿐 아니라 그냥 혼자 사는 젊은 여자들도 많이 내고. 대학 졸업했다고 바로 취직되는 시대가 아니니까 말이지."

그러고 보니 젊었을 때는 청소하는 아줌마가 대개 육십 대였는데, 우에노에서 지낸 며칠 사이에 삼십 대로 보이는 여자를 몇 명이나 보았다. 아줌마는커녕 '청소부 언니'라고 해도 좋을 정도였다. 시어머니 병 수발로 두문불출하며 생활하는 사이에 세상이 이렇게나 많이 변한 것이다. 응모 규정에 다섯 살 어긋나는 정도는 큰 문제도 아닌 것 같다.

"다카라다 씨, 술 마실 줄 알아? 우리 한잔할까? 나, 내일 쉬는 날인데."

모리조노 씨는 그렇게 말하면서 일어나더니 부엌으로 갔다.

마지막으로 술을 마신 게 언제였더라. 밤중에도 불러대는 시어머니 때문에 반주는커녕 잠이 오지 않아도 술 한 잔 즐길 수 없었다.

"맥주하고, 싸구려지만 와인도 있고, 소주와 매실주도 있는데. 뭐가 좋겠어?"

모리조노 씨가 부엌에서 물었다.

"그럼 소주로 할게요."

"설마 엄청 잘 마시는 거 아냐? 우롱차 타서 마실래?"

"네, 부탁해요. 저도 좀 도울까요?"

"그럼, 이거 접시에 좀 덜어줘."

모리조노 씨가 정어리 통조림과 양파채가 담긴 바구니를 내게 건네주었다.

모리조노 씨는 삶은 브로콜리와 당근을 접시에 담고, 그 위에 얇게 저민 아몬드를 뿌렸다. 그 빠른 손놀림을 보면 이 사람도 주부로 지낸 적이 있었는지도 모른다.

"우리 두 사람의 빛나는 미래를 위하여, 건배!"

"……건배."

모리조노 씨는 사이다 섞은 매실주를 맛나게 마셨다.

"이력서는 우편으로 보내지 말고 본사 인사부에 직접 찾아가서 제출하는 게 좋아."

"왜 그런데요?"

"왜는? 다카라다 씨의 무기는 품위 있는 사모님 분위기잖아. 반드시 아저씨들이 좋아할 거야. 그러나 실제로 만나보지 않고는 알 수 없는 일. 그리고 이 이력서의 사진도 좀 별로고."

"그런가요? 그럼 직접 가볼까나."

이렇게 된 바에야 가능성이 있다면 무슨 일이든 해보자. 이

대로 가만히 있어서는 취직할 수 없다.

모리조노 씨는 술이 그렇게 세지 않은듯했다. 두 잔을 마시자 눈이 맹해졌다.

"모리조노 씨는 70세 사망법안에 대해서 어떻게 생각해요?"

"결사반대. 나, 7학년 동맹에 들었거든."

"오래 살고 싶은가요?"

"당연하지. 다카라다 씨는 빨리 죽고 싶어?"

"별로 즐거운 일이 없을 것 같아서."

앞날에 대해서는 생각하고 싶지 않았다.

"나는, 내가 살아온 인생에서 지금이 가장 재미있어. 많은 걸 훌훌 떨쳐버려서."

"많은 걸 떨쳐버리다뇨?"

"내가 살아온 얘기, 해볼까? 들어줄래?"

"그럼요."

좋은 사람인 것이리라. 서로를 안 지 겨우 몇 시간밖에 안 되었는데, 조금도 경계하지 않는다. 물론, 어느 모로 보나 평범한 주부인 나에게 경계심을 품는 사람은 아무도 없을지 모르지만.

"도쿄로 돌아온 지 20년이야. 어라? 벌써 20년이나 되었네. 세월 참 빠르다."

그렇게 말하고는 혼자 깔깔 웃는다. 취기가 꽤 도는 모양이다.

"돌아왔다니, 어디서요?"

그렇게 묻자, 모리조노 씨의 표정이 얌전해졌다.

"고베. 결혼해서 고베에 살기 시작할 무렵에는 집을 갖는 게 꿈이었어. 결혼하면 다들 그렇잖아."

그렇게 말하는 모리조노 씨가 아련한 눈빛을 보였다.

"그렇죠. 나도 그랬어요."

"그래서 돈을 모으려고 혈안이었어. 파나 미나리는 뿌리를 버리지 않고 화분에 심어서 키우기도 하고. 전단지를 비교해서 조금 더 싸게 파는 곳을 찾아 자전거 타고 가기도 하고. 맥주파인 남편을 소주파로 바꾸기도 하고. 슈퍼마켓에도 늘 문 닫기 일보 직전에 갔어. 그 시간에는 거의 떨이로 팔잖아. 전기도 허투루 사용하지 않고 꼼꼼하게 껐고. 아직 어린 딸의 머리도 세 번 중 한 번만 미장원에 데리고 가서 잘랐어. 나머지는 내 손으로 잘라줬지. 목욕하고 남은 물은 청소하는 데 쓰거나 화분에 주고. 그런데도 좀처럼 돈이 모이지 않았어."

"충분히 이해해요. 나도 똑같은 경험이 있어서."

사택에 살던 무렵의 내 모습이 떠올랐다.

거품경제 시절이라, 집을 갖는다는 소원이 비장함을 띠고 있었다.

'집이 있고 없고의 격차는 엄연하다!'

소시민의 불안을 부추기는 그런 말이 거의 매일 주간지 기사의 제목으로 등장했었다. 평범한 회사원 가정이 집을 갖는 것은 평생 어려울지도 모른다. 그렇다고 집세가 싼 공영주택은 영원히 추첨에 뽑힐 것 같지 않았다. 그렇게 생각하자 앞날이 불안해서 살 수가 없었다.

집만 있으면, 그다음에는 먹고살기만 하면 된다.

집만 있으면, 노후는 어떻게든 된다.

생각해 보면, 그 무렵의 나에게 남편의 부모와 같이 산다는 선택지는 없었다.

"아파트 사서 집을 나가는 여자들의 그 환한 얼굴을 보면……."

"그 심정도 잘 알아요."

나 역시 그러고 싶다고 간절하게 바랐다.

"사실 남아있는 주부들도 나가는 주부의 눈물겨운 절약 정신을 잘 알고 있었어. 그러니 우리도 아직 절약할 수 있는 여지가 있을 것이다, 그렇게 생각했지. 그중에는 남편의 술값과 피우는 담배 개수까지 확인하는 주부도 있었고. 아, 내가 그랬다는 게 아니라."

그렇게 말하고 모리조노 씨는 장난스럽게 웃었다.

그런데 고베에서 주부로 살던 사람이 왜 지금 혼자 살고 있는 것일까. 딸도 있다면서, 그 딸은 어떻게 된 것일까. 궁금한 게 많았지만 환하게 웃는 얼굴을 보면, 과거를 깨끗하게 떨쳐 버린 것이리라.

"반찬가게에서 아르바이트를 했는데, 그 시간을 늘렸어. 그 래봐야 시급 850엔에 하루 7시간 일하면 6,000엔 남짓. 한 달에 20일 일하면 12만 엔 정도. 계약금조차 마련하기가 까마득했 지."

"정말 그렇죠."

"거의 체념했을 무렵에 시어머니가 뇌경색으로 쓰러져서 그 대로 돌아가셨지. 하루아침에 유산으로 1,000만 엔이라는 돈이 굴러들어 온 거야."

"어머, 그거……."

잘됐네요, 라고 말할 뻔했다가 얼른 잔을 들어 입으로 가져 갔다.

"고베 시내에 있는 아파트를 보러 간 게 1994년 여름이었어."

1994년이면 모모카와 마사키가 아직 어려서 정신없이 바쁘 게 살았던 때다.

"눈앞에 세토 내해가 보이고, 뒤로는 롯코 산이 있었지. 7층 짜리 하얀 아파트, 외국 동화에 나오는 조그만 성처럼 멋진 아 파트였어. 다다미방 하나에 마루방이 둘 있고, 지은 지 5년 된 아파트. 거실에 깔린 마루가 얼마나 시원하고 깔끔하던지. 부엌도 정말 귀여웠어."

시어머니 유산 절반으로 계약금을 충당한 듯했다. 나머지 금액은 30년 상환으로 대출을 받았다고 한다.

"우리 형편에 과하다는 생각은 조금도 없었어. 다달이 변제해야 하는 금액이 그때까지 우리가 살던 집의 월세랑 비슷했으니까. 게다가 그 무렵에는 남편 월급도 조금씩 오를 거라고 생각했고."

"그렇죠. 그런 시대였으니까."

"그런데 돌아보면, 그때 이미 거품이 꺼지고 있었더라고. 그 집을 사고 반년 후, 그러니까 1995년 1월에 무슨 일이 있었는지, 다카라다 씨는 기억해?"

"1995년 1월이요? 무슨 일이 있었더라."

"1월 17일 새벽 5시 46분. 한신 아와지 대지진."

"아아!"

"다다미방에 이부자리를 깔고 셋이서 늘어지게 자고 있었어. 가구가 전부 다른 방에 있어서 그나마 다행이었지. 다다미방에는 쓰러질 게 전혀 없었으니까. 그런데 남편과 딸의 이름을 아무리 불러도 대답이 없는 거야. 어디 깔려 죽었나 싶어서 정말 미친듯이 불렀어."

도요코는 숨을 삼켰다. 그렇다면 그때, 남편도 딸도 죽은 것일까.

"그랬더니, 옆에서 시끄러워 엄마, 하고 딸이 투덜거리지 뭐야. 남편은 사람이 자고 있는데 웬 소란이냐고 하고. 어이가 없었지. 그렇게 크게 흔들렸는데도 잠을 잘 수 있다니. 하지만 그 덕분에 딸은 외상 후 스트레스 장애와 무관할 수 있었어. 나는 몇 주일이나 몸이 떨려서 힘들었는데 말이야."

거기까지 얘기하고 모리조노 씨가 입을 다물어버렸다.

소파에 앉아 다리를 꼰 자세로 술잔만 만지작거리고 있다.

"그리고 그 후에……."

모리조노 씨가 한숨을 푹 내쉬었다.

"아파트를 철거하고 다시 짓는다고 결정이 났어. 집을 산 지 반년 만에. 남은 융자금 2,800만 엔에 재건축 비용 2,000만 엔. 남편의 월급으로는 도저히 감당할 수 없는 금액이었지."

"정말 그랬겠네요."

"게다가 용적률 때문에 재건축한 아파트는 평수도 확 줄어든다고 하고. 너무 속이 상해서 하루도 마음 편한 날이 없었어. 그런데도 앞을 보고 살아갈 수밖에 없었지. 그렇잖아."

"그렇죠."

"이 난관이야말로 부부가 힘을 합해 극복해야 한다고 생각했지. 남편도 분발하겠다고 했고."

그렇게 말하고 모리조노 씨는 허허허 웃었다. 메마른 웃음소리였다.

"그런데 그게 다 나 혼자만의 생각이었던 거야. 어느 날 카드 명세서가 날아왔는데, 남편이 60만 엔이나 썼더라고. 나는 죽어라 절약하고 있는데, 술집과 클럽에다 돈을 쏟아붓고 있었던 거지. 어린 딸에게 루이비통 가방을 사줬다는 말을 들었을 때는 정나미가 확 떨어지더라고."

"어떻게 그럴 수가."

"남편이 이러는 거야. 생각이 달라졌다, 짜증난다, 당신은 고리타분하게 만날 절약 절약 절약 하면서 인상만 쓴다, 남자는 누구나 립스틱 곱게 바르고 웃는 귀여운 여자를 좋아한다. 그리고 반년 후에 이혼했어."

"그런 일이 있었군요."

"나는 심기일전해서 처음부터 다시 시작하려고 도쿄로 돌아왔어. 지금은 솔직히 말해서, 주택 융자금에서 해방돼서 얼마나 좋은지 몰라. 정말 시원하고 후련해."

"따님은?"

"딸은 이탈리아에서 디자인 일을 하고 있어. 고생한 만큼 강하게 자랐지. 전남편에 대해서는 파산신청을 했다는 소식까지는 들었는데, 그다음은 몰라."

"여러 가지로 마음고생이 많았겠네요."

"지금은 집도 없지만 갚아야 할 융자금도 없으니까, 등에 날개가 돋아서 어디로든 날아갈 것 같은 기분이야."

"사실 저는……."

"다카라다 씨, 억지로 얘기 안 해도 돼. 내가 신세타령을 하고 싶어진 건, 같은 나이의 여자를 만난 지가 하도 오래돼서 그런 거야. 같은 시대를 살았다 싶으니까, 왠지 입이 근질근질해서."

"아니에요. 저도 얘기하고 싶어요. 정말요."

나는 남편의 부모님 집에서 살게 된 때부터 거슬러 올라가 얘기를 시작했다.

모리조노 씨는 잠자코 이쪽을 쳐다보면서 때로 맞장구까지 치며 열심히 들어 주었다.

"그쪽도 고생이 많았네. 가족에게 집을 나간다는 말은 하고 나온 거야?"

"아니요. 아무에게도 말 안 했어요."

"그럼, 지금 시어머니 수발은 어쩌고 있는데?"

"시누이가 와있어서 괜찮아요."

집을 나온 다음 날, 시어머니가 너무 걱정돼서 집에 전화를 걸었었다.

"네, 다카라다입니다."

큰시누 아케미의 목소리였다.

"여보세요, 누구시죠?"

바로 전화를 끊었다.

역시 내가 없어도 별문제는 없었다.

안심이 됐다.

그러나, 이기적인 말이 될지 모르겠지만, 허망했다.

어쩌면 모모카에게도 연락했을 수 있다. 작은시누 기요에도 시간적으로 여유 있는 사람은 아니니까 모모카가 돕고 있을 가능성도 있다. 내가 아니어도 누구든 시어머니를 돌볼 사람은 있었던 것이다. 좀 더 빨리 SOS를 보낼 걸 그랬다.

아니, 정말 그랬을까. 너무 힘들다고, 도와달라고, 입으로 말은 하지 않았지만 다들 알고 있었을 것이다. 극단적인 수면 부족에다 심신이 거의 한계에 와있다는 것도.

어쩌면 나는 그나마 복받은 경우인지도 모른다. 세상에는 자식 하나가 외부모를 모시는 경우도 있는가 하면, 의지할 사람도 없는데 요양시설에는 빈자리가 없고 돈도 없어 들어가지 못하는 비참한 상황에 있는 사람들이 이루 헤아릴 수 없을 정도로 많은 것 같으니까.

"시어머니 입장에서는 당연히 며느리보다 친딸이 좋겠죠. 지금쯤 모녀가 깔깔거리면서 옛날이야기를 하고 있지 않을까요."

"당신, 요는 화가 난 거네."

"제가 냉정한 인간인 걸까요?"

"그렇지 않아. 남은 인생이 앞으로 고작 15년인데. 진작 집을 나왔어야지."

"그렇게 말해줘서 고마워요. 그래도 일단 이 아파트 주소와 전화번호를 적은 메모지를 식기장 서랍에 넣어두기는 했어요. 저를 찾고 싶은 마음이 있다면 무슨 실마리라도 있을까 싶어 집안을 샅샅이 뒤질 테니까, 그 메모를 보고 연락할지도 모르겠어요."

"아무튼 오늘 밤은 그냥 마시자고. 마셔."

고독을 각오했는데, 이렇게 빨리 마음 맞는 친구가 생길 줄은 몰랐다.

신에게 버림받은 것은 아닌듯하다.

* * *

"살아있어서 정말 미안하군요."

기쿠노는 천장을 빤히 노려보면서 중얼거렸다.

부엌 쪽에서 마사키의 목소리가 들린다.

"뭐, 정말? 아직 체크아웃도 안 했다는 거야? 아버지, 제정신이야? 내가 전화한 지 나흘이나 지났다고. 아버지, 이제 그만 말 좀 들어. 할머니는 아버지의 엄마잖아. 정말 태평하다. 할머니 수발은 아들에게 떠맡기고 자기는 해외여행이라니. 엄마가 나간 지도 닷새야. 아직 아무 연락도 없다고!"

늙은이는 다 귀가 잘 들리지 않는다고 생각하면 오산이다. 나는 가만히 문쪽을 쳐다보았다.

"뭐? 그러니까 그런 건 내 알 바가 아니잖아. 아버지의 오랜 꿈하고 내가 무슨 상관이야. 청춘? 그거 제정신으로 하는 말이야? 나이는 먹어서 그런 한심한 소리나 하고. 요즘 고등학생도 그런 말은 안 쓴다고. 부끄럽지도 않아? 그렇게 여행이 하고 싶으면 할머니 죽은 다음에 해도 되잖아. 앞으로 2년만 참으면 되는데."

오래 살아서 정말 죄송하군요. 나만 없으면 며느리 도요코도 집을 나가지 않았을 테죠. 가출이 말이나 되나요. 부부가 나란히 해외여행을 떠날 수도 있었겠죠.

마음속으로 그렇게 중얼거린 후 한숨을 내쉬었다.

내가 이 집에서 쓸모없는 인간이라는 것은 잘 알고 있다. 나 때문에 가정이 무너지고 있다는 것도 안다. 그러나, 살고 싶어서 살아있는 게 아니다. 저승사자가 와주지 않으니 어쩔 수가 없다. 대체 나더러 어쩌라는 말인가.

게다가 옛날에는 부모를 지금보다는 훨씬 더 소중히 여겼다. 부모 봉양이라는 걸 알았다. 그런 생각을 하면 하루빨리 죽고 싶은 마음이 있는 반면, 이렇게 억울한 심정을 지닌 채 그대로 죽을 수 있나 하는 생각도 든다.

"여보세요, 저 마사키입니다. 기요에 고모세요?"

복도 저쪽에서 들려오는 목소리에 귀를 쫑긋 세웠다.

"네? 안다고요? 아케미 고모가 전화를 걸었군요. 그럼 잘됐습니다. 내일 당장, 아니 오늘 밤 바로 오셨으면 합니다. 잠도 여기서 주무세요. 시간이 안 된다니…… 자기 부모를 나몰라라 하면서까지 가야 하는 곳이 대체 어딥니까?"

마사키도 제법이다.

"폐점 세일이요? 그게 그렇게 중요합니까? 엄청 싸다고요? 저기요, 여보세요, 고모, 뭐요? 제가요? 저도 나름 바쁘다고요. 일자리 찾느라고 밤낮으로 바쁘단 말입니다."

노인 수발을 피하기 위해서라면 다들 거짓말도 태연하게 하는듯하다.

이를 악물고 살아야겠다.

친구 후미코가 알려준 이면 법안을 이용해야겠다.

연금과 의료비를 변상하고 무료봉사를 하면 된다는데.

그러려면 어떻게 해야 하나.

이렇게 누워만 있는 인간은 역시 안 되는 일인가.

사요도 후미코도 계속 살아있는데 나만 이 세상에서 사라진다니.

분해서 견딜 수가 없다.

몸만 움직일 수 있어도 사람들에게 가르칠 수 있는 게 얼마든지 있는데.

꽃꽂이 교사 자격증도 있다. 둘째 기요에가 대학에 들어갔을 때부터 겨우 생활에 여유가 생겨서 젊었을 때부터 꿈이었던 일을 이것저것 배우기 시작했다. 그중에서도 꽃꽂이가 적성에 맞았다. 게다가 자격증은 없지만 요리나 기모노 입는 법도 가르칠 자신이 있다.

그러나, 이렇게 누워만 있으니.

아아, 대체 어쩌면 좋단 말인가?

그런 생각을 하면 오늘 밤도 잠이 올 것 같지 않다.

* * *

상하이의 한 호텔.

다카라다 시즈오는 바로 옆방 문을 노크했다.

마음이 무거웠다.

후지타는 막 샤워를 하고 나왔는지, 목욕 수건으로 숱이 적은 앞머리를 닦으면서 문을 열어주었다.

"후지타, 정말 미안한데. 나, 귀국해야겠어."

"왜, 무슨 일 있나?"

산악부 부장이었던 그는 안 그래도 동그란 눈을 더 동그랗게 떴다.

"집에 문제가 좀 생긴 모양이야."

"무슨 문제인지 얘기해 봐. 이제 막 여행을 시작했는데, 이대로 해산하면 후회가 남잖나."

나는 방으로 들어가 의자에 앉았다.

학생 시절, 후지타의 별명은 '인격자'였다. 늘 온화하고 남을 잘 보살피고, 젊은데도 품이 넉넉한 사내였다.

"솔직히 좀 부끄러운 일인데, 아내가 가출한 모양이야. 조금 전에 아들에게 전화가 왔어."

"부인이? 무슨 일로?"

"이유는 잘 모르겠어. 아들 말로는, 수발 때문에 지친 것 같다는데."

나잇살이나 먹어 남자가 생긴 건 아닐까 하는 생각도 했지만, 후지타에게 그런 말까지 할 수는 없었다.

"수발이라니, 누구를?"

"우리 어머니가 병 때문에 자리보전을 하고 있는 터라."

"나는 그런 얘기는 처음 듣는데. 너 설마 부인에게 병 수발을 맡기고 여행 온 거야?"

후지타가 얼굴을 찡그렸다.

"그래. 남자인 내가 집에 있어봐야 아무 도움이 안 되잖나."

"대체 너란 놈은……."

"왜? 뭘 그렇게 화를 내?"

"믿을 수가 없군, 거 참."

"뭐가? 너, 여전히 말이 과하군. 우리 어머니는 정신은 멀쩡해. 밖에 나갔다가 집을 못 찾아서 배회하는 것도 아니고. 누워만 있으니 배회할 일이 없는 건 당연하지만. 그러니까 우리 경우는 수발이라고 해봐야, 그렇게 힘든 일이 아니라고."

"시즈오, 아무튼 바로 돌아가는 게 좋겠어."

"그래, 미안하게 됐어. 상황 봐서 이삼 일 있다가 돌아올게. 누이들도 있으니까. 딸도 있고. 내가 돌아갈 필요까지는 없는데, 아들이 전화를 걸어서 노발대발 해대는데 돌아가지 않을 수도 없고. 서둘러 돌아가면 일단 체면은 서니까 괜찮아."

"그럴 수는 없지. 이 여행은 중지야. 나도 같이 귀국하겠어."

"후지타, 왜 너까지 돌아간다는 거야?"

"그렇게라도 하지 않으면 네 놈이 사태의 심각성을 모를 것 같으니 그렇지. 아내를 앞서 보내고 후회하는 괴로움을 생각하면……."

후지타가 갑자기 목이 메었다.

"더 빨리, 좀 더 빨리…… 잘해줬어야 했는데."

"무슨 소리야? 너희 부부는 언제나 금슬이 좋았잖아."

"……아내가 죽은 후에 유품 중에서 일기가 나왔어. 나에 대한 원망이 대학 노트 서른 권에 빼곡하게 적혀있더군. 부부 금슬이 좋다고 생각했는데, 그건 나만의 착각이었던 거야."

"여자란 도무지 다들 원망만 많다니까. 끔찍해. 여자는 왜 그렇게 솔직하게 살지 못하는지 모르겠어. 하고 싶은 말이 있으면 그 자리에서 바로 하면 되잖아."

"했을 거야. 내 아내만 해도, 지금 생각하면 신호를 보내고 있었어. 그것도 아주 명확하게. 그런데 내가 모르는 척했던 거라고. 귀찮아서."

"어쩔 수 없잖아. 회사 일이 바쁜데."

"바쁘다는 건 이유가 안 돼. 게다가 네 녀석의 부인도 바쁘잖아. 시어머니 병 수발을 들고 있으니, 회사 다니는 네 놈보다 자기 시간이 훨씬 적을 거라고."

"나보다 바쁘다니, 그런 말이……."

"부인이 밤중에 몇 번이나 일어나지 않던가?"

"그래, 일어나기는 했지. 어머니가 벨을 몇 번이나 누르니까."

"그렇게 계속해서 잠을 못 자면 몸이 남아나질 않아."

"전업주부가 무슨 할 일이 많다고. 낮잠도 잘 텐데."

"병 수발을 드는 사람이 낮잠을 어떻게 자겠어."

"나도 어머니가 누르는 벨소리 때문에 자다가 깬 적이 얼마나 많았는데. 그래도 다음 날에는 제시간에 회사에 갔다고."

"네 놈은 깼다가도 그냥 잤을 거 아냐? 그런데 부인은? 잠이 쏟아져 죽겠는데 일어나서 어머니 수발을 들었겠지? 그냥 자도 되는 네 놈과는 천지 차이라고."

"그 정도로 힘들어 보이지 않았는데."

"그럼, 어디 한번 물어보자. 부인 취미가 뭐지?"

"글쎄, 뭐였나. 젊었을 때는 여러 가지가 있었지만, 이제 아내도 나이가 제법 들었으니까 취미 같은 거 없지 않을까."

"그게 아니지. 병 수발 하느라 취미 생활할 틈이 없는 거야. 대체 뭘 보고 있는 거야?"

"나도 얼마 전까지 회사 다닌 사람이야. 나는 일해서 번 월급으로 가족을 먹여 살렸다고. 내가 병 수발을 든다고 생각해 봐. 당장 수입이 끊길 텐데."

"그럼 사람이라도 쓰면 되잖아. 그동안이라도 부인이 쉴 수 있게."

"우리 어머니가 남을 집에 들이기 싫어하는 성격이거든. 그건 안 될 일이야."

"싫어하는 어머니를 설득하는 게 아들인 네가 할 일 아닌가?"

"내가? 어머니를? 그런 거 잘 못하는데."

"참 대책이 없군."

후지타는 침대에 풀썩 앉았다.

"네 놈이랑 얘기해 봐야 시간 낭비겠어. 이렇게까지 바보일 줄은 몰랐군."

"아니, 아까부터 말이 좀 심하잖아. 들어줄 수가 없군."

후지타는 대꾸도 하지 않은 채 일어나 냉장고에서 맥주 두 캔을 꺼내왔다.

그리고 말없이 한 개를 쑥 내민다.

"시즈오, 난 말이야. 알다시피 지금은 딸 부부와 함께 살고 있어. 아내가 죽자 집이 너무 휑한 데다 아내 일기를 보고 앞이 캄캄하던 차에, 딸 부부가 아버지 돌본다는 핑계로 굴러들어왔지."

그렇게 말하고, 후지타는 창가 소파에 앉아 맥주를 쭉 들이켰다.

"딸 부부의 관계를 옆에서 보고 내가 얼마나 반성했는지 몰

라. 사위가 딸에게 정말 친절하더라고. 배려도 잘하고. 맞벌이 부부라서 그렇기도 하겠지만, 집안일도 알아서 척척 하고 말이야. 그런 걸 두고 진짜 큰 사내라고 하는 거겠지. 사내놈이 귀에 피어싱을 하고 다니는 건 아직도 마음에 들지 않지만."

"피어싱? 정말? 그런데 왜……."

……왜 그런 남자와의 결혼을 허락한 거지? 하고 묻고 싶었지만 말을 삼켰다. 나라면 그런 남자와 한 지붕 아래 산다는 건 상상도 할 수 없다. 당연히 결혼에도 반대한다.

게다가 피어싱이 허용되는 직장이 대체 어디 있단 말인가.

"사위가 회사 다니는 사람이 아닌가 보군?"

"미용사야."

할 말이 없었다.

후지타의 외동딸은 데이도 대학을 나왔다. 그것도 졸업식 때 졸업생을 대표해서 답사를 읽었다고 들었다. 그리고 시험에 합격해 총무성에 들어갔다.

"그렇다 보니 나도 집안일을 전혀 안 할 수는 없더군. 게다가 딸은 이른 아침에 출근해서 늦은 밤에나 돌아오고, 사위는 오전 10시에 가게 문을 열어서 밤 9시까지 일하고. 미용사는 종일 서서 일하는 직업이라 피로가 장난이 아니야. 아마 딸은 제 엄마가 아니라 내가 죽었다면 차라리 좋았을 거라고 생각할 거야. 제 엄마가 살아있었으면 살림 전체를 맡길 수도 있지만 나는 도움은커녕 돌봐줘야 하는 사람이니 말이지. 그렇다고 요리를 하루아침에 배울 수 있는 것도 아니고. 그래서 청소와 빨래나 동네 일 같은 건 내가 하기로 했어."

"마음고생만 심한데, 차라리 같이 안 살면 되잖나."

"다카라다, 자식들과는 어떻게 지내나?"

"사이가 엉망이지, 뭐."

"나도 그래. 외동딸인데 피차가 솔직한 얘기를 못해. 아내가 살아있을 때는 늘 나서서 중재자 역할을 맡아줬더랬지. 그런데 사위가 말이야, 사내놈이 말도 많고 웃기도 잘해."

"아니, 그렇게……."

……경박하다니. 하고 솔직하게 말할 수는 없다.

"그래서 오히려 좋아. 나와 딸 사이에 쿠션이 있는 셈이잖나. 나도 딸보다 사위와 얘기하는 게 마음 편하고. 서른이 넘었는데도 얼마나 천진난만한지."

그렇게 말하고 후지타는 맥주를 한 모금 마셨다.

"그런데 후지타, 그 일기 말이야. 서른 권을 다 읽은 건가?"

"그래, 다 읽었어. 한 권을 읽고 나니까, 나머지 스물아홉 권을 읽을 용기가 나지 않더군. 그래서 버릴까도 생각했어. 그러나 아내가 일부러 남긴 일기잖나. 교통사고 같은 걸 당해서 갑자기 죽었다면 몰라도, 암에 걸려서 입원과 퇴원을 반복했던 사람이야. 그러니 자기가 버리려고 했다면 얼마든지 버릴 수 있었다고. 그러니까 나더러 읽어보라는 명확한 의도가 있었던 거지."

"글쎄, 잘 모르겠군."

도무지 수긍이 가지 않았다. 후지타는 '인격자'다. 아내에게 원망을 살 이유가 전혀 없다. 그건 나도 마찬가지다. 늘 아내를 위해서 일했다. 늘 참아야 하는 회사원 인생이었다. 관심 없는 일의 내용, 상사의 터무니없는 질투, 밑에서 치고 올라오는 부하직원, 위가 쓰리고 아픈 생활을 30년 이상이나 계속해 왔다. 남자의 인생은 대개 비슷하지 않나. 70세 사망법안이 가결되자마자 조기퇴직을 신청한 이들이 몇십만이나 된다는 게 그 증거가 아닌가. 일에서 삶의 보람을 느꼈다면 그렇게 많은 남자들이 회사를 그만둘 리가 없다.

그에 비하면 아내는 집에 있을 수 있다. 부러울 정도다. 자신에 비하면 훨씬 편하다고 생각한다. 게다가……

"그래도 말이야, 후지타. 우리 아내는 이 여행을 반대하지 않았어."

"그래서 기분 좋게 보내줬다고 생각하는 건가?"

"그야 당연하지."

"그렇지 않아. 부인은 포기한 거라고."

"포기했다고, 뭘?"

"너란 인간을."

얼마 뒤, 다카라다 시즈오는 자기 집 현관 앞에 서있었다.

— 어서 돌아가. 네 놈이 가지 않아도 난 내일 귀국할 거야.

후지타의 호통에 떠밀려, 본의는 아니었지만, 어쨌든 귀국
했다.

현관문을 여는 순간, 이상한 냄새가 풍겼다. 오줌 냄새에 음
식물 쓰레기 냄새가 섞인 듯한 강렬한 악취였다.

"뭐라는 거야, 지금! 건방지기 짝이 없구나. 입만 살아서는."

갑자기 안쪽에서 고함치는 소리가 들려왔다. 현관에 선 채
귀를 기울였다.

"할머니가 너무한 거죠."

"시간이 남아도는 주제에 산쇼야에 가서 스시를 사오는 게
무슨 큰일이라고 그래?"

"그렇게 먹고 싶으면 할머니가 가서 사오라고요!"

거기서 대화가 끊겼다.

살금살금 신발을 벗고 복도를 걸어 들어갔다.

어머니 방의 문을 노크하려는데, 훌쩍거리는 소리가 들렸다.

"미안해요, 할머니. 잠이 부족해서 짜증이 나는 바람에 심하게 말했어. 그러니까 그렇게 밤중에 몇 번이나 벨을 누르면 어떻게 해요……."

뭐라 말을 걸면 좋을지 몰라서 그대로 발길을 돌려 부엌으로 들어갔다.

싱크대에는 설거짓거리가 산더미처럼 쌓여있고, 테이블은 거의 창고 수준이었다.

"어, 아버지! 드디어 온 거야?"

마사키가 밥그릇이 담긴 쟁반을 들고 부엌에 들어오며 소리쳤다.

한때 아빠라고 불렸던 기억도 있다. 마사키가 초등학교 저학년 때다. 돌이켜 보면 그 후로 거의 대화란 걸 나누지 않았다. 아버지라고 불려 다소 위화감은 있었지만, 달리 뭐라고 부를 수 있을까. 마사키는 내 눈을 마주치려 하지 않는다. 아들과의 관계에 오래도록 공백이 있었다. 특히 대동아 은행을 그만둔 후로는 거의 방에서 나오지도 않았으니 얼굴을 볼 일도 없었다.

그게 뭐 어떻다는 건데?

보통 다 그렇잖아?

나도 내 아버지와 거의 얘기를 나눈 적이 없다. 그래도 곤란한 일은 없었다. 부자지간이란 원래 그런 것이다. 필요가 없다고 해도 좋을 정도다. 최근 육아대디라는 말이 유행하고 있는 것 같은데, 예로부터 여자에게 인기를 끌려고 안달이 난 남자 중에 잘난 놈은 없다. 성실하게 일하고 있다면 여자를 상대할 틈 따위는 없다. 후지타가 어떻게 된 게 분명하다. 피어싱을 한 사위에게 홀딱 넘어가다니, 참 한심한 놈이다.

"마사키, 엄마는 대체 어딜 간 거냐?"

"여기."

그렇게 말하고 마사키가 메모지 한 장을 팔락거렸다.

다이토구 우에노의 어디어디라고 주소가 적혀있었다. 휴대 전화를 샀는지 전화번호도 있다.

"산쇼야에 다녀올게요."

"그보다 우선 여기 청소 좀 해라. 냄새가 나서 살겠냐."

"쓰레기 어디다 내놓아야 해?"

"내가 어떻게 알겠냐."

"재활용 쓰레기 버리는 요일은?"

"난 그런 건 모른다니까."

"쓰레기는 됐고, 아버지. 나 김말이초밥 사오게 돈 줘요. 할머니가 원래 저런 성격이었어요? 소리는 질러대지 돈은 안 주지, 그런 데다가 내가 하는 일은 전부 마음에 안 든다고 종일 고함을 쳐대지."

"그런 소리 마라. 나이 먹으면 다 고집이 세져. 돌아가신 할아버지도 그랬다. 너그럽게 보고 친절하게 대해야지."

"그럼 내가 여기 청소할 테니까 아버지가 산쇼야에 갔다와요."

"내가? 말이 되는 소리를 해라."

"그럼 내가 산쇼야에 갔다 올 테니까 아버지가 여길 청소해요."

"그러니까 대체 왜 내가 그런 일을 하느냐 말이야. 이제 막 귀국해서 피곤해 죽겠는데."

그렇게 말하면서 냉장고 문을 열고 안을 들여다보았다.

"아버지, 그럼 대체 뭐하러 돌아온 거예요?"

"시끄럽다. 그보다 뭐 먹을 것 좀 없냐? 배가 고픈데."

"그거 진심이에요? 참내, 할 수 없지. 아버지도 나이 들었고 이제 막 돌아와서 피곤한 건 사실일 테니까 오늘만 특별히 봐주는 겁니다. 크림스튜 데워줄까요?"

"호오, 고모가 끓여놓고 갔냐?"

"고모가 그렇게 친절하지 않죠. 내가 만들었어요. 그리고 토스트면 충분하죠?"

방에만 틀어박혀 뒹굴뒹굴 지내는 줄 알았는데, 의외로 일을 척척 잘한다.

"마사키, 웬일로 그렇게 기운이 펄펄하냐?"

"그런 칭찬 들어봐야 반갑지 않습니다."

"딱히 칭찬한 건 아닌데."

"허, 그래요. 가만히 앉아있지 말고 빵이라도 직접 구워요."

* * *

모모카는 오랜만에 미용실에 왔다.

모처럼 머리를 밝은색으로 염색해 볼까 한다. 다음 쉬는 날에 료이치와 데이트를 하기 때문이다.

내가 먼저 디즈니랜드에 가자고 제안했다. 어디까지나 친구로서 말한다는 뜻을 밝히기 위해 미리 생각해 놓은 이유를 들었다.

"삼십 대가 되고 나서 애인도 없으니 놀이공원 가기가 좀 껄끄럽더라고요. 게다가 여자끼리 그런 데 가는 사람들은 대부분 중장년들이고. 나랑 비슷한 나이의 여자들은 애인이랑 가거나 그렇지 않으면 유모차에 아기 태우고 가고. 나는 어느 쪽에도 해당이 안 되니까 가기 힘들죠. 그래도 가끔은 가보고 싶어요. 후쿠다 씨, 도와주지 않을래요?"

하지만 내 말과 달리 실제로는 내 또래의 여자들끼리 가는 경우도 많다.

평상시 언행으로 봐서는 그런 생각은 안 하고 사는 줄 알았는데, 료이치의 반응이 의외였다.

"그래, 맞아."

료이치는 웃으면서 그렇게 말했다.

"이런 직장에서 일하다 보면 가끔 그런 곳에 가서 머리라도 식히는 게 정신적으로 좋을지도 모르지. 밝은 미래가 기다리는 기분이 들 거 아냐. 그야 뭐, 착각이지만."

"그럼 같이 가주는 건가요?"

"응, 그러자고. 날씨가 맑으면 좋겠는데."

멀리서 바라만 보는 것으로도 족하다.

디즈니랜드에서 데이트를 하는 것도 아마 한 번으로 끝일 것이다.

"아직 젊은데 이런 색은 어떻겠어요?"

미용사가 샘플을 가리키며 물었다.

아직 젊다고? 그런 말을 듣는 것 자체가 이미 젊지 않다는 뜻이다.

다음 달이면 만으로 서른한 살이 된다.

"너무 밝지 않나요?"

"그래요? 그럼 이 정도 색깔은 어떠세요?"

피부가 싱그러운 젊은 미용사가 물었다.

"좋네요. 이 색으로 부탁할게요."

그날 밤, 텔레비전을 켰더니 마침 70세 사망법안에 관한 토론 프로그램이 진행 중이었다.

한 남자가 일어서서 발언했다. 가슴에 단 명찰에 '가와다 요시오 78세 무직'이라고 쓰여있다.

"우리 세대는 젊었을 때 고생을 많이 했어요. 그런데 지금은 이렇게 편히 살고 있죠. 그러니 조금 전에 발언한 아가씨도 노후를 그렇게 걱정하지 않아도 됩니다. 어떻게든 살게 돼있어요, 인생이란 게."

그렇게 말하면서 젊은 여성에게 웃어 보였다. 작은 동물이 너무 귀여워 못 견디겠다는 표정이다.

카메라가 그 여자를 비췄다. 가슴에 단 명찰에는 '사토 요코 20세 보육사'라고 적혀있다.

"그런 말씀 마세요."

젊은 보육사가 노인을 매섭게 노려보았다.

"그런 말을 믿고 느긋하게 굴다가 굶어 죽기 십상이에요."

조금 전의 그 노인이 하하하하 웃는다.

그 모습을 본 보육사가 분노를 억누르는 목소리로 말했다.

"지금 한 말, 농담이 아니에요. 바로 얼마 전에도 기초 생활 지원금을 받지 못해서 굶어 죽은 사람이 있다는 뉴스가 있었잖아요. 노령층과 젊은층의 사고가 다르다는 것은 대우받는 세대와 그렇지 못한 세대의 격차 그 자체라고요. 제 말을 이해하시겠어요?"

노인의 표정에서 웃음기가 사라졌다. 귀엽다 못해 얄미워 죽겠다는 씁쓸한 표정으로 바뀌었다.

그래, 맞아. 저런 노인네가 꼭 있다니까.

여자 주제에 건방지다고 여겨지면, 그렇게 너그럽던 할아버지마저 성희롱도 불사하는 사내로 돌변한다. 그런 남자는 늘 자신이 존경받고 있는지, 혹시나 바보 취급을 당하고 있는 것은 아닌지 시종일관 신경을 쓰기 때문에 감당이 안 된다. 직장에서 스트레스가 쌓이는 원인 중에는 그런 것도 분명히 있다.

"아가씨, 그렇게 사납게 굴면 남자친구가 안 생기지."

드디어 나왔다.

남자 아나운서가 당황한 표정으로 눈을 깜박거렸다.

"저, 가와다 씨. 그런 말은 성희롱이 될 수도 있습니다. 그러니까……."

노인에게 그렇게 말은 하지만, 아나운서도 명확히 끝을 맺지 못한다.

"저, 애인이랑 동거하고 있는데요. 뭐가 잘못됐나요?"

보육사가 딱 부러지는 투로 맞받았다.

텔레비전을 보고 있다가 나도 모르게 웃음을 터뜨렸다. 아닌 게 아니라 너무나 당돌하여 노인에게는 더 이상 귀엽지 않겠다.

"발언을 계속해도 될까요?"

그녀가 물었다.

"네, 부탁드립니다."

남자 아나운서 옆에서 여자 아나운서가 얼른 대답했다.

"그러니까 현재처럼 노인에게만 세금을 사용하는 시대를 하루빨리 끝냈으면 좋겠어요. 우리 젊은 사람들의 박봉에서 돈 많은 노인들에게 지불하는 연금을 가져가지 말라는 거예요."

"그렇군요. 젊은 세대의 귀중한 의견이었습니다. 그럼, 다른 의견이 있으신 분?"

남자 아나운서가 스튜디오를 빙 둘러본다.

"저도 의견이 있는데요."

그렇게 말하면서 손을 든 사람은 긴 머리의 단아한 여자였다. 가슴에는 '이다 다에코 전업주부 38세'란 명찰을 달고 있다.

"얼마 전에 학부모회의 엄마들이랑 얘기를 나눴어요. 국가에서 아이들에게 수당을 줄 필요까지는 없지 않을까 해서요. 국가의 앞날을 생각하면 그런 돈을 받아도 괜찮은 건지 의문스럽습니다. 돈 있는 사람들에게는 하찮은 액수고, 가난한 가정에도 쥐꼬리 정도밖에 안 되잖아요. 그러나 전국적으로 보면 몇 조 엔이나 되죠. 그 돈이 다 원래는 우리가 내는 세금이고요. 좀 더 유익한 일에 사용하는 게 좋지 않을까 해요. 그러나 다들 입으로는 그렇게 말해도 실제로 받지 않는 사람은 없습니다. 엄마들 중에 사장 부인이 한 사람 있는데, 부유한 그녀도 신청을 해서 돈을 받고 있더군요. 그래서 이건 제 생각인데, 다들 받는데 나만 안 받으면 손해다, 하는 생각이 과연 바람직할까요? 손이냐 득이냐 하는 말 자체가 너무 천박한 거 아닌가요. 그런 생각을 하던 차에 요즘 연금을 반납하는 노인들이 많아졌다는 걸 알게 됐고, 역시 노인은 존경해야 한다는 걸 비로소 깨달았어요. 그래서 저는 올해의 아동 수당만이라도 아동복지 시설에 기부할까 하고 남편과 의논 중에 있답니다."

"멋진 얘기를 들려주셔서 감사합니다."

남자 아나운서가 흐뭇하게 미소 짓는다.

"그럼, 오늘의 초대손님인 소설가 야마구치 사토코 씨의 말씀을 들어보기로 하겠습니다. 들리는 바에 따르면 야마구치 씨도 기부를 고려하고 계시다고요?"

"그렇습니다. 저는 젊은 시절만큼은 아니지만 지금도 간간이 소설을 쓰고 있어요. 남편은 국립대학에 교수로 있다가 정년퇴직한 후에 사립대학에서 일하고 있기 때문에 지금도 부부 둘 다 수입이 있습니다. 그렇다고 풍족한 것은 아니지만, 남은 2년 동안 쓰고도 남을 만큼의 재산은 있는데 자식은 없습니다. 그래서 남은 재산을 어떻게 할 것인지 남편과 의논해 봤어요. 남편 쪽 친척에 조카가 있기는 하지만, 집안에 경조사가 있을 때 어쩌다 몇 번 만났을 뿐이지 가깝게 지내는 것은 아닙니다. 이대로 가면 그들에게 재산이 상속되는데, 별로 바람직하지 않다 싶더군요. 혹자는 옛날식 사고라고 할지 모르겠으나, 역시 인간은 스스로 노력해서 재산을 증식해야 마땅하죠. 아무것도 하지 않았는데 친척의 재산이 굴러들어 온다면, 조카의 인생을 망칠 수도 있지 않겠어요. 그래서 기부하기로 했습니다. 얼마 전까지는 노인 요양원에 기부할까 했지만, 70세 사망법안의 통과로 노인 요양원 대부분이 사라질 운명에 놓였잖아요. 그렇다 보니 남편이 초중등 시설에 기부하는 게 어떻겠냐고 해서, 저 역시 그러자고 했어요. 이 나라의 재산은 사람이잖아요? 그 근본은 교육이고요. 며칠 전에 정부에 문의했는데, 우리의 취지를 잘 받들겠다는 답변을 받았습니다."

"오호, 마음까지 따뜻해지는 얘기이군요. 아직은 양보의 미덕이 살아있는 것 같습니다. 감사합니다."

"나도 할 말이 있소이다."

백발의 신사가 손을 들었다. 지팡이와 중절모가 어울릴 듯
한 노인이었다.

"우리는 70세 사망법안에 결사반대올시다. 그래서 동네에서
스물다섯 명이 모여 '덴엔초후 지역 70세 동맹'을 만들었는데,
평균 나이는 일흔여섯 살입니다. 우리는 국민 모두가 천수를
누리면서 이 나라를 이끌어 갈 수 있는 방법을 날마다 모색하
고 있어요. 아아, 물론 연금은 나라에 반납했소이다. 긴 세월 나
라에 바친 보험료를 생각하면 아깝기도 하지만, 나라가 기울어
가는데 아깝다고 징징거릴 수는 없지요. 그리고 지난주에는 회
원 각자의 집에서 쓰지 않는 물건을 수집해 알뜰시장을 열기도
했소이다. 어디서 소문을 들었는지 보석상과 골동품상까지 몰
려와, 매출액이 예상을 훌쩍 뛰어넘었어요. 그 전액을 아동복
지 시설에 사용하도록 조건을 달아서 나라에 기부했습니다. 그
러니까 말이죠, 모두가 조금씩만 양보하면 70세 사망법안이 없
어도 국가재정은 탄탄하다, 그런 말이올시다."

"저 역시 여러분의 말씀을 듣고 보니, 이렇게 기부금이 많이
모이면 70세 사망법 없이도 이 나라를 어떻게든 꾸려나갈 수
있지 않을까 하는 뿌듯한 기분이 드는데요."

남자 아나운서가 화색이 도는 얼굴로 그렇게 말하자, 노인
이 다시 말을 이었다.

"그런 법은 있어서는 안 될 일이지. 인간의 도리가 아니지 않
소이까. 그러나 그 법안이 생긴 덕분에 이 나라의 경제 상태를
심각하게 고민하게 되었으니, 의미는 있지 않았나 싶소이다."

노신사는 이미 법안이 폐지되기라도 한 것처럼 말했다.

지금 와서 폐지되는 일이 과연 있을 수 있을까. 그렇게 되면
기부한 사람들이 후회하지 않을까?

나는 그런 걱정이 드는데, 스튜디오의 분위기는 묘하게 밝
아지고 있었다.

"배려, 온기, 양보. 역시 우리나라 사람들은 훌륭하군요. 이
대로 가면 70세 사망법안이 폐지될 가능성도 보이지 않을까요.
네? 아, 그래요…… 아, 그럼 시간이 좀 남았으니 시청자 여러
분이 보내주신 의견을 소개하겠습니다. 정말 많이 보내주셨는
데요, 감사합니다."

남자 아나운서가 그렇게 말한 후, 카메라가 여자 아나운서
를 비췄다.

"그럼 여러분의 의견 중에서 한 가지를 소개하겠습니다. 도
치기 현에 사시는 육십 대 남성입니다.

70세 사망법안에 대해서 비난이 들끓고 있지만 나는 대찬성

입니다. 재정 개혁으로 병상 수가 줄어든 탓에, 노인 요양시설
은 늘 만원 사태라 들어가고 싶어도 들어갈 수 없습니다. 대기
인원수가 500명이라고 합니다. 도통 줄지를 않아요. 우리는 장
수하는 집안입니다. 치매에 걸린 우리 아버지는 아흔 살인데,
여자만 봤다 하면 지금도 욕정을 드러냅니다. 여자가 싫다고
거부하는데도 몸을 더듬고 쓰러트리려 합니다."

글을 읽던 여자 아나운서의 눈이 한순간 허공에서 맴돌았다.

"아, 죄송합니다."

그렇게 말하고 얼른 출력된 용지로 눈길을 떨어뜨린다.

"그래서 침대에 묶어두는 수밖에 없습니다. 나는 외모도 그
렇지만 성격도 그런 아버지를 닮았습니다. 치매가 유전되는지
어떤지는 모르겠으나, 나 역시 머지않아 아버지처럼 되지 않을
까, 그런 생각을 하면 절망스럽습니다. 아들이나 딸에게도 같
은 고생을 시키지는 않을까, 그렇다면 치매에 걸리기 전에 죽
는 게 낫지 않을까 싶습니다. 병든 늙은이 수발은 모든 가족을
피폐하게 하는데, 요즘은 손자까지 총동원하는 상황입니다. 자
식은 그렇다 치고 손자까지 희생해도 괜찮은 것인지요. 그런
나에게 이 법안이 통과되었다는 소식은 더없는 낭보였습니다.
굳이 스스로 목숨을 끊지 않아도 안락사를 시켜준다고 하니 더
욱 그렇습니다. 게다가 자식에게 누를 끼칠 염려도 없습니다.

그렇다면 남은 인생을 마음껏 즐기자고 생각하게 되었습니다. 앞날에 불안이 없다는 것이 이렇게 마음 편한 일일 줄은 몰랐습니다."

"음⋯⋯."

남자 아나운서의 표정이 영 좋지 않다. 보나 마나 이렇게 생각하고 화가 치민 것이리라.

'기껏 분위기 좋게 프로그램을 끝낼 수 있었는데, 하필 이런 의견을 읽게 하다니⋯⋯.'

"그런 아버지를 비난하는 것은 옳지 않은 일이죠."

어디선가 귀에 익은 목소리가 들렸다.

카메라가 포착한 것은 인정 많기로 유명한 야당의 여성의원이었다.

"아사오카 의원님, 의견을 말씀하시죠."

남자 아나운서가 도움을 청하듯 말했다.

"지금 의견을 보내주신 분의 경우, 병 수발을 드는 가족이 정신적으로 버틸 수 없을 거예요. 그러니 더욱이 복지에 충실을 기할 필요가 있는 겁니다."

"그런데, 70세 사망법안은 막다른 골목에 처한 이 나라 경제를 살리기 위한 법안인데, 그런 차원에서 보면 노인복지의 충실과는 모순되지 않습니까?"

"무슨 일이든 미래지향적인 기분이 중요하죠."

"네? 미래지향적이라는 말은? 아, 이제 시간이 없다고요? 그럼 또 다음 주에⋯⋯."

료이치도 이 프로그램을 봤을까.

노령층이 많은 나라인 덕분에 앞으로도 료이치와 나 사이에는 화제가 끊이지 않을 것 같다.

* * *

"왔어?"

미네 치즈루의 목소리에 얼굴을 들어보니, 열린 자동문을 지나 이쪽으로 걸어오는 사와다가 보였다.

대낮의 패밀리 레스토랑은 회사원과 아이를 데리고 나온 젊은 엄마들로 북적북적했다.

"많이 기다렸지?"

사와다는 수줍은 미소를 머금고 있었다. 얼굴의 부기가 완전히 빠져 중학생을 방불케 하는 귀여운 동안으로 돌아와 있다.

그 후로 치즈루와 둘이 사와다의 아파트를 드나들면서 설득에 설득을 거듭해 겨우 미래전기를 그만두게 했다. 사와다는 그만두면 먹고살 길이 막막하다고 고집을 부렸지만, 끈질기게 설득하고 의논한 결과, 과로사하면 아무 소용없다는 당연한 사실을 마지못해 받아들였다. 모아놓은 돈이 조금은 있다고 해서, 당분간은 먹고 자는 생활만 하라고 권했다. 그것이 체력과 기력을 회복하는 지름길이라고 생각했기 때문이다.

"너희들이랑 있으면 중학 시절로 돌아간 기분이야."

그렇게 말하면서 사와다는 왕성한 식욕을 보였다.

그때 치즈루의 휴대전화가 울렸다. 식사하는 동안, 몇 번이나 걸려왔다.

"여보세요, 응. 그건 이미 발주가 끝난 일이니까 뒷일은 맡길게. 그럼 잘 부탁해."

인테리어 숍 미네의 직원이 건 전화인 듯했다.

"이런 시간에 빠져나와도 되는 거였어, 치즈루?"

사와다가 걱정스럽다는 듯이 물었다.

"그동안 듬직하게 일해줬던 직원이 지난달에 갑자기 독립해서, 지금 사실은 좀 힘들어. 하지만 통화로 대충은 정리됐어. 그보다 너, 정말 안색이 좋아졌다."

"너희들 덕분이지, 뭐. 나는 이제 좀 기운이 난다 싶은데, 이번에는 마사키 네가 피곤해 보인다."

"실은 잠이 부족해서 그래. 그게……."

엄마가 가출했고, 아버지와 둘이 누워 지내는 할머니 수발을 들고 있다는 얘기를 했다.

"와, 의외네. 아주머니가 가출을 하시다니!"

"노보루는 마사키네 아주머니를 알아?"

"중학교 때, 마사키네 집에 자주 놀러갔거든. 그렇게 반듯한 아주머니가 병상에 있는 노인을 팽개치고 집을 나갔다면, 정말 힘드셨나 보다."

"몸이 진짜 고달프셨던 거겠지."

"우리 할머니, 머리도 잘 돌아가지, 종일 텔레비전을 보고 있어서 지식도 풍부하지, 입만 열었다 하면 신랄한 비판만 하지, 정말 얄미워."

"화장실은?"

"기저귀 차고 있어."

"그럼 그 기저귀는 누가 가는데?"

"집에 나밖에 없으니까 내가 하지."

그렇게 대답하자, 치즈루도 사와다도 놀란 표정으로 이쪽을 보았다.

"와, 진짜 의외다. 네가 그런 일까지 다 하고. 그런 일과는 누구보다 거리가 먼 사람이라고 생각했는데. 치즈루 생각도 그렇지 않아?"

"아니, 난 달라. 마사키는 사실 친절하고 따뜻한 사람인데,

뭐."

그리고 또 이쪽을 쳐다본다. 가슴이 두근거렸다.

"그런데 마사키네 할머니는 종일 뭐하고 지내셔?"

"텔레비전도 보고 책도 읽고. 그런 거지, 뭐."

어제는 앨범을 보고 싶다고 해서, 앨범을 잔뜩 할머니 방에 갖다주었다.

"마사키도 여기 있거라. 혼자 보고 싶지 않아."

할머니는 그렇게 말했다.

"혼자 보면 왜인지 모르겠지만 좀 괴로워. 하지만 우리 손자 랑 같이 보면 웃을 수 있지."

둘이서 앨범을 넘기면서 이런저런 추억담을 나누고 한참을 낄낄거렸다.

"그러니까 누워서 텔레비전을 보신다는 말이야?"

"아니, 침대에 앉아서 봐."

"그럼 상반신은 멀쩡하시다는 거네? 그런데 왜 휠체어를 사 용하지 않을까? 휠체어 타고 화장실 갈 수 있으면 수발들기도 한결 편할 텐데."

"듣고 보니 그렇네. 왜 휠체어 생각을 못했을까? 복도가 좁 아서 그런가."

"소형 휠체어도 있어. 우리 가게에서도 취급해. 싸게 해줄게."

"와, 치즈루! 진짜 장사수완 좋다."

사와다가 그렇게 말하며 웃었다.

"70세 사망법안 탓에 우리 장사는 사양세야. 앞으로는 노인 돌보는 일이 격감할 거 아냐? 머리 아프다고."

다음 날, 치즈루는 직접 트럭을 몰고 미사키의 집으로 찾아 왔다.

머리를 하나로 묶고 '인테리어 숍 미네'라는 글자가 수놓인 점퍼를 입은 경쾌한 모습이다.

"어서와요."

아버지까지 만면에 미소를 띠고 현관에는 나와있었다.

"우리 아들에게 이렇게 귀여운 여자친구가 있는 줄은 몰랐 군."

오해하고 있는듯하다.

"그럼 바로 집을 좀 돌아볼게요."

치즈루는 손바닥만 한 크기의 기계를 들고 복도 여기저기를 살펴보기 시작했다.

"그 기계는 뭐지?"

아버지가 흥미로운 듯이 물었다.

"레이저 거리 측정기예요. 줄자를 사용하는 것보다 훨씬 간

편하고 정확하게 잴 수 있어요."

"호오, 신기하군."

아버지는 무슨 생각인지, 평소와 다르게 벙긋거리고 있다.

"이 복도의 너비로는 휠체어 사용이 어렵겠어요. 복도를 넓히려면 대규모 공사를 해야 하는데."

치즈루는 그렇게 말하면서 화장실과 욕실을 들여다보고 재빨리 메모를 적었다.

"저 안쪽이 할머니 방이구나."

노크를 하자 할머니의 상냥한 목소리가 들렸다.

"네, 들어와요."

치즈루가 온다는 것은 어제 미리 알려두었다.

"실례합니다."

"어서와요. 이렇게 예쁜 아가씨가 올 줄은 몰랐네. 마사키, 잘 어울리는구나."

"할머니도 참. 그런 게 아니라니까 그러네. 그냥 동창생……."

그렇게 말하는데, 치즈루가 옆에서 끼어들었다.

"할머니, 고맙습니다."

그러고는 방긋 웃었다.

"그런데 어머니. 왜 지금까지 휠체어를 사용하지 않은 겁니까?"

"왜는. 내가 밖에 나갈 일이 없으니 그렇지."

"할머니도 가끔 밖에 나가고 싶을 때 없어요?"

나만 해도 밖에 나가고 싶어 참을 수 없을 때가 있다. 그런 때는 밤중에 편의점이나 비디오 대여점에 간다. 할머니는 몇 년이나 집 밖을 나가보지 않았는데, 괜찮은 걸까.

"그야 가끔은 나가고 싶지만, 휠체어 탄 내 꼴을 동네 사람들이 보면 비참하잖니."

"바로 앞집 할아버지는 휠체어 타고 온 데를 다 다닌다고요."

2층에 있는 내 방 앞에 도로가 있어서 바깥 동향을 잘 알 수 있다. 특히 건너편 집의 할아버지가 나갈 때는 한바탕 소동이 벌어지기 때문에 그 소리가 다 들린다. 현관에서 도로까지 돌계단이 세 칸 정도 있는데, 할머니와 아주머니가 끙끙거리며 휠체어를 내리기 때문이다. 겨우 세 칸이지만 보통 힘든 일이 아닐 것 같다. 위태위태해서 그냥 보고 있기가 민망하다.

"네 엄마는 왜 그런 걸 가르쳐주지 않았나 모르겠구나. 참 고약하지."

"만약 알았다면 할머니도 휠체어 타고 산책했을 거예요?"

"그거야, 글쎄다."

"모퉁이 집에 사는 야마지 씨네 할머니도 매일 아침 개 데리고 산책해요. 개가 덩치가 얼마나 큰지 거의 끌려가다시피 뛰는 일도 종종 있어요."

"정말이니? 그 나이에 뛴다고? 그 사람, 나보다 나이가 많은데."

"나이치고는 허벅지에 근육도 있어 보이던데요."

그게 다 2층 내 방 커튼 사이로 본 광경이었다.

"흐음, 그러니."

할머니 표정이 어두워졌다. 괜한 말을 해서 속상하게 했는지도 모르겠다.

"창문으로 보이는 노인들은 다 몸에 문제가 없는 거겠죠. 바깥에 나갈 수 있는 사람밖에 보이지 않으니까."

얼른 그렇게 덧붙였지만, 할머니 표정은 밝아지지 않았다.

"외출용 휠체어를 구입하면 어떻겠어요? 밖에 나갈 수 있으면 기분도 좋아지실 텐데요. 팸플릿을 가져왔으니까 한번 살펴보세요. 그리고 이 방의 벽장이나 도코노마를 세면실 겸 화장실로 개조하면 어떨까 싶어요."

치즈루의 제안에 모두 화들짝 놀랐다.

"그거 아주 대담한 발상인데."

아버지가 한마디 했다.

"그렇지 않아요. 노인 병 수발을 위해 집을 리모델링할 때, 흔히 그렇게들 하세요. 그리고 저 툇마루 공간을 활용해서 욕실을 만드는 것도 좋겠어요."

"저기, 아가씨. 어제저녁에 우리 손자에게도 말했지만, 리모
델링할 마음은 전혀 없어요. 비용도 만만치 않을 테고. 이렇게
애써 와주었는데 미안하네."

"어머니, 돈 걱정을 왜 합니까? 지금도 많은데."

"아범까지 그런 소리를 하는 거냐? 내게 남은 목숨이 얼마나
있다고. 겨우 2년이야. 아니지, 1년 몇 개월. 어차피 죽을 텐데
뭐하러 돈을 들여, 아깝게. 누이들에게 남기는 편이 낫지."

"할머니, 리모델링을 하면 삶의 질이 아주 달라져요. 예를 들
어, 툇마루에서 마당으로 나가는 슬로브를 만들면 할머니 혼자
서도 마당에 나가실 수 있어요."

"뭐, 마당에? 정말?"

할머니 눈이 순간적으로 빛났다.

"에이, 그래도 안 할래. 겨우 1년 몇 달밖에 못 쓸 텐데. 아깝
게."

"혹시 기저귀 대신 화장실에 가고 싶으면 말씀하세요. 오늘
은 제가 업어서 모셔다 드릴게요."

"뭐?"

치즈루의 말에 놀란 할머니와 눈이 마주쳤다.

"그런 방법도 있었구나……."

그랬다. 그런 방법도 있었다. 왜 그렇게 단순한 일을 알아차리지 못했을까. 아니, 엄마는 알았는지도 모른다. 그러나 이렇게 살이 찐 할머니를 엄마가 업기는 무리였을 것이다. 힘을 쓸 수 있는 남편과 아들이 있는데, 부탁하기를 포기한 것은 아니었을까.

"저는 평소 몸을 단련하기 때문에 할머니를 업는 것쯤은 문제도 아니에요. 할머니는 기저귀를 차시기에는 아직 너무 일러요. 정신도 맑으신데. 그리고 침대에서 이렇게 몸을 일으킬 수 있을 정도의 근력도 있으시잖아요. 괜찮겠다 싶으면, 좀 작은 휠체어를 특별 주문하는 방법도 있어요. 그렇게 하실래요? 가격이 좀 나가기는 하지만, 동창생의 할머니니까 최대한 싸게 해드릴게요. 복도의 저 턱을 없애면 부엌에도 가실 수 있어요. 그럼 휠체어에 탄 채로 할머니가 직접 요리도 하실 수 있어요. 만약 2층에 가고 싶으시다면, 가정용 엘리베이터를 설치하는 방법도 있고요. 그런 엘리베이터도 우리 가게에서 취급하고 있으니까 일단 견적을 뽑아볼게요. 물론 마사키의 할머니를 위한 일이니까 최대한 싸게 해드릴 거예요."

"어머나, 꿈같은 얘기네. 하지만 다 괜찮아. 몇 번이나 말하지만, 이제 곧 죽을 텐데, 뭐."

"문은 전부 미닫이로 교체하는 게 좋겠어요. 그러면 휠체어

탄 채로 드나들 수 있거든요."

할머니의 마다하는 소리가 들리지 않는지 치즈루의 입에서
는 쉴 새 없이 제안이 튀어나온다.

"할머니가 힘을 내보시면, 지팡이 짚고 걸으실 수도 있지 않
을까 싶은데요. 집에 난간을 설치해서 보행연습을 하시는 건
어떻겠어요? 인내심이 필요하기는 하겠지만."

할머니도 고집이 세지만, 치즈루도 만만치 않다.

할머니의 얼굴에서 점차 웃음기가 사라져간다.

"젊은 아가씨가 상당히 집요하네."

할머니가 분명하게 말했다.

"할머니, 목소리가 참 젊으시네요."

치즈루가 불쑥 화제를 바꿨다.

"고마워. 그런 말을 자주 듣기는 하는데."

그렇게 대꾸하는 할머니 표정에 경계심마저 어렸다.

"목소리가 가늘고 울려서 정말 잘 들려요. 낭독 같은 거, 해
보시면 어때요?"

"내가?"

할머니가 놀라서 치즈루를 본다.

"눈이 불편한 분들을 위해 책을 낭독해서 CD에 담는 일이
에요. 돈이 되는 건 아니지만, 할머니 목소리, 분위기가 있어서

딱 좋을 것 같은데."

"돈이 안 된다는 말은, 그게……."

"네, 무료봉사죠."

"그럼, 그 일이, 혹시, 그 이면 법안에도 해당되는 거야?"

할머니가 묻자, 치즈루는 의미심장한 표정을 하고는 천천히 고개를 끄덕였다.

"정말? 정말이야?"

뭔지는 모르겠지만 할머니의 눈이 반짝거렸다.

"어머니, 그 이면 법안이라는 게 뭡니까?"

아버지가 물었다. 그러나 할머니는 진지한 눈빛으로 치즈루만 쳐다볼 뿐 대답하지 않았다.

"할머니, 이면 법안이 뭐예요?"

"흥, 다들 알면서. 이 늙은이를 바보 취급한다니까."

"정말 모르니까 그렇죠. 들어본 적도 없는데. 치즈루 씨, 대체 뭐야?"

아버지가 묻자, 치즈루가 슬쩍 눈길을 피하면서 조그만 소리로 대답했다.

"저도 확실하게는. 들은 적이 있는 것 같기도 하고, 없는 것 같기도 하고."

조금 전까지 그렇게 자신 있어 하더니, 치즈루가 어물거렸다. 얼굴도 붉게 달아올랐다. 대체 그게 뭐라고 그러는 건지.

"아무튼 서둘러서 견적 뽑아봐요."

"어머니. 견적이라니요? 무슨 견적을?"

"리모델링이지 뭐야."

"네? 리모델링 안 한다면서요?"

"할 거다. 아범은 반대하는 거냐?"

"아니죠. 저는 아까부터 권했잖습니까."

"그럼 어떤 부분을 리모델링하시겠어요? 제가 제안드린 것은, 우선 이 방을 개조해서 화장실을 만드는 것과, 그리고……."

"전부, 전부 다 해요."

"감사합니다."

치즈루가 깊이깊이 머리를 숙였다.

"내가 할 수 있는 건 최대한 내가 하고 싶다. 그러기 위해서 돈은 얼마가 들든 상관없어."

그날 밤의 일이었다.

"아범아, 오늘 저녁도 라면이냐?"

오늘은 아버지가 식사당번이다.

"배추와 계란을 넣었으니까 어제와 달리 호화판 라면입니다."

아버지가 그렇게 대답하자, 할머니는 불만을 숨기지 않은 채 말했다.

"라면은 소금기가 많아서 싫다. 아아, 어멈이 있었으면. 도요 코는 한 번도 라면을 먹이지 않았어."

허풍스럽게 한숨을 푹푹 내쉰다.

"내일부터는 채소 중심으로 만들어다오. 간도 심심하게 하고. 그리고 침대 시트 좀 갈아야겠다."

"얼마 전에 막 갈았잖아요."

"벌써 일주일이나 지났어."

"시트는 한 달에 한 번 갈면 충분하잖아요."

"네가 많이 변했구나. 이 늙은이를 싹 무시하는 게."

그렇게 말하는 할머니 눈에 눈물이 글썽거렸다.

"할머니가 휠체어에 앉아있으면 시트도 획획 갈 수 있어요."

아빠 옆에 있다가 슬쩍 끼어들었다.

"그래. 그렇구나. 휠체어가 언제 올지 기다려지는구나."

"그런데, 마사키. 그 아가씨, 아주 괜찮던데."

"그러게. 그렇게 싹싹한 아가씨가 우리 집에 며느리로 와주면 얼마나 좋겠어."

"어머니도 저랑 생각이 같으시군요. 마사키, 치즈루 씨가 요리를 잘하나? 그 아가씨가 며느리로 와주면, 할머니가 맛있는 식사도 할 수 있고 집 안도 깨끗해질 텐데."

"아버지, 치즈루를 엄마 대신으로 삼겠다는 생각이에요? 참 어이가 없습니다. 게다가 직장도 없는 남자와 결혼할 여자가 어디 있다고 그래요. 그리고 만에 하나, 내가 결혼하는 일이 있어도 이 집에선 같이 안 살아요."

그다음 날, 나는 미닫이문과 난간의 샘플을 보기 위해 '인테리어 숍 미네'를 찾았다.

생각했던 것보다 훨씬 규모가 큰 가게였다. 치즈루가 안쪽으로 안내하자, 중년의 여직원이 차를 갖다주었다.

"이야, 치즈루. 일하는 보람이 있겠는데."

어제 우리 집에 왔을 때 전문가처럼 척척 일을 진행하던 모습을 떠올리면서 말했다.

"응, 지금은 너무너무 재밌어. 사실 나도 처음에는 대규모 건축자재 회사에 다녔거든. 아버지 일을 물려받을 생각은 털끝만큼도 없었어. 그런데 아버지가 입원을 했으니 어쩔 수가 없잖아. 그래서 하게 되었는데, 의외로 적성에 맞나 봐. 무엇보다 내 재량으로 일을 할 수 있어서 좋아."

"일을 즐기면서 하는 사람, 좀처럼 못 봤는데. 치즈루가 처음이야."

"그런가. 생각하기에 따라서는 좀 끔찍한 세상이다."

"그런데 말이야, 그 낭독이라는 거. 우리 할머니 굉장히 괴팍해서 폐만 될지도 모르는데."

"걱정 마. 낭독 봉사를 하게 되면 달라질 거야. 일은 사람을 변하게 해. 지금까지 수많은 노인들을 봐왔지만, 나도 아직 남에게 도움을 줄 수 있다는 걸 실감하면 삶의 의욕이 다시 생기는 것 같았어."

"호오."

미네 치즈루의 얼굴을 멀뚱멀뚱 쳐다보았다.

중학생 때부터 여자를 보는 내 눈이 정확했던 것 같다.

"뭘 그렇게 쳐다봐. 부끄럽게."

치즈루가 멋쩍은지 내 어깨를 힘껏 쳤다.

"마사키, 넌 혹시 이런 일에 관심 없니?"

"있어. 널 보니까 관심이 막 솟는다. 배리어프리(barrier-free, 장애인이나 노인 등도 편하게 살아갈 수 있는 환경을 만들어 가자는 운동이나 개념―역주)도 재미있을 것 같고."

"정말? 잘됐네. 음, 어떨까 모르겠는데 말이야."

"뭐가?"

"나 말이지, 이 일을 같이 해줄 신랑감 모집 중이거든."

"뭐?"

"에이, 시치미 떼기는. 중학생 때부터 내 마음 다 알았으면서."

"응? 뭘 알아. 전혀 몰랐는데. 그런 건 말을 해줘야지."

"어떻게 말해. 그 당시에 마사키 너는 스타였잖아. 얼마나 눈에 띄었는데. 두뇌 명석, 스포츠 만능, 그런 데다 잘 생기기까지 했지."

"지금은 중학생 때와 전혀 달라. 넌 나를 과대평가하는 것 같다. 이 나이 돼서 직장도 없는 데다 부모에게 빌붙어 살고 있어."

"딱 잘됐잖아."

무슨 뜻인가 싶어 치즈루를 보니, 부끄러운 듯이 눈길을 피했다.

"치, 지금 회사원이었으면 같이 우리 집 가업을 이어줄 리 없으니까 내게는 마사키의 지금 상황이 기회라고. 게다가 사춘기 시절의 강렬했던 동경은 쉽게 사라지지 않는 법이니까."

* * *

모모카는 휴게실에서 주스를 마시면서 료이치를 상대로 불평을 털어놓았다.

"동생이 할머니 수발을 내게 떠넘기려고 해요. 정말 기가 막

혀요.”

“그러지 말고 모모카 씨도 가끔은 집에 가서 동생을 도와주는 게 어때?”

“내가 왜요? 동생은 일도 안 하는데. 늘 집에 있다고요.”

“누나는 밖에서 일하고 있다, 동생은 취직을 못해서 집에 있다, 그러니까 집에 있는 동생이 할머니 수발을 드는 것은 당연한 일이다.”

료이치는 허공을 쳐다보면서, 마치 글을 낭독하듯이 말했다.

무슨 말이 하고 싶은 걸까.

“모모카 씨, 지금 하는 말이 회사 다니는 남편과 전업주부의 관계와 비슷하다는 생각 안 들어?”

“네?”

“조금 전에 내가 말한 ‘누나’와 ‘동생’ 부분을 ‘남편’과 ‘아내’로 바꿔놓으면 어떨까? 남편은 밖에서 일한다. 아내는 일하지 않고 집에 있다. 그러니까 집에 있는 아내 혼자 노인을 돌보는 것은 마땅한 일이다.”

“앗!”

“모모카 씨 얘기를 들어보니까, 어머니가 더는 힘에 부쳐서 모모카 씨에게 도움을 청하셨던 모양인데.”

“그건 그래요. 하지만 조금이라도 좋으니까 도와달라고 하면 모르겠는데, 회사를 그만두면서까지 도우라고 했다고요."

"정신적으로나 체력적으로나 한계이셨던 거겠지. 실제로 모든 것을 내던지고 집을 뛰쳐나가셨을 정도니까."

"동생 말도 엄마랑 비슷했어요. 도와달라고 하면 그나마 나은데, 교대해 달라는 식이었다고요. 그래서 농담 말라고 하고 거절했는데."

"요는 지금, 어머니가 하시던 수고를 동생이 혼자 짊어지고 있는 셈이잖아?"

"그건 그렇죠. 아버지가 돌아오기는 했지만, 우리 아버지는 아무것도 못하는 사람이라."

"동생도 집안일과 병 수발을 잘 모르는 사람이지? 그 점을 생각하면, 어머니의 몇 배는 힘들지 않을까 싶은데."

"하지만……."

절대 교대하고 싶지는 않았다. 이제 겨우 적응한 일자리를 잃게 되는 것도 아깝고, 료이치와 만날 수 없는 것도 괴롭다.

"모모카 씨는 자기 일에 지장이 없는 범위 안에서 도와주면 되지 않겠어?"

"……맞아요. 그 정도라도 하지 않으면 동생도 언젠가는 엄마처럼 한계에 부딪히는 날이 올 테니."

"할머니 목욕시키는 일이라도 해주면 어때? 괜찮다고 하면 나도 도울게.”

"정말이요?"

오랜만에 집에 왔다. 료이치도 함께다.

아버지에게는 목욕 서비스의 베테랑인 직장 선배를 데리고 간다고 미리 알렸다.

현관에 들어서자, 아버지와 동생이 맞아주었다.

아버지는 "어서 와라" 하면서 료이치를 보고는 놀란 표정을 지었다.

"목욕 서비스의 베테랑이라는 선배가 이 사람? 나는 여자인 줄로만 알았는데."

바로 할머니 방으로 갔다.

"모모카, 오랜만이구나. 잘 지냈어? 살이 좀 빠진 거 아니니? 미안하지만, 모르는 사람 앞에서 벌거벗는 건 절대 싫다."

"할머니, 이걸 보면 괜찮다고 하실걸요."

그렇게 말하면서 준비해 온 목욕용 투피스를 보여주었다.

"이걸 입은 채로 욕조에 들어가도 되는 거니?"

할머니는 그렇게 물으면서 투피스를 손에 들고 천을 만져보기도 하고 뒤집어보기도 했다. 사이즈가 큰 탱크톱과 허리에 고무줄이 들어간 치마는 이중 거즈로 되어있다.

"걱정 마요, 할머니. 전부 가리면서 씻을 수 있으니까."

그렇게 말하자 할머니의 표정이 다소 누그러졌다.

수영복으로 갈아입은 모모카가 할머니를 껴안고 욕조에 몸을 담그게 했다.

"아, 시원하다."

할머니가 눈을 감았다.

"욕조에 몸을 담그면 이런 기분이었구나. 정말 오래도록 목욕을 안 해서 다 잊어버렸는데."

짧은 바지에 티셔츠로 갈아입은 료이치는 욕실 바닥에 매트를 깔고, 가지고 온 목욕 서비스용 의자를 세팅하고 대기했다.

몸이 적당히 따끈해졌을 즈음, 할머니를 욕조에서 부축해 욕실 바닥에 눕혔다. 료이치가 몸을 받치고 내가 머리를 감겼다.

그런 다음엔 샤워볼에 비누를 묻혀 풍성한 거품을 내서 목덜미와 팔을 씻었다. 나는 할머니가 입고 있는 탱크톱 밑으로 손을 집어넣고 등과 가슴을 씻었다. 그리고 하반신도 똑같이 꼼꼼하게 씻었다.

"정말 개운하구나. 그저 닦아내는 것과 씻어내는 것이 이렇게 다른지 몰랐어. 고마워. 역시 전문가는 다르구나."

욕실에서 나오자, 복도에 구수한 커피 냄새가 가득하다.

부엌에 들어가 보니 아버지가 커피를 끓이는 중이었다. 엄마가 있을 때는 보지 못한 광경이었다. 아버지도 집안일은 조금씩 하게 된듯하다.

"모모카, 있는 그대로 말해봐라. 료이치 씨가 애인 맞지?"

"그냥 선배라니까요."

"집에 데리고 올 정도면 결혼을 전제로 사귀는 거겠지?"

"아빠는 참. 아니라니까 그러네."

바로 며칠 전에 료이치가 이런 말을 했다.

"내 월급으로는 처자식을 부양하기 어려울 테니까, 난 아마 평생 독신으로 살겠지."

그 말을 듣는 순간, 속이 상해서 눈물을 흘릴뻔했다. 앞으로 나도 계속 일할 생각이니까 당신과 함께 있을 수만 있다면 더는 바라지 않는다, 가난해도 좋다. 그렇게 말하고 싶었지만, 료이치가 나를 어떻게 생각하는지 몰라 말할 수 없었다.

"그러냐? 난 당연히 애인인 줄 알았는데. 그렇다면 모모카, 집으로 들어오지 않겠니?"

"왜?"

"네가 집에 들어와 주면 할머니가 얼마나 좋아하시겠어. 그리고 네게 할머니 수발도 맡길 수 있고."

"그러고서 아빠는 해외여행 가게?"

"아빠는 지금까지 열심히 일했으니 좀 편해지고 싶다. 내 시간도 필요하고."

"아빠, 그거 잘못된 생각이에요. 우리 세대는 죽을 때까지 일하지 않으면 먹고살기도 힘들다고요. 그러니까 아빠도 죽을 때까지 일해요."

부엌에서 커피를 끓이는 아버지를 보고 이번에야말로 개과천선했나 보다고 여겼는데 아니었다.

사람이란 그렇게 쉽게 변하지 않는듯하다.

* * *

도요코는 JR 우에노 역 구내에 있는 도시락 매장에 있다.

"이거 계산해 주세요."

양복차림의 중년 남자가 불고기 도시락과 캔 맥주를 내밀었다.

"네, 알겠습니다."

밝게 대답하고 받아 든 것까지는 좋았는데, 정작 포스기를 두드리려니 먼저 무슨 키를 눌러야 하는지 아리송했다.

긴장한 나머지, 눈앞이 아득해지고 말았다. 오늘 아침에 막 배웠는데 기억나지 않았다. 내가 우물쭈물하고 있는 사이에 남자 손님은 시간이 급한지 지갑에서 얼른 1,000엔짜리 두 장을 꺼내 이쪽으로 쑥 내밀었다.

"아, 네. 불고기 도시락과 맥주, 합계는……."

870엔과 360엔이니까, 더하면 얼마지?

으아, 모르겠다!

포스기를 열지 못해 급기야 내 지갑에서 동전을 꺼내려 했는데, 초조하다 보니 암산마저 되지 않았다.

"저…… 죄송합니다. 잠시만 기다려주세요."

얼른 앞치마 주머니에서 전자계산기를 꺼냈다.

"제가 할게요."

그때 판매원 간노 아야코가 계산대 앞에 섰다. 그녀는 겨우 스물세 살인데도 베테랑이다.

"1,230엔입니다."

포스기를 타닥타닥 두드리고 거스름돈을 건넨다.

"다카라다 씨, 이거 봉투에 담아주세요."

"아, 어, 미안."

멍하니 서 있었던 것 같다. 서둘러 봉투에 도시락과 음료를 담는다.

손님이 떠난 후, 딸보다 어린 아야코에게 머리를 숙였다.

"미안해. 정말 미안해."

아침부터 계속 긴장한 탓에 입안까지 바짝 말랐다.

"어쩔 수 없죠, 뭐. 처음에는 다 긴장해서 뭐가 뭔지 잘 몰라요. 저도 그랬는걸요."

친절하게도 그렇게 말해줘서 정말 다행이다. 이럴 때 핀잔을 주면, 다음 손님을 대할 때는 더 긴장하게 된다.

"고마워."

"모르는 게 있으면, 괜찮으니까 물어보세요. 누구든 한 번에는 다 기억하지 못해요."

그렇게 말하고 아야코는 웃었다.

나는 그래도 인복이 있는 모양이다. 같은 아파트에 사는 모리조노 시즈요 씨와, 오늘부터 같이 일하는 사이가 된 아야코까지. 좋은 의미에서 정말 예상 밖이었다. 어딜 가든 인간관계로 골머리를 썩을 줄 알았는데, 안심이 된다.

휴대전화로 포스기 사진을 찍었다. 집에 가서 어디에 무슨 키가 있는지 외울 작정이다.

"와우, 아이디어 좋은데요. 전 그런 생각 못 했었는데. 다카라다 씨는 머리가 좋은가 봐요."

아야코가 감탄하며 말했다.

"나도 초반에 그렇게 할걸. 처음에는 기억을 너무 못해서 선배에게 얼마나 혼났는지 몰라요. 그 선배가 엄청 성미가 급한 사람이라서, 혼날 때마다 더 긴장하고."

잠시 후에 손님이 뜸해졌다.

틈이 나서 선반을 정리하고 상품을 잘 보이게 다시 진열했다.

"다카라다 씨, 그렇게 열심히 안 해도 돼요. 아무리 일해봐야 시급 950엔인데요, 뭐. 분발하는 만큼 손해예요."

아야코가 피식 웃으면서 말한다.

"한가한 걸 못 참는 성격이라서 그래. 그냥 하게 해줘."

손님이 도시락을 사갈 때마다 다시 가지런히 정리하지 않고는 못 배긴다. 아침부터 커틀릿 샌드위치와 동글동글한 게 귀여운 초밥만 팔려서 그냥 놔두면 균형감이 없어 보인다.

오랜 세월 주부로 살아서 그런지 아니면 그런 성격으로 태어나 그런지, 아야코처럼 아무것도 하지 않으면서 멍하니 시간을 보내는 게 영 서툴다.

그러고도 시간이 남아 할 일이 없어지자 빗자루를 꺼내서 매점 앞을 쓸고, 손걸레로 선반을 닦았다. 휴대전화로 몰래 게임을 하고 있던 아야코가 퍼뜩 얼굴을 들었다. 눈이 마주치자 아야코는 대책이 없다는 듯이 고개를 옆으로 흔들었다.

그날 밤, 나는 아파트 방에서 휴대전화를 쳐다보고 있었다.

왜 마사키에게서 전화가 오지 않는 것일까.

주소와 전화번호를 적은 메모지를 아직 못 봤을 리는 없다.

혹시 아직 부엌에 발도 들여놓지 않은 것일까?

아니면 매일 시누이들이 와서 마사키의 저녁을 준비해 주는 것일까.

그 얌체 같은 시누이들이?

설마……

용기를 내서 집에 전화를 걸었다.

"네, 다카라다입니다."

기운찬 목소리였다. 대학생 때의 마사키를 떠오르게 한다.

게다가 딱 두 번 울렸는데 받았다. 집 전화기는 부엌에 있다. 마사키가 대체 부엌에서 뭘하는 걸까. 요리라도 하고 있는 것일까? 아니, 그럴 리 없다. 있을 수 없는 일이다.

"여보세요, 마사키?"

"엄마? 정말 엄마야?"

"그래."

"엄마, 잘 지내고 있어?"

"그래, 잘 지내. 그보다 할머니 수발은 어떻게 하고 있니?"

"어떻고 자시고 할 게 어디 있어. 아주 힘들어 죽겠어. 할머니, 진짜 제멋대로야. 역시 엄마가 없으면 안 되겠어."

"어이, 마사키! 이거 넘칠 것 같은데, 불 끄지 않아도 되겠냐?"

지금 수화기 너머로 들린 저 목소리는, 설마 남편? 집에 있는 거야?

"혹시 그 전화, 엄마에게 온 거냐? 좀 바꿔봐라. 여보세요, 당신이야?"

역시 남편이었다.

"네, 여보."

절로 긴장이 된다. 고함을 지를지도 모른다. 질책할지도 모른다.

"나야. 우에노에 살고 있다면서? 잘 지내고 있는 거야?"

"뭐, 그럭저럭."

역에서 도시락 판매를 하고 있다고 간단하게 설명했다.

"호오, 그래. 일을 한다고?"

"어머니는 어떻게 지내요?"

"집은 걱정 안 해도 돼. 어머니 수발도 그렇고 집안일도 그렇고, 해보니까 별거 아니더군."

남편은 호탕하게 껄껄 웃었다.

"조금 전에 마사키는 힘들어 죽겠다고 하던데."

"그놈이 그런 말을 했나? 쓸데없이. 아마 리모델링 때문에 그랬겠지. 어머니 방에 세면실과 화장실을 만들기로 했어. 툇마루에는 슬로브를 설치할 예정이고. 그래서 공사 관계자랑 의

논하고 어쩌고 하느라 요즘 바빴어. 이제 곧 특별 주문한 휠체
어도 도착할 거야. 휠체어가 있으면 어머니가 집 안을 마음대
로 다닐 수 있으니까, 수발이래야 별거 없을 거야."

기가 막혀서 맥이 쫙 풀렸다.

역시 나는 없어도 되는 거였다.

아니, 없어도 되는 게 아니라, 없는 편이 좋았다.

내가 없어지니 리모델링이니 휠체어니 하고 개선을 생각하
게 된 것이다.

내가 없으면 우왕좌왕 뒤죽박죽이 될 것이라 여겼는데 큰
착각이었다.

언젠가 아이코가 충격요법을 쓰라고 충고한 적이 있었다.
그때는 시대착오적인 방법이라고 웃어넘겼는데, 내가 틀렸던
것이다.

다리가 풀려 그 자리에 털퍼덕 주저앉고 말았다.

제6장

마주한 내일

이른 봄. 70세 사망법안의 시행까지 1년 남았다.

　다카라다 모모카는 요양원 근처의 패밀리 레스토랑에 있었다.

　"만약 대변에서 레몬 향이 난다면, 수발들기가 무척 편해질 것 같지 않아요?"

　그렇게 말하자 료이치가 웃었다.

　요즘은 일을 끝내고 근처 패밀리 레스토랑에서 료이치와 함께 식사하는 것이 최고의 기쁨이다.

　"발상이 참 독특하다니까, 늘."

　식사를 하면서 똥 얘기를 하다니, 전에는 생각지도 못한 일이다. 그러나 지금은 변의 처리에서 벗어날 수 없는 환경에서 일하고 있으니, 어디서든 우리 대화에 똥이 등장한다.

료이치 할머니의 마음을 치유하기 위해 그동안 나는 다양한 시도를 했다. 매일 일이 끝나면 병실에 찾아가 미야자와 겐지의 그림책을 보여주면서 낭독도 하고, 오디오 테이프를 들고 가서 이어폰으로 바로크시대 음악이나 옛이야기를 들려주기도 했다. 다소는 효과가 있는지 주임인 히사코 씨로부터 그 후로 할머니가 잠을 잘 잔다고 전해 들었다.

"어젯밤엔 이런 걸 써봤어요."

료이치에게 종이 한 장을 내밀었다.

<존엄사 선언서>

1. 불치의 병에 걸렸을 경우, 연명 치료를 일체 거부한다.

2. 다만 고통을 줄이는 처치의 실시는 허락한다. 그로 인해 죽는 시기가 앞당겨져도 무방하다.

3. 식물인간 상태가 되었을 경우, 생명유지 장치를 제거한다.

"이렇게 쓰면 의사가 알아줄까요?"

"잘 썼네. 여기에다 날짜와 서명을 첨부하면 완벽해. 나도 써야겠군."

료이치의 할머니는 료이치에게 유일한 혈육이다. 할머니 옆에 있을 수 있는 직업을 선택한 것이 그에게는 기쁨이었을까, 아니면 고통이었을까. 아마 둘 다일 것이다. 하지만 기쁨보다는 고통이 훨씬 클 것 같다. 그는 그 고통을 몇 년이나 견뎌왔다.

"요양원에서 일하는 거, 월급이 더 높아야 한다고 생각해요. 중노동인데."

"맞는 말이야. 요양보호사 자격증을 따기도 훨씬 더 까다로워야 하고. 노인 요양보호사에게는 많은 것들이 요구되잖아. 예를 들면 관대함, 노인에 대한 예의, 그리고 어느 정도 의학적 지식도 필요하지, 물리요법에 대한 지식도 없으면 안 되지, 거기다 영양학까지. 일일이 따지자면 끝이 없을 정도잖아."

"그리고 긴박한 상황에 신속하게 대처할 수 있는 능력도."

"그래. 또, 말 못하는 상대의 심정을 헤아리는 너그러움."

"노인은 우울해지기 쉬우니까 정신의학과적인 지식도 필요하겠죠."

"자신의 기분은 잘 통제하고 늘 명랑한 태도로 임하기. 이건 내가 잘 못하는 거지만."

"나도 그건 잘 못해요."

"생각해 보면 정말 힘든 직업이야. 그런데 이토록 저임금이라니."

"그래도 마가이노 총리가 좋은 대안을 내놓을지도 모르죠."

"그런 날이 오면 좋지. 만약 내 월급이 남들 수준이 되면, 그때는……."

"그때는?"

"음, 그게, 뭐라고 할지……."

"뭔데요? 말해봐요."

"월급이 남들 수준이 되면 말할게."

"지금 듣고 싶어요."

"말 안 할 거야."

"꼭 알고 싶어요."

"절대 말 안 할 거야."

"앗, 한 가지 더 있다. 노인 요양보호사는 힘이 세야 한다. 나도 팔이 이제 우람해졌어요."

"어, 진짜네."

료이치가 손을 쭉 뻗어 내 팔을 잡았다.

가슴이 콩콩 뛰었다.

* * *

다카라다 도요코가 역에서 도시락을 팔기 시작한 지 벌써 다섯 달이 지났다.

첫날은 일이 어떻게 돌아가는지 몰라 우왕좌왕하다 못해 앞날이 걱정스러웠는데, 의외로 사흘 만에 익숙해졌다. 이제는 포스기도 문제없이 사용할 수 있고, 암산도 빨리빨리 할 수 있다. 차분하게만 굴면 어려운 일은 전혀 없었다.

그리고 한 가지 큰 발견이 있었다. 어렸을 때부터 스스로 잘 웃지 못한다고 여겼는데, 일이라고 생각하니 저절로 웃게 되었다. 그 발견에는 나 자신도 기쁘고 놀랐다.

오후가 되자 주임이 나타났다. 오늘 아침부터 이제나저제나 하고 기다리던 사람이다.

"주임님, 물품 반입 방법을 바꿀 수 없을까요?"

과감하게 제안했다.

"무슨 말이죠?"

삼십 대 남자 주임이 전표에서 얼굴을 들었다. 놀란 표정이다.

"왜 늘 각 도시락마다 똑같은 수로 발주하는지 모르겠어요. 불고기 도시락은 항상 많이 남아서 골칫거리인데."

"아, 그랬나요?"

그렇게 무심한 대답을 하면서 야마오카 주임이 전표를 들여다본다.

"그렇지 않은데요? 어제도 그제도, 불고기 도시락만 많이 남았다고 할 수는 없지 않나요?"

"그건 내가 죽어라 팔았기 때문이에요. 하지만 한번 불고기 도시락을 사간 사람은 두 번 다시 우리 매점에 오지 않을 거예요. 제일 맛없으니까."

"설마 다카라다 씨, 전부 먹어본 겁니까?"

"물론이죠. 맛이 있는지 없는지 모르는데 어떻게 맛있다고 하면서 팔겠어요. 무책임한 일이잖아요."

"다카라다 씨 같은 사람은 처음 봅니다."

"이 불고기 도시락에 든 고기는 너무 딱딱해요. 게다가 너무 달고 짜고, 아주 최악이에요. 먹은 다음에 아무리 차를 마셔도 갈증이 가시지 않았어요. 이런 음식은 몸에 좋지 않아요. 업자에게 개선하라고 요구하든지, 다른 곳에 발주하는 방법을 고려해 보세요."

"알겠습니다. 문제를 정리해 보죠."

그렇게 말하고 주임이 팔짱을 낀 채 허공을 노려보았다.

그 모습을 계산대 앞에서 아야코가 히죽거리며 바라보고 있다.

"음, 어쩐다. 음, 그래, 그러는 게 좋겠군."

주임이 혼자 중얼거리다가 고개를 끄덕거렸다.

"다음 달부터 다카라다 씨에게 발주를 맡기겠습니다."

"엇, 내가요? 난 그냥 아르바이트생인데."

"압니다. 매점 판매원은 전부 아르바이트니까. 그치만 나는 매출만 올릴 수 있다면 뭐가 되었든 시도해 보자는 주의입니다. 이대로 가면 내 목도 위태롭고 하니까."

주임이 웃으면서 그렇게 말했다.

"내일 반년치 매출일람표를 보낼 테니까, 다카라다 씨가 검토해 주시죠."

"네, 일단 해볼게요."

"그리고 다카라다 씨. 이 불고기 도시락 만드는 송죽매 식품에 가서 어떻게 만들어야 맛있는 건지도 좀 가르쳐주시면 어때요?"

"진심으로 하는 말인가요?"

"다카라다 씨가 적임자라고 생각하는데요, 난. 주부 경험도 풍부하니까 요리도 잘할 거 아닙니까?"

"잘한다고 할 수 있을지. 그래도 뭐, 어느 정도는……."

어째 갑자기 바빠질 것 같다. 그러나 몰두할 수 있는 일이 또 생겨 반갑다. 혼자 사니까 해야 할 집안일도 별로 없고 시어머니 병 수발을 들지 않아도 된다. 하루 스물네 시간, 전부 내 마음대로 쓸 수 있다.

"아르바이트가 되었든 정사원이 되었든 결국은 일할 의욕이 있느냐 없느냐, 그게 관건이죠. 다카라다 씨 덕분에 나도 오랜만에 초심을 돌아보게 되었군요."

"나도 초심으로 돌아가야지."

지켜보던 아야코도 끄덕이며 말을 이었다.

"정말 대단하네요. 그런데요, 주임님. 다카라다 씨는 영양관
리사 자격증도 있대요. 다음부터는 우리 칼로리 표기도 해요."

"그거 좋은 생각인데. 요즘은 보기에는 호화스러워도 칼로
리가 낮은 도시락이 잘 팔리는 모양이던데. 다카라다 씨, 칼로
리 계산도 부탁할게요."

"물론이죠. 하는 김에 염분과 재료의 산지 표시도 하죠, 뭐."

휴대전화가 울렸다.

"엄마, 나야. 잘 지내?"

"오, 모모카니?"

"며칠 전에 오랜만에 집에 다녀왔어. 현관에 들어서는데 어
휴, 냄새가 얼마나 지독한지. 역시 엄마가 없으니까 비참하더
라. 부엌에는 음식 쓰레기가 넘쳐나지, 할머니 방은 엉망이지."

남편에게 들은 얘기와는 아주 다르다.

남편이 오기를 부린 것일까.

"그랬구나. 모모카가 피곤했겠네."

"내가 피곤할 게 뭐가 있어?

"부엌 청소하고 쓰레기 버리느라고 힘들었던 거 아냐?"

"엄마도 참. 내가 그런 일을 왜 해."

"그럼 지금 집안일은 누가 하는데? 아빠와 마사키 둘이서는 아무것도 못 할 텐데. 부엌을 상상만 해도 끔찍하다."

"엄마, 동정은 금물이야. 엄마의 가출이 물거품이 된다고."

"그래도 여자 손이 있어야지. 안 그러면 엉망진창이잖아."

"여자 손? 요즘이 어떤 세상인데, 엄마. 그건 시대에 뒤떨어져도 한참 뒤떨어진 말이잖아."

"할머니가 불러서 아빠나 마사키나 밤중에 몇 번이나 일어날 텐데."

"그런 일은 이제 없나 봐."

모모카에게 듣자 하니, 남편이 시어머니 방에 이부자리를 깔고 자는 모양이었다. 시어머니는 밤중에 잠이 깨도 바로 옆에서 아들이 코를 골고 자니 안심하고 다시 잠든다고 한다.

"엄마가 가출한 뒤로 할머니도 많이 변했어. 나랑 단둘이 있을 때 막 울었어. 엄마에게 몹쓸 짓을 했다면서."

* * *

다카라다 마사키는 인테리어 숍 미네의 사무실에 있었다.

344

컴퓨터 앞에 앉아 견적서를 작성하는 중이다. 이대로 가면 미네 치즈루와 결혼하게 될듯하다.

몰라보게 기운을 되찾은 사와다 노보루도 치즈루 밑에서 영업직 견습생으로 열심히 뛰고 있다. 셋이서 '새싹당'을 만들어 사무실 한쪽을 본부로 삼았다. 목표는 이삼십 대 젊은 의원을 국회로 진출케 하는 것이다. 치즈루는 당을 만드는 동시에 마린코 부대신을 찾아가 직접 협력을 요청했다. 마린코 부대신은 흔쾌히 수락했고, 지난주에는 이 사무실에 방문하기도 했다. 치즈루가 이렇게 대담하고 추진력이 있는지는 몰랐던 터라, 나와 사와다는 그저 어안이 벙벙할 따름이었다.

"슬슬 토론회 시작하겠어."

사무실 안쪽에 있는 응접실에서 치즈루의 목소리가 들렸다.

오늘은 정기휴일이지만, 텔레비전 토론회에 내각 전원이 출연한다고 해서 셋이 같이 보기로 했다.

70세 사망법안이 시행되기까지 앞으로 1년 남았는데, 내일 있을 국회 본회의에서 그 법안이 폐지에 몰릴지도 모른다고 한다. 마가이노 내각 스스로 폐지 법안을 발의했다고 한다.

"마가이노 그 자식, 대체 무슨 생각인 거야."

사와다는 어제부터 계속 화를 내고 있다.

"오늘 엄청나게 시청률 높겠네."

345

치즈루의 표정도 심각하다.

"오늘은 마가이노 총리대신을 비롯해 각 대신들도 이 자리에 함께했습니다."

다카카리 앵커의 눈초리가 평소보다 한층 날카롭다. 그에 반해 마가이노 총리는 줄곧 예의 온화한 미소를 머금고 있다.

"바로 본론에 들어가죠. 마가이노 총리, 70세 사망법안을 스스로 발의하고, 충분한 논의도 거치지 않은 채 통과를 강행했습니다. 그런데 시행을 1년 앞둔 지금 이 시점에 폐지를 하겠다고요. 이게 국민들이 이해할 수 있는 행보입니까?"

"70세 사망법안은 이 나라의 재정위기를 타개하기 위해 만든 것입니다. 그러나 시행에 앞서 2년의 유예기간을 두었고, 그동안에 상황이 많이 변했습니다. 아시다시피 지금은 기부제도가 확립되었습니다."

총리가 침착한 목소리로 설명한다.

"그렇죠. 그 제도는 정말 좋은 것이라고 생각합니다."

다카카리 앵커가 웬일로 동감을 표했다.

"그래, 그 제도는 좋아."

치즈루도 고개를 끄덕인다.

기부제도는 각 분야별로 세분화되었다.

예를 들면,

'아동 부문'인 91번은, 부모에게 학대받아 보호시설에 수용된 아동에 대한 기부.

'아내 부문'인 56번은 남편의 폭력에서 벗어나 숨어 사는 모자에 대한 기부.

'질병 부문'인 21번은, 난치병으로 고통받는 환자들에 대한 기부.

그렇게 세분화되어 인터넷이나 편의점을 통해 한 구좌에 100엔씩 손쉽게 기부할 수 있는 시스템을 만들었다. 그 시스템 덕분에 재정 악화로 예산이 삭감된 부문이 큰 도움을 받고 있다.

"그런 말씀 마세요! 나는 집도 땅도 다 기부했단 말이에요."

갑자기 소리를 버럭 지른 사람은 아사오카 노리코. 인정 많기로 유명한 야당의원이다.

"걱정 마십시오, 아사오카 의원."

총리는 느긋하게 대응했다.

"뭘 걱정 말라는 거예요? 그 법안이 폐지되면 몇 살까지 살지 모르는데, 그렇게 되면 누구나 막대한 돈이 필요하잖아요."

"아사오카 의원의 노후는 나라에서 보살피겠습니다."

"총리, 그건 또 무슨 말씀입니까?"

다카카리 앵커가 물었다.

"이 나라를 복지국가로 만들겠다는 겁니다. 이는 아시아에서 처음 시도되는 대업이죠. 이 나라가 아시아의 모범이 돼야 하지 않겠습니까."

"총리, 무슨 말씀인지는 알겠는데, 기부금이 아무리 많이 모인다 한들 이 나라 노인 전체 노후를 보살필 수는 없는 거 아닙니까?"

"당연히 그렇습니다. 아시다시피, 기부라는 불확실한 것에 기대는 정치를 해서는 안 되죠. 사람의 선의에 의지한다면 정치가로서 실격입니다."

"그렇다면, 총리. 설마 증세 카드를?"

아사오카가 거품을 물고 다그쳤다.

"과연 아사오카 의원이십니다. 물론 증세를 하게 될 겁니다. 그것도 대폭."

"총리, 그래서야 다음 선거에서 승산이 없지 않을까요?"

다카카리 앵커의 눈이 야비하게 빛났다.

"세금을 많이 걷으니 선거에서 진다는 말씀인가요? 복지국가를 위해 세금을 올리겠다는 것인데."

총리는 마음에 깊이 새기듯이 말하고는 히죽 웃었다.

"그건 아니죠, 물론 얼마나 올리느냐에 따라 달라지겠지만……"

저 대단한 다카카리가 기가 죽다니, 보기 드문 일이다.

"우리나라 국민은 그렇게 어리석지 않습니다. 70세 사망법이 생겨서, 노후를 걱정하지 않는다는 것이 뭘 의미하는지 뼈에 사무치도록 깨달았을 겁니다."

"그렇지!"

사와다가 텔레비전을 향해 외쳤다.

"세율을 올렸다고 선거에서 진다면, 한 치 앞밖에 못 보는 어리석은 국민이라는 뜻이지."

치즈루도 동의한다.

"총리, 그렇게 되면 야당이 가만히 있지 않을 텐데요."

다카카리 앵커가 그렇게 몰아세우는데도 아사오카 의원을 비롯한 야당의원들은 침묵을 지킬 뿐이었다.

"대대적인 개혁을 도모할 때는 저항세력이 앞을 가로막는 법이죠. 지금까지 주로 단물만 빨아오던 사람들이 말입니다. 알다시피 역대 내각은 기존 세력을 늘 이겨내지 못했어요. 그러나 나는 질 수 없습니다. 그래서 국민의 힘을 빌리려 했던 겁니다."

"에? 그래서 일부러 70세 사망법안을?"

다카카리 앵커가 얼빠진 표정을 지었다.

"그렇습니다, 다카카리 씨. 70세 사망법안 덕분에 국민들은 마음의 준비와 각오를 하게 되었어요. 지금까지 장기적인 시각에서 내세운 정책은 하나 같이 국민의 지지를 얻지 못했습니다. 눈앞의 이익을 쫓는 정책만 지지를 받아왔습니다. 그때그때 위기를 모면하기 위한, 말하자면 일시적인 장밋빛 인심 쓰기 정책 말입니다. 그러나 우리 국민은 이제 눈을 떴어요. 더불어 최저임금도 대폭 올릴 겁니다. 동일노동 동일임금 원칙을 법으로 제정해서요. 따라서 파견 노동자와 시급제 노동자의 임금이 대폭 상승될 겁니다. 그렇게 되면 직장을 옮기는 사람들이 늘어나겠죠. 싫어서 하고 싶지 않은 일인데도 목구멍이 포도청이라 어쩔 수 없이 일하는 국민들이 많으니까요. 정년까지 참고 견디는 인생이 사라진다는 것은 노동시장이 유동적으로 변한다는 뜻이기도 합니다."

"와, 이 나라도 살만한 곳이 되겠네."

사와다가 혼자서 중얼거렸다.

"총리, 이해는 하겠는데 아주 편협한 사고가 아닌가요? 일이라는 것은, 노력하기에 따라 얼마든지 재미있고 보람 있는 것으로 바꿀 수도 있잖습니까?"

다카카리 앵커가 가슴을 쫙 펴는 순간, 마린코가 웃음을 터트렸다.

"그야 당신은 아나운서가 되었으니 그런 말을 할 수 있는 거겠죠. 누구든 아나운서가 될 수만 있다면 열심히 일하지 않겠어요? 인간을 인간으로 여기지 않는 직장에서 일한 경험이 있는 사람은, 절대 당신 같은 생각을 안 할 거예요."

마린코는 그렇게 말하면서 다카카리에게 윙크를 보냈다. 다카카리는 깜짝 놀라면서 얼른 그녀를 외면했다.

그때 아버지의 옆얼굴이 떠올랐다.

지지난주였나, 같이 야채볶음을 만들 때 아버지가 이렇게 말했던 것이다.

"회사원이란 것은 굴욕을 팔아서 돈을 버는 장사야. 아빠는 참고 참고 또 참는 인생을 살았다."

그 말을 들었을 때는 충격을 받았다. 그리고 나 자신의 안이함을 돌아보았다.

총리는 스스로를 고무하듯 숨을 크게 들이쉰 후에 이렇게 말했다.

"우리의 일은 앞으로가 시작입니다. 오래 사는 것이 행복이라고 진심으로 생각할 수 있는 사회를 반드시 실현해야 합니다."

"옳은 말씀! 몸이 늙고 병들어 누군가가 도와줘야 하고 또 수발을 받아야 하는 미안함을 느끼지 않아도 되는 게 중요하죠. 그렇지 않고는 행복한 노후라고 할 수 없으니까요."

마린코가 말했다.

"그러기 위해서 뭐가 필요하다고 생각하는지요, 마린코 의원?"

"글쎄요. 내가 할머니가 되었을 때, 에메랄드 가든 같은 실버타운에 들어갈 수 있다면 정말 기분 좋지 않겠어요? 요양보호사도 충분하다고 들었으니 무슨 일이든 거리낌 없이 부탁할 수 있을 테고, 게다가 모두 친절하고 품위도 넘친다고 하니까 스스로도 비굴하지 않고 당당하게 있을 수 있겠죠."

카메라가 다카카리 앵커를 비췄다. 사회자로서의 진행을 기대하고 화면에 내보냈을 텐데, 그는 마린코가 윙크를 보낸 후부터는 영 말이 없었다. 때문에 각료들이 잡담이나 나누는 자리처럼 분위기가 어수선해졌다.

"실버산업으로 내수의 확대를 기대할 수 있을 겁니다. 요양보호사가 고급 직업이 되도록 하는 것이죠. 월급을 높이고 이미지도 개선하는 식으로 말입니다. 당장 싱크탱크에게 추산을 요청하도록 하겠습니다."

"총리, 한 가지 제안이 있습니다."

의사이기도 한 후생노동대신의 차분한 목소리에 이끌리듯, 스튜디오 안이 잠잠해졌다.

"사람 같은 대형 포유동물은 쉽게 죽지 않는다는 과학적 사실을 초중등 과학 과목에서 제대로 교육하는 건 어떻겠습니까? 인간은 새나 곤충처럼 덧없이 쉽게 죽지 않습니다."

"더불어 어린이도 언젠가는 반드시 나이를 먹어 할머니 할아버지가 된다는 당연한 사실도 가르치는 편이 좋겠어요. 그걸 모르면 노인들을 배려할 수 없잖아요."

마린코가 후생노동대신의 말을 보충했다.

프로그램이 끝나자 사와다는 커피를 끓이려고 휴게실로 들어갔다.

"얼마 전에 마린코가 여기 왔을 때 생각한 건데, 마린코 혹시 사와다에게 마음 있는 거 아냐?"

치즈루가 속삭거렸다.

"뭐, 정말? 나는 전혀 눈치를 못 챘는데. 그게 정말이라면 재미있겠는데."

"우리, 사와다랑 마린코를 결혼시키자."

농담인 줄 알았는데, 치즈루 표정이 마냥 진지했다.

"본인들이 서로 좋다고 해야 가능한 일이지."

"뭘 모르네. 마린코를 통해서 정계에 연줄을 만드는 거야. 그렇게라도 하지 않으면 가난한 젊은이들을 구할 수 없잖아."

"그래도 중요한 건 당사자들 마음이지."

"두 사람, 잘 어울려. 성격도 잘 맞을 거야. 그래, 틀림없어.

분명히 잘 맞을 거야."

이건 요즘 새롭게 알게 된 사실인데, 치즈루는 착각이 심한 편이다.

일단 나는 방관자로서 앞으로 어떻게 될지 지켜보기로 하겠다.

"할머니에게 이면 법안 얘기, 겨우 들었어. 진짜 이상한 소문이더라."

"알아."

"에, 안다고? 누구에게 들었는데?"

"그 소문 퍼트린 사람이 바로 나거든."

"뭐어? 진짜?"

놀라서 치즈루를 본다.

"어쩔 수 없었어. 70세 사망법안 때문에 이 장사가 사양길에 접어들어서 앞길이 막막했다고. 어떻게든 노인들에게 돈을 쓰게 하는 방법은 없을까 궁리하다가 머리를 쓴 거야. 그 소문 덕분에 자기 집을 배리어프리로 하고 싶다는 문의가 얼마나 많이 늘었는데. 그중에는 주판 학원으로 개조하고 싶다는 사람도 있었어. 내가 생각해도 참 괜찮단 말이야."

어이가 없어서 말이 나오지 않았다.

사와다가 쟁반에 커피 세 잔을 담아서 돌아왔다.

"오늘 밤은 신문 회의야."

사와다를 중심으로 한 달에 한 번 '빈곤자 신문'을 발행하고 있다. 오늘 밤은 다음 달 기사에 관해 토론하는 날이다. 내가 여기서 이렇게 일할 수 있는 것은 아버지에게 할머니 수발을 전적으로 맡긴 덕분이다.

남이 집 안에 들어오는 것을 그렇게나 싫어하던 할머니도, 누나가 목욕을 시켜준 후로는 생각이 달라졌는지, 요즘은 일주일에 두 번 정도 방문 요양보호사를 부른다.

"역시 전문가가 다르네. 손도 빠르고 꼼꼼하고. 아범과는 천지 차이야."

리모델링을 하고부터는 화장실에도 혼자 가는 덕에 수발들기가 한결 편해졌다. 빨래와 요리는 아버지가 좌충우돌하면서 어떻게든 해나가고 있다.

엄마는 여전히 아버지와 별거 상태지만, 도시락을 들고 간간이 '새싹당' 사무실을 찾아준다. 얘기를 들어보니, 점원으로 일할 뿐만 아니라 도시락 메뉴 기획회의에도 참가하고 있단다.

집에 돌아오니 휠체어를 탄 할머니가 부엌에서 팥을 삶고 있었다.

"내일이라도 그 아가씨 데리고 와. 팥죽 맛있게 끓여줄 테니까."

"네. 시간 되는지 물어볼게요."

"마사키, 일하는 게 즐겁지? 표정이 완전히 달라진 걸 보니."

"그래요?"

"그래, 이제 어엿한 사내가 되었어."

그날 밤, 누나에게서 전화가 왔다.

엄마가 가출한 후로 누나도 전화를 자주 걸고, 아버지는 할머니와 두런두런 얘기를 나누는 일이 잦아졌다. 전에는 없던 일이다.

"마사키, 아빠 잘 도와주고 있니?"

"할 수 있는 건 하고 있어."

"그래. 아무튼 아빠에게만 부담 주는 건 안 좋아. 그럼 또 엄마 꼴 나니까."

"알고 있어."

"그리고 너 그거 아니? 후쿠다 씨랑 할머니 목욕시킬 때마다 등에 커다란 흉터가 보이거든. 그 흉터, 20년도 넘었는데 아직도 뚜렷하게 남아있더라."

"무슨 흉터인데?"

"왜 그때, 교통사고 났었잖아."

"할머니가 교통사고를 당한 적이 있었나?"

356

"헉! 마사키, 너 기억 못 하니? 그렇구나, 그때 너무 어려서 기억을 못 하는구나."

"어떤 사고였는데?"

"네가 차에 치일 뻔했는데, 너를 구하려다 할머니가 대신 치였어."

"나는 금시초문인데."

"할머니가 당신 목숨은 돌아보지 않고 뛰어들었어. 어린 너를 구하려고."

그날 밤늦게 목욕을 하고 나왔는데, 부엌에서 소곤거리는 아버지 목소리가 흘러나왔다. 누가 들을까 최대한 억누른 목소리였다.

"일이 재미있다고? 그래, 알았어……. 아무튼 돌아오고 싶으면 언제든 돌아와도 돼. 아니, 그런 말이 아니라. 당신에게 집안일이나 어머니 수발을 시키려는 게 아니야. 이건 진심이야. 믿지를 않는군. 그리고…… 그동안 여러 가지로 미안했어. 사실은 지난주에 동네 하수구 청소를 하러 나갔는데, 그렇게 힘든 일인지 잘 몰랐어. 지금도 온몸의 근육이 다 뻐근해. 여보, 정말 미안해. 응? 설마, 내가 왜 화를 내겠어. 화는커녕 감사하고 있지. 당신이 가출해서 차라리 잘된 것 같아. 아니야, 그런 의미로 하는 말이 아니라. 나도 마사키도 어머니도 모두 변했어. 당신 덕분에 전부 좋은 방향으로 가고 있다고 생각해. 그래서 말인데, 다음 일요일쯤에 집에 놀러오면 어떻겠어? 마사키 여자친구도 만나보면 좋잖아. 뭐, 벌써 만났다고? 언제? 새싹당? 아, 아무튼 집도 싹 손질해서 깔끔해졌고, 배리어프리라는 것도 보면 공부가 될 거야. 그러니까 한번 보러오면 어떨까 하는데. 나 이제 커피도 잘 끓여. 라면도 끓여줄게. 당신 좋아하는 콩나물도 넣어서. 뭐? 오겠다고? 정말? 고마워. 후우, 다행이다."

나는 다시 살금살금 2층으로 올라갔다.

'70세 사망법안'.

70세가 되면 본의 아니게 죽어야 하는 법안이 가결되었다. 가상이지만 충격적으로 다가오는 설정이다. 이 법안이 국회에서 통과되어 시행을 앞두고 있다.

이 법안이 통과된 이면에는 다양한 사회적 문제가 도사리고 있었다. 특히 저출산 고령화에 따른 사회 전반에 걸친 갖가지 부작용이 가장 큰 요인이었다.

저출산 고령화 사회는 여러 가지 문제를 낳는다.

생산 인구의 저하로 국가 자체의 생산성이 떨어지는 것은 물론이요, 고령 인구에 대한 의료와 복지로 막대한 비용이 지출된다. 이는 젊은이들이 떠안아야 하는 부채다. 그런데 저출산으로 인해 생산 인구는 충당되지 않는다. 그것도 모자라 일자리를 대체하는 IT와 AI 산업의 발전으로 젊은이들은 취업난에 허덕인다.

이런 사회적 악순환의 고리를 일거에 끊기 위한 대체요법으로 가결된 것이 '70세 사망법안'이다. 하지만 인간의 목숨을 인위적으로 제한하는 법은 당연히 세계적인 인권문제로 도질 수 있다.

《70세 사망법안, 가결》은 이런 설정하에서 전개되는 한 가정의 이야기다.

- **다카라다 도요코 55세**

정신은 정정하게 살아있지만 운신하지 못하는 시어머니를 집에서 돌보고 있는 며느리.

- **다카라다 시즈오 58세**

70세 사망법안 시행을 앞두고 남은 인생을 마음껏 누리기 위해 조기퇴직하고 세계여행을 떠나는 도요코의 남편.

- **다카라다 모모카 30세**

시어머니 수발에 지친 엄마가 직장을 그만두고 도와달라고 하자 집을 나가 혼자 살면서 현재 노인 요양원에서 일하는 딸.

- **다카라다 마사키 29세**

일류대학을 나와 좋은 회사에 취직했지만, 인간관계에 치여서 3년 만에 퇴직하고는 3년이 지나도록 마땅한 새 일자리를 구하지 못한 채 집에 틀어박혀 생활하는 아들.

마치 현대사회에 만연한 문제를 고스란히 떠안고 있는듯한 가족 구성이다. 시어머니는 고령화 사회의 노인 수발 문제를 표상하고, 며느리는 가족의 이해와 도움이 없는 가운데 홀로 그 수발에 지쳐 인간적으로 피폐해지는 노인 돌봄 문제의 희생적 면모를 보여준다. 자식 세대는 일자리 문제로 고충을 겪고 있는 터라 엄마의 노고와 희생을 헤아리지 못한다. 남편 역시 아내의 노고를 헤아리기는커녕 평생을 일과 가족 부양에 바친 대가로 남은 인생을 구가하려 한다. 누구도 며느리이며 엄마이며 아내인 도요코의 피로를 알아차리지 못할 뿐더러, 도요코 또한 인간이며 한 개인이라는 점을 인식하지 못하는 것이다.

그래서 도요코는 급기야 '가출'에서 돌파구를 찾게 되는데, 한 국가 차원에서 문제의 충격적 해결방안인 '70세 사망법안'에 준하는 가정적 충격요법을 취한 것이다.

도요코의 가출은 며느리이며 아내이자 엄마인 역할로서의 자신에서, 오롯이 그녀라는 존재로 돌아감을 뜻한다. 그리고 도요코의 가출을 계기로 이 가정은 온갖 해결책을 마련하기에 이른다. 마치 시행을 앞둔 '70세 사망법안'이 온 국민으로 하여금 지금 안고 있는 문제가 무엇이며 거기에서 벗어날 획기적인 방법이 무엇인지를 고민하고 또 실천하게 한 것처럼.

타국의 소설이자, 출간된 지 꽤 시간이 흐른 작품임에도, 이 가정이 보여준 속살에서 오늘날의 우리도 결코 자유로울 수 없다. 지금 이미 그런 상황일 수도 있고, 머지않아 맞닥뜨릴 수도 있다. 그래서 더욱이 현실적이고 설득력 있게 다가오는 작품이다.

김난주

70세 사망법안, 가결

초판 1쇄 발행 2025년 3월 20일

지 은 이 가키야 미우
옮 긴 이 김난주
펴 낸 이 한승수
펴 낸 곳 문예춘추사

편 집 구본영, 김이슬
디 자 인 박소윤
마 케 팅 박건원, 김홍주

등록번호 제300-1994-16
등록일자 1994년 1월 24일

주   소 서울특별시 마포구 동교로 27길 53, 309호
전   화 02 338 0084
팩   스 02 338 0087
메   일 moonchusa@naver.com

I S B N 978-89-7604-711-3 03830